一个村庄里的时代

马非白 著

当代世界出版社
THE CONTEMPORARY WORLD PRESS

图书在版编目（CIP）数据

一个村庄里的时代 / 马非白著. — 北京：当代世界出版社，2022.6

ISBN 978-7-5090-1639-8

Ⅰ. ①一… Ⅱ. ①马… Ⅲ. ①散文集－中国－当代 Ⅳ. ①I267

中国版本图书馆CIP数据核字（2021）第232211号

书　　名： 一个村庄里的时代
出版发行： 当代世界出版社
地　　址： 北京市东城区地安门东大街70-9号（100009）
网　　址： http：//www.worldpress.org.cn
编务电话： （010）83907528
发行电话： （010）83908410（传真）
13601274970
18611107149
13521909533
经　　销： 全国新华书店
印　　刷： 天津中印联印务有限公司
开　　本： 880毫米×1230毫米　1/32
印　　张： 8.5
字　　数： 181千字
版　　次： 2022年6月第1版
印　　次： 2022年6月第1次
书　　号： ISBN 978-7-5090-1639-8
定　　价： 59.00元

序言

弄潮：一个村庄里的时代

历史上，整个玉环都堪称蛮荒之地，而上礁门，这个位于玉环海岸线上的边角渔村，又简直是天涯海角般的存在。

村子因海边的冲担屿和小屿门两块大礁石相对形成一道门的形状而得“礁门村”之名。礁门村东起长大厂，西至现在漩门三期的冲担屿，村民们分散居住，来往很不方便。新中国成立后，1950年，村里要开展土地改革，每次开会，光送通知就要大半天时间，为了便于工作，经过村民代表同意，由原干江乡人民政府批准，以现上礁门的毛竹园与下礁门的翁家里之间的中界线为界，将礁门大队分为上礁门与下礁门两个大队，毛竹园及以上为上礁门大队，翁家里及以下为下礁门大队，在1992年撤乡并镇后将大队改为村直至现在。

但在我眼里，整个上礁门是由连着的三座山组成的，最靠海的俗称前山，中间的叫中山，也叫二队、上厂，后面的就是长大厂，又叫后山、青龙岗头。因为中山对面是干江村的烟墩岗，于是整个村子就像一个U字，后山就是U字底部，视线相对的就是海，冲担屿、小屿门也尽在眼底。我家就在后山。整个村子几乎都在山上，所以人们习惯叫村子为礁门山头。

礁门山头原本是一片偏僻的无人居住的荒山。村里人的祖上大都是在元、明、清期间，为了躲避战乱、灾荒，从福建过来的（我家祖籍就是福建莆田）。那时村里人很少，整个礁门山头不到四十人。后来不断有人从温岭、临海的一些地方迁入。人们隐蔽在山林里，依着山势在茂密的树林中间搭茅草屋。很多年后，当我出生的时候，我们的房子背靠着土坡，周围是密密匝匝的树枝——房子仍在树木的包围中，或者说所有的房子跟随着树木在这一片山林里扎根、生长，到最后人就难以分辨到底是树生在了房子的周围，还是房子长在了树丛中。

从我懂事起，我就一直觉得我的村庄是长在树上的。当我从山脚往上走时，依稀看到的是屋顶浮在树间，灰黑的瓦片似乎也盖在树顶上，而这一切都随着人走动时目光的起伏而起伏。一阵风来，摇晃着树，也摇晃着房子；雨丝飘过，滋养着树木，也滋养着房屋。这时候已经是二十世纪九十年代了，离村庄建立（按村里老人的说法是“礁门开山”）已有两百多年历史。整个礁门村的人口不断增加，到目前为止，光我们上礁门就已有1165人。所以，两百多年前的先人们，在简陋的茅草屋里进出，在繁茂的枝叶间进出，是不是就像猿人踩着树干上上下下？然后，随着时间的推移，人从山上搬到了山下，又如同猿人从树上转移到了平原。

山林里的日子虽然相对安全，但是赖以生存的只有几块狭小的山地和几条破旧的小船，生计自然困顿。中华人民共和国成立后实施了土地改革，村民们在干江塘分到了水田和耕地，其温饱问题才基本得以解决。

原本的村庄，以村民的居住点分作九个自然村，分别是长大厂、上厂、陈家、郭家、蒋家、谢家、冯家、东向和毛竹园。“长大厂”是因以前这里有一间较长较大的茅草厂（我们把茅草屋叫作茅草厂）而得名；“上厂”是因为它的地理位置在陈家的上方，而且村民又都居住在茅草厂，所以称作上厂；“东向”是因它的地理位置朝东而得名；“毛竹园”是因为原先这里生长着大片的毛竹；而其他几个自然村都是以居住于此的村民家族的姓氏命名。

村庄拆分后，上礁门村就将九个自然村划分成七个生产小队。其中长大厂为第一生产队，上厂与陈家为第二生产队，郭家为第三生产队，蒋家为第四生产队，谢家为第五生产队，冯家为第六生产队，东向和毛竹园为第七生产队。1970年，为了便为管理、振兴生产、提高生产效益，将原七个生产队改分成十三个生产队，也就是村子后来的十三个生产队。

在生产队的年代里，村里人最迫切的任务就是活下去，水田和为数不多的耕地的产出远远不能满足每家每户迅速增长的吃饭嘴巴的需要，庆幸的是我们有海。在最困难的几年里，慷慨的大海给了村里人丰富的馈赠，村子里才没有人饿死。一些温岭、临海的人，尤其是女人逃到村里，就留了下来。我的前山外婆就是带着女儿从温岭逃荒过来的，她在温岭还有男人和孩子，但是来了村里用自己换了口粮送回去后，就和女儿都留在村里再也没有回去过。

进村要经过我们日日行走的卵石路，它从我们的院子下面蜿蜒向远方。经年的风雨洗礼和路人鞋、脚的磨砺后，路边青苔蔓生，路面却是光可鉴人。以前我对这条路习以为常，并未察觉它的特别和重要。现在才知道它是一条有着一两百年历史的古道，“是从干江沙地经上礁门长大厂到炮台和上、下栈头三村去内陆各地的唯一通道，也是炮台和上、下栈头三个村子的大门。上、下栈头两个村子是没有水田的，是一个纯渔业地区，温岭、乐清两县的好多海产品商贩来上、下栈头购买海产品时，都要经过这条古道”。不夸张地说，它就是一条被世人忽略了的古商道。可是走完这段古道要多长时间？那时鲜有驴马，更别说车轿，靠着两条腿在山林间穿梭，没有半天到不了地方。何况走到这条古道，还需要穿越更多的山林。有船来去，慢悠悠地在海天之间晃荡，那是现在人的闲情，于那时就是时日漫长的煎熬。人也好、物也好，难进来，难出去，一代一代的人守着这片狭窄的天地，守着一成不变的日子，男人不是种田就是捕鱼，女人则是绣花或者织网。

不是不勤劳，但村子总体仍是贫穷的（那个时代出生的男人名字中许多都带了“福”“富”“发”“财”，以此来表达村民对未来的企盼），到二十世纪八十年代初，村子里都没有通电。村里唯一的企业是老詹和合财在1979年合办的修船厂，但是没有电，靠柴油机发电生产成本太高，又因没有公路，运输成本也很高，厂子一直是亏损的。外面的世界在翻天覆地地变化着，但是等那些变化越过大海、穿过盘绕的山路传到村里人面前时，村里人更多的是心有余而力不足的无奈：交通不便是当然的，生存艰难也就成了必然。一代代人或用穿着草鞋的脚跨越山林，或用小小的舢板冲向广阔的大海，然后再铩羽而归。固守成规的老人习惯了日出而作日落而息的生活，但是更多的村里人尤其是年轻人，是不甘的，他们期望能在有限的时间里完成某件大事，等待一个时机来冲破这一片海角的限制。

1979年，当春风吹拂大地的时候，村里人突然意识到日子还有另一种过法，于是村里的第一个工厂诞生了。那是很小的一个修船厂，用壮劳力扛动、安装笨重的机器，用柴油机发电。这不是一次成功的试验，但是却激发了村里人血液里一直潜伏的热情。这是另一种冒险，但却是一种不必担心在汪洋里丢失生命的冒险。敢出海拿命搏一口饭的人，怕什么？这是另一波浪潮，却是一波全新的、充满机遇的大浪。祖辈在波涛中出没的人，怎么会放过？

这一个开始，意味着东海已经涨潮，居住在海滨的人准备扬帆。

1992年撤乡并镇后，开始建造楚栈公路，路线正好经过村子（也就是现在的麦莎大道）。村里开始动员部分村民进行高山移民工程。第一批高山移民在三角塘建起了临时住房，同时开始兴建干江综合贸易市场作为村集体经济的来源，摊位、店面的租金从最初的几万元到现在的几百万元。而真正打开村里人的视野，把他们名字中的“福”“富”“发”“财”变成现实的是那条一开始是黄泥路面的公路。

顺着这条路，村里的年轻人跑出去，见识了世界的新奇和精彩，也愿意把这一份新奇、精彩带回村子。他们出去的时候，都是学徒、打工人，近一些的在楚门、坎门、清港，远一点的到乐清、温岭、路桥，长一点的做个十年八年，短一些的做个三年五年，然后回家，借钱，一分利、两分利，甚至三分利的高利贷也借，用来办厂子。

1993年到1995年间，村里的小厂，更确切地说是家庭作坊，四处开花，光我家边上的十几户人家就有一半在办厂子。那些外出回来的年轻人，是老板也是技术指导，还是自己的工人。这个时期，正是国家快速发展的开始，似乎到处都需要东西，整个玉环的齿轮、阀门产业也开始发展。村里人办的厂也是以齿轮厂和阀门厂居多。每一个人都是在用尽精力熬夜。把厂子办在我家对面的中富，经常夜里干到三四点钟，然后把编织袋一铺，在铁屑上睡一两个钟头就起床，买点简单的早餐，再干活。隔壁老谢家的兄弟，长年满身油污地钻在车间里，不到半夜十一二点不会出来。1992年，沙岙坑的码头上还有几十个壮小伙拉着滑轮卸下笨重的机器，现在大卡车可以把各个厂子的设备直接运到厂子门口。

蒋家三兄弟和两个连襟，一起办了一个小齿轮厂，五个人一起早摸黑地干，才几年工夫就拆分了一次，产值翻倍，几年后又拆分，拆分后的厂子产值继续翻倍。

虾米一样的小厂子，在浪潮里翻滚，大浪淘沙后，熬不过去的，就歇了，熬下来的终于都成了像模像样的企业。到今日，村里各类中小企业有十几家，上规模的企业有两家，2010年前后，村企业年总产值为7000多万元，现在光振华齿轮一家年总产值就达上亿元。

移民定居下来的村民也开始从事新的行业。“全村1165人，劳动力720人，从业人员630人”，有人捕鱼、有人种地、有人开店，但是大部分人都进厂务工，光台州南氏一家企业就有几十个村民。

高山移民，让整个村子在新的地方落脚、生根、生长、繁荣。继1992年的第一批高山移民之后，1994年又有三分之二的村民移居到现麦莎大道两旁，建立了上礁门新村小区。“2008年，在综合贸易市场后面的二号小区得到了顺利的落实，又解决了一批村民住房难的问题。2019年，三号小区启动，同时建立了一幢二层的占地140平方米的老年活动室，并且完成了公厕改造。”

我记得我们家是第一批高山移民，刚住到山下的时候，建的都是一层高的砖瓦房，从地基到房子建好，几千块钱就够了，但除了地方不同，屋子的设施其实和山上并没有多少区别。没有抽水马桶，每天要出去倒马桶。在山上，可以倒进自己家的茅坑，山下连茅坑也没有，只有人家田头挖的一些粪坑。倒多了，人家也不高兴。刷马桶都要到河边去，也没有像样的埠头，只有一些石块胡乱堆着，勉强可以站人。第二年，村里建了综合市场，也建了一个公厕，情况才稍微好些。可是倒马桶的路却长了不止一倍。情况到了第二批移民时就好多了，似乎经过一年多的实践摸索，人们对房子的要求和建设都有了质的突破。他们在新村小区建的都是三四层高的联排小楼，里面都配备了专门的卫生间。第一批和第二批的房子在一块，从外观上看就像两个时代的建筑。

到2008年二号小区开建的时候，有一个词就流行了起来：装修。用什么样的瓷砖、楼梯扶手、地板，墙面是粉白还是刷漆，或者贴墙纸，哪种抽水马桶好看又省水，装什么牌子的浴缸，用什么淋浴喷头，用电热水器还是太阳能热水器……习惯了红砖墙、水泥墙面的村民们仿佛觉醒了，纷纷开始努力装扮自己的房子。

这个时候，另一个词语也开始从人们嘴里冒出来：套房。在综合市场边上，村里建了人们原以为城里才会有的套房，一套一百多平方米，起价才几万元。习惯了立地房的人们好奇地去看，别说，买的人还是很多的，因为地基越来越难审批，也越来越贵，买套房似乎也很合算。2019年，最后一批地基审批下来，一间房就要15万元，且优先考虑村里当时还没有房子的村民。但是这个价钱和十年前的比，尤其是和第一批移民时代的相比，真的是有天壤之别了。

将和最后一批房子一起建起的，还有新的村部。原来的村部就在综合市场店面楼上，新的村部要建成一座五层高的大楼，底楼租给银行，楼上村里的各类活动室一应俱全，房子还没建好，好几家银行就已经来洽谈租金了。

山下的新村在蓬勃发展，山上的一切在时间里荒芜，但许多故事却不曾被人们遗忘。

上礁门村曾经是中国工农红军第十三军的地下活动基地之一。村子还曾是军事基地和民兵基地。“在解放玉环期间，隔海的洋屿岛被国民党残余部队占领，为了解放洋屿岛，解放军部队就在上礁门建立起军事基地，把上礁门长大厂的娘娘庙作为弹药库使用，在庙后的山顶上修建了一条长达300米的战壕”，直到现在，这些地方还保留着原貌。我们小时候去玩，还捡到过许多弹壳。

“解放初期，为了人民的生命和财产的安全，乡里建立了民兵组织，因栈头港一带海域是边防海岸线的要道，毛竹园岗头正好与栈头港遥遥相对，又是这要道的制高点，所以就将村民王守才家作为民兵房，关公庙作为民兵训练基地，毛竹园岗头就是民兵站岗点。”

几十年时间过去了，村里的许多老人把这些历史口口相传下来，记录在村志上，张贴在村部的公告栏里，让下一代阅读、熟知、铭记。

2015年，村里将公厕翻新，楼下是公厕，楼上是老年活动中心，将边上的公交车停车场改建成了村民活动广场，还在路边竖了一块太湖石，上面写着“上礁门”三个字，在靠河的一边修建了大理石围栏，种了绿植，设了公告栏。靠近公告栏的这一边建了一个小亭子，里面有石桌石凳。另一边和亭子相对地建了一个现代化的戏台，是在原来水泥戏台的基础上用钢架扩建出来的，原来是一面白墙，现在装上了LED显示屏，并在墙面上作了简单的修饰，用红色楷体字写着“文化礼堂”“精神家园”，两边是黑体的“务实守信”“崇孝向善”八个字。原本的戏台是没有顶的，遇到做社戏时，就用毛竹搭出架子，蒙上篷布，如果下雨，看戏的就要自备雨伞、雨衣，冒着雨观看。现在戏台的篷顶是可以伸缩的，不仅包住了台面，而且连下面看戏的地盘也包了进去，人们也不用担心风吹雨淋了。原来唱戏的音响设备是需要戏班子自带的，现在音响、投影等设备一应俱全。

新戏台启用后，我去看过一次。当时正演着散场《送凤冠》

（我们把正戏前唱的剧目片段叫作散场），天空飘着一丝小雨，人们挤在戏台底下，相互招呼“往里挤挤”，说“这么多年第一次看戏落雨不用带雨伞，和城里大剧院比也差不到哪里去”。

乡下唱戏，来来回回似乎就是这些剧目，看了这么多年，人们也不曾厌弃。那晚，因为这能遮风挡雨的戏台顶，耳熟能详的唱词也变得分外动人。

我想起小时候去看戏，看的都是庙戏。每到庙里神灵的寿日才请戏班子唱戏，戏台也就设在庙里。村里总共三个庙，娘娘庙、关公庙、杨府庙。娘娘庙供的是天后娘娘，其实就是妈祖，村里讨海捕鱼的人多，自然觉得需要供奉；关公庙供的是关公，杨府庙供的是杨家将，都是村里人对保家卫国的英雄最为直接简单的敬意，也觉得他们定然能守护村子的平安。所以村里每年至少有三次庙戏。

请的戏班子以玉环的越剧团居多，如果温岭、黄岩的越剧团来，简直就是了不得的事情，第一天看戏的人肯定要比往常的多。剧团的行头都要靠船运到栈台或者沙岙坑码头，哪个庙做戏，庙边上的人就组织小伙子去抬戏箱，十几箱的行头，全靠人抬上来。然后还要组织搭戏台，戏人（我们把唱戏的人称作“戏人”）就在庙里的地上或者戏台上铺稻草，打地铺睡觉。女戏人娇贵一些，会被安排到边上人家里去休息。

每一次庙戏都是村里的一件大事，人们老早就会通知四亲六眷来家里做客。戏台前挤满了男女老少，小吃摊子见缝插针地摆到人群里，不落下一单生意。这个时候的大人大约都是心情愉快的，会比平时慷慨，总会小小地纵容一下孩子，买一些往常舍不得买的零嘴。

现在的戏台前，小吃摊子也是挤挤挨挨地排着，摊子前的大人小孩也是挤挤挨挨的。其实这些就是平日常买的摊子，但是因为这氛围，似乎东西也比往常好吃一点。

灯光亮起，后面的背景会根据剧情发展自动变换，以前是一块块大布，要换，就要合上幕布，再卷起旧的、露出新的。以前的人们看戏时经常可以看到熟人，现在的戏人都是外地的。人们选戏都是开着车子去嵊州、杭州实地看过演出了才确定的，来的戏人里说不定就有一个两个国家级的演员。父亲是经常去选戏的，略微懂一些，说以前一夜戏合着就几百一千元，现在一个好的戏人演一夜就要几千元，一台戏都要冒两万元。但是他又说贵也贵得值，现在什么都不一样了，专业的就是好。

看戏，我是不大懂的，图的只是一个热闹。这份热闹好像几十年了都没有变过，人们劳作之余，有这样的一份热闹，自然是日子的需要、精神的需要，变的只是展现热闹的各种硬件吧。

但是做庙戏的时间毕竟少，更多的时候，戏台是空着的。在有些节假日，这里就会放电影，《战狼》《红海行动》什么的都放，但是看的人并不多，一般是老头、老太太，还有一些孩子，来得最多的是外地的务工人员。村里的小伙、姑娘们，早就舒舒服服地躺家里在电脑前看完了。我就想起小时候去看电影，也是件难得的盛事，村里人早早吃完晚饭，呼朋引伴地赶到村部。放映员是一个村子一个村子轮着过来的，有些年轻人等不到自己村子放，已经早些日子跑到别村看了，等轮到自己村子了，他们就再看一遍，边看还边跟旁人解说。放映员到下一个村子了，他们还会赶过去。电影有时就放一个晚上，有时会连着放三个晚上。夏天还好些，最多被蚊虫咬几口，冬天真的是冷得眼泪鼻涕直流，但是人们也不愿离去，便往中间挤挤，似乎足够的热情能产生足够的热量抵御寒冷。冷热之间，自是今时不同往日。

白天的广场总归还是清冷的，不是没有人——依然有小摊和做买卖的人，清冷的是没有电影放映，人们就三三两两地散在广场的角角落落里。老头们有的在亭子里下棋聊天，有的在活动中心搓麻将，更多的是一人一只智能手机，坐在椅子上看抖音上的短视频，时髦一点的还打开了专门看越剧的APP，偶尔还相互交流。到了夜晚，广场就火热起来，成了广场舞大妈的天下，一群白天在家带孙子孙女、在工厂上班甚至下地干活的老太太，在夜色的掩映下、在音乐的律动中，挥舞着手脚扭动了起来——这一点好像城乡都一样。

随着新村的建设，日新月异的变化都是历历在目的，别的不说，光看村子里380多户人家，就有三四百部车子。路修了，车子有了，脚步就分外长了。以前人们都往外面跑，杭州、上海、北京，现在出国变得不稀奇了（村里好几户人家的孩子都是在国外读书的，还有人专门去国外做代购），而现在人们竟然更愿意往山上跑了。似乎几十年前向往的生活如今有了着落，反倒怀念起原先在山上的日子了。人们在炮台旁修建栈道，将白马岙金沙滩的广告做得满镇都是，在栈台修建了休闲娱乐设施，把老傲前村的果园做成了产业。镇子提出建设滨海景观带，村里也要借着美丽乡村建设的东风，把祖辈生活过的山林重新开发起来。

村里人对山林的记忆、农耕的基因仿佛再次被激活，老根率先在村里包了大片的山林种红心柚，村里也决心建水果采摘园。

我去采访村主任的时候，他拿出一沓航拍的村子照片，一张一张、一处一处、一点一点地指着上面的废屋、山地、林子等，介绍说这里要修古商道，这里要修从炮台到礁门的小火车轨道，这里是水果采摘园，这里的壕沟可以建教育基地，还要和其他村子联合，共同搞旅游开发，村民投资入股，可以分红……村子新一轮的发展指日可待。

我在这个村子里出生、成长，其间不断离开又不断回来，从对它的逃离、忽略到接近、深入，我无法走遍沿海的所有村落，但是我渐渐了解了这个村子的“前世今生”：几百年前从无到有，从四十多年前的贫困到今日的小康，从农渔的单一产业到工农渔等产业综合性发展，从发展过程中对工业产值的片面追求而忽视土地到现在力求各项产业均衡发展，并重新重视土地……上礁门村的前世今生，何尝不是中国改革开放四十多年乡村发展、振兴的缩影，何尝不是不同的时代在民间的鲜活书写？而那些在改革大潮中沉浮搏杀，练出一身胆色和本领的人，是向涛而立的弄潮儿，是砥砺前行的开拓者，是锐意进取的奋斗者，是时代精神的书写者。

而我能做的就是，走近他们，记录他们，展现他们弄潮的风采。

注：根据个人要求，文中部分人使用了化名。

马非白

2021年7月

目录

第一辑　上山下海

第二辑　村男村女

第三辑　大事小情

第一辑

上山下海

山路十八弯

小时候，去外婆家是一项浩大的工程。早上四五点钟，母亲就起来烧饭蒸糕，准备路上吃。

记得四岁那年正月初四，父亲母亲要带我们去拜岁（即拜年）。母亲起得比往常更早，烧好饭，蒸好年糕，还做了麦糕，放到饭盒里，再用衣服包严实塞进袋子。父亲把一些细软垫到箩箩里。我和妹妹在睡梦中被拉起、套上衣服、拽到桌子旁，又被胡乱塞了几口饭，父亲就说算了，等路上醒了再吃，就把我们放进两个箩箩里，四周围上一床小包被，再一人怀里揣一个饭盒。我的饭盒里应该是盛了米饭，裹了厚厚的布，热气仍隐隐地往外渗，香气更是抑不住地透出来。

出门，天是一团灰糨糊，连个星子也没有。坎上坎下的人家都还在梦中，父亲挑着我们起身。母亲单肩背了一个包裹，打着手电筒走在后面，妹妹似乎就没有清醒过，从坐箩箩到出门都是歪着脑袋闭着眼的。母亲又在箩沿盖了一条枕巾，这样妹妹就只露出了头顶——仿佛她也是一个饭盒。

我想撑着到外婆家，但父亲的扁担一晃起来，箩箩跟着一上一下起伏，我们就成了父亲割完稻子挑回家的谷子。长大厂岭子都还没走完，我就什么都不知道了。

等我醒来，才发现担子已经停下了，自己的箩箩边沿也蒙了一条枕巾，只露出我仰着的脸。天阴沉沉的，四面的山也是阴沉的，树木在阴沉的环境里变得阴森狰狞，风恻恻地呼啸着，没有人影，没有鸟鸣，连野狗豺狼也不知躲在什么看不见的地方。只有一条像父亲穿脏的解放鞋解下的鞋带一样狭窄的小道在望不到边际的群山间蜿蜒盘绕。

妹妹已经醒了，在吃麦糕，母亲说快点吃，慢了就冷了。我怀里的饭盒已经被拿走放在路边的石头上，空了。父亲脱下了轻易不会脱的外套，露出了里面浅棕色的旧毛衣，领子那里被母亲用卡其色的线补过，平时不喜欢的痕迹，现在是眼里唯一的颜色，我一下子觉得有了一点安全的气息。母亲一边抱我出来，一边问父亲几点了，父亲看了一下手表说快八点了。我问到哪里了，父亲说快到灵山头了。母亲让我走动几步，抓紧时间拉尿，然后飞快地把我塞回箩箩里，又往我手里塞了麦糕，对父亲说，还是走吧，否则赶不上午饭了。

父亲把外套塞到我身后，挑起担子继续走。我觉得穿着粉红色小碎花罩衫的自己像一片粉红色的小花瓣一样飘落在山道上，刚想给周遭的灰蒙蒙带来一点颜色呢，一下子又被吹得无影无踪了。

父亲说八点半了。太阳还杳无踪影，只留下一个灰蒙蒙的罩子，又冷又硬。箩箩像汪洋里的一只木盆在风浪里颠簸，我一只手扒着箩沿，一只手用力抓着箩绳，尼龙绳子上上下下地在手心滑动，绳上的毛刺磨得皮肤生疼。背后父亲的脚步急促，呼吸粗重，我没有回头，只是想象他一只手搭着扁担，一只手快速地前后摆动，带动着两只脚不断交替前行。远一些，是母亲细碎密集近乎小跑的脚步，和她张着嘴大口吸气呼气的声音，我突然想走在后面的母亲也是害怕的吧，她也想早一点走出这一片阴冷的山影。

可是拐了一个又一个的弯，我们就像在大大小小的波浪上起落沉浮，挣扎着似乎离岸近了一点，又被一个更大的浪冲得更远。走得越久，越觉得自己如蚂蚁般微小，山群巨大无边，任我们怎么努力行走，都走不出这一片灰冷和孤寂。

在簟箩里久了，身体的血液凝成一团，感到寒冷从看不见的幽暗之处涌到我坐着的簟箩里侵袭我，我心里充满恐惧却不敢出声，只希望父亲的脚步能迈得再大些、再快些。

许多年过去了，即使后来又走了许多次，也见过路上柴爿花的红、桃花的粉、梨花的白，可是记忆却定格在这一日的灰暗和阴冷，还有绵绵不绝的山弯。第一次听到那首《山路十八弯》时，我都不相信世界上还有比从栈台到楚门更弯曲的山路。幸而，父亲的小簟箩像安全的小舟，我在摇晃中觉得，家里四个人在一起就是一股巨大的力量，可抵御一切风险。

等我再次睁开眼时，母亲说："到外山头了，下到塘厂，你们自己下来走走，让阿爸歇一歇。"

终于看到人家了，母亲把包裹放到簟箩里，牵着我和妹妹的手慢慢走。天虽然还像没揭开盖子似的，但路边上人家的门开着。父亲缓了口气，跟在后面。从塘厂走到花岩浦才一里多路，但父亲嫌慢了，又让我和妹妹坐回箩箩，他挑着走。从马头山绕到庄头，再到龙攻门，路并不陡峭，但从砂罗岙山头上去就不好走了。到了山脚，我们又下来自己走。天空终于大方一回，放出了太阳，让我们在再次兜转的山路上感受到了一点暖意。

山头的水井边有女人在洗碗刷筷，看见父亲母亲就打招呼："拜岁呢，午饭要赶不上了。"母亲笑着说："那就赶下午饭啊。"

到了这里，我们才呼了一口气，父亲由着我们跌跌撞撞、慢慢吞吞地走。但母亲鼓励我们："外婆烧好午饭了，我们翻过砂罗岙山头就是山后浦了，要加油啊。"阳光似乎就是为了这最后的冲刺准备的，于是四个人都憋足了劲地走，走得大汗淋漓，走到山顶，山下外婆家的两层小楼就在眼底了。下山的路顿时走得轻快无比。

这一路从长大厂岭头下来，走过平坦的桔场村、干江村，到盐盘，再到老傲前，开始爬岭到灵山头、大岙里、密溪、外山，到山下的塘厂，过马头山、庄头、龙攻门，爬砂罗岙下去，最后才是山后浦。

晌午的阳光似乎驱散了原先的阴冷，可是那条在山间穿来绕去的路却印在了脑海里。

回去时父亲带我们坐三卡（方言，小型机动车）到大坝再转到塘厂，走路到梅岙，从梅岙回去沿路的人家多了一些。后来庄头到龙攻门开了路，不用再绕马头山了，龙攻门又开了隧道，就不用翻越砂罗岙了，路程就慢慢缩短了。

小学三年级的五一假期，一天下午二三点钟了，小姨说早一天送我们回家，骑着24英寸的飞鸽女士自行车，带着表姐、我、妹妹来了一场说走就走的旅行。

小姨先载表姐一段，把她放下，再骑回来载我们姐俩和表姐会合，再送表姐一段，再回来接我们去会合。在龙攻门到庄头的斜坡上，小姨大胆地说要“三重车”，让我们三个紧紧抱着坐在车后座。结果速度太快，坐最后的表姐向后仰了一下，把坐中间的我一起带翻在地，直接滚下坡了。幸亏是泥路，表姐的手臂蹭破了一点皮，我伤得厉害一些，腰背上蹭破了一大片，毛衣缝都裂开了，所幸只有一处巴掌大的地方有些血丝，并无大碍。小姨不敢再“三重车”了，还是按老办法走，饶是这样，我们也觉得似乎挺快的。

但是一开始爬山，天就暗了，路已经修宽了许多，小姨说能从楚门把拖拉机开到干江的，不识字都给发驾照，二舅的驾照就是这么来的。二舅说在山里转来转去，拐弯的时候常是半个轮子挂在山坎上，一不小心车子就会翻下山崖，但是路修了一两年，似乎没听说过有车子翻下去，可见都是厉害的人。

小姨推车上坡，说到山上平路就骑。可是到了山里，阳光就被隔绝了，表姐说：“四点了，天开始暗了，我们要在天暗前走到。”我觉得表姐是在找借口壮胆，进了山，是山太高太深，把太阳挡在外头了。

小姨也不提轮流接送着走了，大约也感到谁也不敢一个人待在一个地方，只是推着车拼命快走。妹妹小一些，不时嚷着走不动，就让她坐在车后座上，小姨推着，偶尔缓缓骑一下，速度快了，表姐和我都要叫，可能下意识都是害怕的。

在大岙还是什么地方，小姨说：“我们已经走了一大半了。”这话鼓舞了我们的士气，车子却在转弯时擦到一个中年男子，差点翻了。他恶狠狠地骂了一句“没长眼啊”，小姨回了一句“你才没眼呢”，就骑过去了。我和表姐跟在后面小跑，以为事情就完了，往前走到隔壁的山肚上，听见身后石头落地的声音，吓了一跳，回头张望，却看到那男子站在我们刚才差点发生碰撞的地方，扔石头。石头是绝对到不了这边的，弹落到山坳处，“嗒”一声响，加上回声，就分外阴恻恻。还好我们四个人正在起劲地说着回家后，我母亲会是如何的惊喜，并没有特别留意。

见我们回头，那男子恶作剧得逞似的狂笑，开始骂下流话。小姨火了，停了车叉着腰开始回骂，表姐也跟着骂，我和妹妹不会骂人，就学表姐的话骂。男子有点招架不住，又开始扔石头。对面灰白的石壁像被砍了深深的一刀，砍下的碎石就铺满了路面和整个坡面，穿黑衣的男子，像一只大猴子一样上蹿下跳，从路上捡起石头，不断砸着，发出“嗒嗒”的瘆人的响声。我们这边的山则是黑色的土坡，是泥路，没有多少石头可以回击，于是我们就骂，使劲地骂，似乎四个人在一起的力量就是比一个人的大。

对峙了不知道多久，那边又来了三个人，似乎是一家三口，和男子像是认识的，那男子停下动作和他们打招呼，我们赶紧走，但同仇敌忾的勇气还在，剩下的路，我们似乎走得特别快。走到垟坑岭头，望见山下老傲前人家的灯火，才发现天已经暗了。小姨又大骂那个男人耽误了我们的时间，可是表姐和我、妹妹三个已经饿到没力气接话了。表姐拿出身上最后的一个六角酥，分成四份，边吃边说：“你妈肯定在家里做了好吃的。”这么一说，四个人肚子都咕噜了一下，小姨说："走快点就有吃的了。"

下了垟坑岭后都是平路，在有人家的地方，小姨就骑车子轮流接送我们，不敢离太远，都停在看得见的地方。盐盘过了，干江过了，桔场过了，四边的田野托着黑夜，远处的灯火像萤火虫一样闪亮。忘了害怕，忘了饥饿，我们也变成了四只小小的萤火虫向着光亮奔去。

终于到了长大厂岭脚，看到熟悉的人家屋里亮着的灯光，我们简直要哭出来。我从没想到这户人家昏黄的灯光会如此亲切、温暖、明亮，看到的一瞬间，我感到立刻有一股热流从心底涌出，散向全身，自己肚子似乎饱了一下，气力也从软塌塌的双脚生出。我们从院墙外黑黢黢的树影里走过，屋里传出的平时讨厌的凶恶的狗叫声，此时也变得让人感激。我们都松了一口气，如释重负。

小姨使劲推着车子上了卵石路，说是万里长征最后一步了，我们三个欢呼了一声，似乎饭菜就在眼前。

等到敲响家门，母亲在开门的一刹那吓了一大跳：八九点钟了，怎么回来的？听了我们在路上和人吵架的"英勇事迹"，她更是怕得直拍胸口，骂小姨没分寸："荒山野岭，一个大男人要把一个姑娘和三个小孩怎么样，你们还有命？"她这么一说我们才有点后怕。那一刻我竟忍不住有点埋怨母亲为什么要嫁这么远。

到小学毕业那年，父亲说以后可以坐车去外婆家了，海边的公路在建了。一个周末，他和母亲去楚门了，我和妹妹在家想象那条公路的绵延和快捷，最后一合计，自己走路去外婆家。我们收拾了自己的衣服，又给母亲带了一件毛衣，一人背着一个布袋子就出门了。妹妹有些害怕地问："你知道怎么走吗？"我说："阿爸说只要沿着海边的大路走就是了。"出门我看了一下家里的钟，九点三十分，算了一下，觉得下午两三点钟肯定能到，都在白天，那就没有什么好怕的。

两个人没有一分钱，也不知道要带点水和吃的，就锁了门上路了。

下岭绕过桔场和干江，到盐盘，到梅岙，我看到往日上岭的地方有一条土黄色的大道沿着山脚铺开，就毫不犹豫地走了上去。走到头是海，海和山贴在一起，中间就是那条路，我按捺住激动和不安，催着妹妹快走。公路顺着山的起伏弯曲着，我想有几个弯就有几座山吧，抬头看下山顶，竟一时想不起以前的路是夹在几座山里才这么曲折的。外边就是海，海水泛着光，到处都是明亮的。

我没有手表不知道时间，只能看看太阳的高度，估摸着时间，累了，就一屁股坐在路边的石头上，坐够了，就继续走。看着黄色的路面被太阳照得耀眼，心就安定，似乎陆地摊在阳光下就是安全可靠的。也不知道走到了哪里，我心里就一个念头，走下去就对了。走到梅岙路口，终于是熟悉的地方了，这就是公路啊，我算了一下才五六个大弯呢。

妹妹叫饿，我说："我们先到龙岩四姨家吃饭。"从梅岙过法山头，到塘厂、花岩浦隧道右拐，到陈岙里找到四姨家时已经十二点多了。四姨不在，她的小姑子煮了两大海碗的面条，我客气着说"吃不掉吃不掉要夹出去一点"，结果连口汤都没剩。

吃了面，从马头山出来，到庄头，过龙攻门，又从龙攻门隧道左拐，沿山脚走不多远处就是外婆家了。但是母亲却又回去了，我们扑了个空。在外婆家待到三四点钟，父亲和母亲又从家里赶了回来。

等到我上了初中，公交车一趟走走停停三四十分钟就够了。我家也从山上搬到了山下，公路就从家门口经过，直接连到了栈台码头。我的政治老师说，如果路早点修到栈台，乡镇合并时，镇政府就可能在栈台了，当时栈台经济比干江的好，但是没有路没有办法，要想富就必须先修路。

我第一次坐上公交车去楚门时，因为晕车吐得一塌糊涂。后来读高中了，来来回回坐了几年才不晕车。每趟来回都能看到路边在盖房子，三层四层的水泥钢筋的楼房。

村里的厂子多了起来，好多人家开始买车，先是拖拉机、皮卡，后来基本都是轿车，原来的沿海公路也从黄泥路面变成了水泥路面。路上各式各样的车子越发多了，过年过节搞不好还要堵车。

一晃十多年，如果不是一首《山路十八弯》在电视上唱起来，我几乎都忘记了儿时那个阴冷的早晨和那条羊肠似的小道了。又一个十年过去了，我的车子也跑在了公路上，速度的快慢掌握在自己手里。

“村村通”工程完工后，车子可以到达原来每个被山峰阻挡的村子。2018年的国庆假期，我开着车子、带着孩子，从密溪村、山里村出发，绕了一大圈地游览。回来时车子停在垟坑岭头的一处平台上，孩子在路边的亭子里，我爬上悬崖远眺，突然看到隔壁的山峰中间夹了一条两三米宽的山道，道两旁的杂草正向中间侵袭，道中央一溜的石块，虽然还在坚持，但被草色掩埋也是迟早的事情。似曾相识的地方，我脑中灵光一闪，那是小时候许多村里人走过的道路啊——那十八弯的山路又在我脑海中浮现。我惊喜地喊了出来，告诉孩子们，可孩子们一脸茫然地看着我，不明白这样一条无人行走的路有什么值得惊奇的。

我有些怅然，可又转为欣喜，山路十八弯的时代已经结束了，以前用脚丈量山路的画面，恍如隔世。

过海

小时候，去楚门或者从楚门回来，除了走那条崎岖的山路，就是从大坝坐船回到栈台码头，船票好像是一两毛钱吧。

我们很少坐船，因为山路是免费的，但偶尔遇到急事或者天色暗了走山路不大心安，还是会花上几毛钱坐一坐的。

坐船必须到大坝，大坝是一个枢纽，连着楚门、芦浦、县城和干江栈台。我五岁的时候，有一次回家已经是下午了，母亲说怕是天黑前到不了家了。于是我们没有走山路，而是沿着小龙王村外的公路走到了大坝，买了船票坐航船。

大坝上有一家饭店，有一家嵌糕（方言写法，现称“馅糕”“夹糕”）店，店面的木板油腻腻、脏兮兮的，像抹了一层泥，可是饭菜很香。大人们站在码头上，边等船边闲谈，说饭店的猪脚是有名的，嵌糕店的炒面也有名，似乎人人都吃过，包括父亲母亲，唯独我和妹妹没有。可惜错过了饭点，否则我定能闻到这些香味。

码头边上摆了许多卖海鲜的小摊子，卖虾皮、紫菜的也有。许多人在这里，上三卡下三卡，上船下船。不管买不买，多少都有人会停下来询问，一般十个人里总有四五个会买吧，盯着他们，我就想等长大了我要到饭店里吃那有名的猪脚，到嵌糕店吃一大筒嵌糕，叫老板多放一些炒面。

一点多钟，有人开始吆喝着上船。船舷上的蓝色油漆脱落了不少，勉强黏着的地方也是有一搭没一搭的，很漫不经心的样子，整个船舷看上去仿佛是木头被蓝漆弄脏了。船身的红漆褪色了许多，被浸泡出了海水一样的颜色。我们踏着一块一尺来宽的旧木板，颤巍巍地上船。木板上钉了好几根木条，把木板隔成简易的梯子，一头搭在船头，一头搭在码头，水涌动一下，船就带着木板移动一下。我盯着它不敢上去，怕船晃动得厉害，踏上木板就一头栽入海里。海水浑浊肮脏，像一块在泥浆里泡烂的旧抹布，我瞄一眼木板又瞟一眼海水，恍惚间它们浑然一体，木板就是从下面捞出来被晒干的海水块。

母亲牵着我的手送我到木板上，我犹豫着要不要迈步，父亲在后面催促我，也不知是他还是母亲推了一下我的背，我就觉得自己的脚动了一下，眼里没了海水、没了船，只剩一块沾满泥巴的木板。把脚放在木板中间才走了两步，就被一双手抓着右胳膊拎上去了，还蒙着呢，脚就落在船板上了。我想看一下是谁拎我上去的，后面的人似乎早已等得不耐烦，一个接一个地把脚放进我的目光里。最后一双穿着草鞋满是青筋的脚上来时，船突然就动了，上来的人们沿着船舷排开站着，我也站着。

船在海天间慢悠悠地移动，人们说话的声音、机器轰鸣的声音，飘散在淡淡的风里，回落到海上似乎就沉下去了。

天是灰的，海是灰黄的，远处的山是灰黑的，天、地、海如黑白的影片在眼前流过。我就默不作声了，似乎船可以一直这样走下去，没有尽头。

可是行到某处，船却开始倾斜，一点点向右边倒去。我的心提到了嗓子眼，抬眼看大人们，包括父亲和母亲，似乎没有一个留意到。我不明白发生了什么事，很想大声说“船斜了”，但又怕万一事情本就应该是这样的，人们会笑话我。眼看着船越来越斜了，他们还没有任何反应，我就悄悄地从右边移到左边，希望能把船压回去一点，可是船并没有平衡回来，但是也并没有再向一边倾斜，我以为自己起了作用。可是边上突然有人扑哧笑了起来，说：“这小孩以为船斜了，她能压回来。”

我的脸唰地红了，只当作没听见，假装自己是从一边到另一边看风景的，站了一会儿，又努力装作自然地走到中间，贴着船舱板慢慢蹲下。另一个说：“不是吧，她又走回去了。”可是我终是没有走回右边，顿了一会儿，船竟然又一点点平衡回来了，我长舒了一口气，觉得危险终于过去了，站起来走到右边，这时船也没有倾斜。

父亲似乎明白了我刚才的担忧，说水深了船就稳了。我点点头，没有作声，心里想着幸亏刚才没说出来。

在船上，看着我认识的岛屿一个接一个地从远处来到眼前，心想坐船比走路好多了，又快人又多。

到了码头，还要从栈台走回家，翻过好几座山岭，紧走慢走也差不多要一个钟头，但是这路终归不是荒山野岭，早些晚些路上都是有人的。

我们出门的次数少之又少，坐航船也仅此一回。后来在小学三年级时父亲又说要带我坐船回家，我就想这一次船如果倾斜了，我再也不会走到另一边去。结果到了码头没有航船，坐的是堂叔们的渔船。

在一排渔船中看不出什么，但和航船一比，人站在渔船的船板上也够不着航船的船舷，就显得小得可怜，像黄浊的泥水中的一大块黄泥巴。

上船连跳板也没有，大人们一迈脚就上去了，船和岸中间的黑色轮胎就是跳板。母亲有些紧张，堂叔在船头拉了她一把，轮到我了，还没抬脚，二堂叔和三堂叔一边一个拎着我的两条胳膊就把我提上去了。

在船上一站，就觉得这渔船比航船晃多了，似乎有一只大手在船底推来推去。柴油味毫不掩饰地在船板上穿梭，船尾放了一些箩筐，鱼腥气跟在柴油味后面压阵似的冲入鼻腔，我忍不住捏了捏鼻子。而二堂叔说渔船就是这样的，到了海上，风一吹味道就没了。

我不吱声，尽量站在船头远离那些气味。船毫无预兆地发出一阵猛烈的突突声，在一排渔船中挤了出去。船舱边上冒出一股黑烟，把柴油的气味扩散了十倍百倍，我觉得旁边船上的人也要被熏死了，可他们像没闻到一样。我们的船一驶离码头，原来的位置立刻被隔壁的船填上，就像被浪劈开又合了回来一样。

出了老鹰嘴，风似乎从什么地方被放出来了，吹在脸上一阵阵凉意，也把难闻的气味从鼻孔里抽走了，人清爽了许多。父亲和堂叔们聊天抽烟，烟雾刚从猩红闪亮的烟头冒出来，就散得无影无踪了。

大坝越来越远，码头那些排着的船像过家家时折的小纸船一样，我几乎仍能看到它们在浪里左摇右摆。我感到自己也在摇摆，船底的一只大手，正在变成几百只大手，通过扯动船来扯动我的双腿双脚，我的躯体也在来回摇晃。我努力瞪着眼睛看船板，没有倾斜，起伏好像也并不明显，可为什么我觉得自己的脑袋也在晃动了呢?

我看向远方，远方的浊水和灰暗的天混在一处，在视线里转动，船像一颗大珠子在被风吹得起起伏伏的帆布上滚动。转头看山，山也不见得稳固，在风浪中离船忽近忽远的样子。摇晃的感觉从脚趾、大脑两端向身体中间推进，忽快忽慢、又酥又软，最后糅合到胃里，就像大风裹着的浪涌到了胃里。我想说难受，嘴巴一张，如大坝决堤，浊浪浑水就喷了出来。

二堂叔说:“哟，吐了，今天的风浪不大的呀。”三堂叔说:“唉呀唉呀，午饭白吃了，全都钓黄鱼了。”我很想反驳二堂叔，风浪还不大吗，又想问三堂叔钓黄鱼是什么意思。可是问不了，嘴巴只顾着哇啦哇啦地吐。

父亲说:“小船小孩没乘惯，坐航船她不吐的。”母亲在边上拍着我的背，没几分钟她也“呕”的一声干呕出来，父亲赶紧把她从我身边拉开了。

吐了一阵，好了一些，父亲问我要不要去船舱里，躺着会好些。他把我牵到舱门边，我看里面就铺着一张发黑的草席，一床看不出颜色的被子堆在一角。人还没进去，柴油味、鱼腥味、汗馊味交织在一起，如一条大蛇一般冲了出来，我马上扭头趴在船舷上，又狂吐。黄黄白白的东西，来不及看就被风吹落到海面，眼泪鼻涕来不及擦就被风吹糊到了自己的脸上。我不由得想：我到底吃了什么东西，怎么吐出来比柴油还难闻？明明吃的时候是香喷喷的，怎么到了肚子里后吐出来就这样恶心了？我努力想闭上嘴巴把涌上来的东西咽回去，可咽回一丁点儿，就会反噬似的吐出一大堆，最后我干脆放弃了挣扎，有多少就吐多少了。一会儿，身后母亲“哇呕”的声音也接着响了起来。父亲叫母亲去船舱里躺着。母亲进去了，我不知道母亲如何能忍受那样的气味，想着胃都抽搐，就差把胃翻出来大清洗了。

父亲没法，只好抱着我坐在船头，捂着我的眼让我睡觉。堂叔们在边上像看小猴子一样看我，大约他们很多年都没有见过坐渔船吐成这样的人了。

昏昏沉沉也不知过了多久，偶尔察觉船晃得厉害了，仍忍不住挣扎着起来吐一下，吐的什么也不晓得，反正胃里空空的，嘴巴难受，鼻子里像有什么堵住了，吐点口水也会好受一些。

终于到了皮岩头码头，母亲已经恢复如常了，我的脚还软着，父亲和堂叔像提一篮子海鲜一样，提着我下船。双脚着了地，地面似乎也是一片翻涌着的波涛，父亲搀着我的胳膊走了好长一段路，问我能不能自己走了。我的脑子已经清醒了大半，可手脚还是不听使唤，脚踩下去，路上全是坑似的，一脚深一脚浅，又不好意思说，就点点头说还行。

我们从皮岩头上岭，到了前山的小店门口，母亲说“岭爬完了，接下来路平了，我们歇一下”，说着拉着我站住。一站，我就又有了回到船上的感觉，两只脚忽高忽低，身体开始向一边倒去，倒了一点，觉得不对，用力停住，结果又倒向另一边。母亲诧异道：“你怎么了？”

“哇”，我又一口吐了出来，真的是把胃都翻了个底朝天。胃里已经没东西了，吐的就是苦胆水，一口出来，嘴巴又苦又涩，想再呕一点，又没有了，胃只一个劲地抽搐，肚皮也抽筋了。

在船上，脑袋里是稀里糊涂的，感官也会迟钝一些，现在差不多清醒了，口舌、牙齿之间的馊味在弥漫，冲击着鼻子，呕吐时呛到鼻孔里的食物残粒，哽在鼻腔里，擤不出来又吸不回去。吸回的鼻涕里，又混了呕吐的残渣，酸涩异常，就像把自己的呕吐物又吞了回去，又一阵歇斯底里的肠胃大抄家，“哇哇”个没完。呕得喉咙火烧一般疼，人都站不直了，弯着腰捂着肚子，眼泪鼻涕几乎都倒流了。

小店门口的众人叫母亲大力拍我的背，可她下不了手，怕用力会把我震坏了。小店的人说给我一点水，漱漱口会好一些。母亲去拿水，父亲叫我腰直一点起来，我勉强地直起身子，父亲突然大力地拍了我一下，“咳——咳——”我一阵狂咳，把喉咙里黏着的东西给咳了出来，喉咙似乎清爽了一点，但鼻子里的东西还在，于是拼命拧鼻子，擤鼻涕，按住一个鼻孔，使劲喷气，再喷气，擤鼻涕。“呼——”里面的东西喷了出来，又去喷另一个……我喷得两眼发黑，鼻涕沿着嘴唇、下巴往下流，也顾不得讲究，抬起手臂，左一下右一下地乱抹。

鼻子清空了，舒服了许多，接了水，漱了漱口，心落回肚，胃回到原位，肠子也不纠结了，腿脚终于感受到了大地的沉稳，嘴巴一瘪，不由得滴出了几滴眼泪。父亲长舒一口气说："好了好了，这么差劲，下船多长时间了，路都走了十八里，竟然还吐，也少见了。"边上的人都笑了起来，我将母亲递来的一块薄荷糖含在嘴里，终于魂魄真正归位了。

父亲说："这样过海还是小意思，以前大坝没有筑好，漩门湾都是漩涡，人坐船过海，船都是沿着漩涡边缘过去的。船老大要拼命摇才能保持船的平衡，差一分一厘就要掉入漩涡没命了，哪还有人敢吐。"我想象了一下，觉得换作自己肯定没命了，忍不住吐一口气说："幸亏现在筑了大坝。"想了一下又说："那以后会不会也从大坝造一座桥到我们这里呢？"父亲说："说不定会呢。"

几年后，桥没有造起来，但是楚门到栈台的公路通了，我们回家再也没有从大坝坐船，航船没有，渔船更没有。航船是什么时候消失的，也无从回忆起。我猜测是在漩门二期结束，三期围垦工程开始的那一段时间里吧，大坝的码头取消了，渔船也不见了踪影。再后来大坝外面也被围了一层坝，原来的漩门湾海面渐渐变成了泥塘，长满了大米草。一根一根的水泥桩，从小山外和老鹰嘴开始相对打下，像一个巨人，迈着大步，稳扎稳打地过海。

2008年，漩门湾上第一座大桥建成，大坝之外，我们多了一条通往县城的路，大坝的码头、航船、渔船早没了，饭店和嵌糕摊还在，但是生意冷清了许多。大坝已不再是人们往返于楚门、栈台或县城间的交通中心了，外地的人回来几乎可以不经过它。后来饭店搬到了省道边，大坝就当了一阵子鱼贩们的临时聚集点，后来又变成了一个临时的菜市场。

算起来我也好些年没有从大坝路过了，今年十一月的一个夜晚，我在县城参加完一个活动，开车回干江母亲家。天黑开错了路，没能上高架反倒开到了大坝，在昏暗不明的夜色中瞥见坝旁早有耳闻的“月亮桥”已具雏形。当它建成之日，留在几代人记忆里的大坝将被炸毁，最终被留在历史深处。

开到大坝的这头，我停下车子默默地巡视了一番，隐约记得当年的码头应该就在现在的变压器后面，可是我已经三十年没有再踏足了吧。从前坐船的记忆浮现在眼前，真切又模糊。最近一次坐船过海也是前年五月的事了，我陪母亲坐渡轮去温州看病，而后同年十月乐清湾大桥就通车了，到去年运行了十六年的渡轮停运了。大坝在不久的将来也将消失在视线里，四十多年时间里时代的发展印刻在玉环人出行的方式上。

回头看看大坝，熟悉又陌生，想到以后某日回来，可能它就不复存在了，心里不免有些怅然。它边上白色的“月亮桥”在夜空中像高耸入云的雕塑，更像开启了另一个时代的里程碑，让人心里涌出无限豪情。

台风过境

当广播里反复播报今年某某号台风，将于某月某日在某地登陆时，男人们就会开始检查门窗上的油纸和插销，拿出木板备着，再去屋后的水沟，挖一挖里面的落叶和淤泥。屋子和屋后的土坡就半米左右的距离，人在中间挤来挤去，不能高扬锄头，只能轻轻抬起，轻轻放下，动作稍大一些，说不定就会碰到墙或伤到坡上的泥土。将水沟清理干净，再把家里的水缸挑满、锅灶前的柴爿堆满，这是人们对一场风雨的充分重视和敬畏。

当窗外的风吹动着木门、木窗砰砰作响时，人在屋里烧旺了柴火，烧出喷香的米饭。吃饱，早早地卧床，再酣畅地睡上一觉，任风大雨大，屋子就是人们的万能碉堡。第二天天一亮，十有八九雨过天晴，人们撤掉把屋子封得严实、漆黑的木板，光就充满了各个角落，日子又恢复如初。

许多年来，人们就这样习惯了台风，但是习惯归习惯，恐惧和损失还是会伴随风雨骤变而来。

有一年父亲要去管船，这是唯一一次母亲唠叨着让他先安顿好家里再去。他似乎听不进去，觉得这次台风和以往的也不会有什么不同，敷衍了几句就走了。

下午三点，天就全黑了，雨像密集的铁剑一样把我们的房子包围在一小块天地的中央，压得人大气都不敢喘。我和妹妹窝在灶台前像两只面对着猛虎的小兽，母亲竭力做出平淡从容的样子，拢着我们尽快吃饭上床。木板阻断了屋子和外界的接触，我趁母亲下楼，斗胆偷偷趴在窗缝边张望。外面黑乎乎的，什么也看不清，我却被突然放大的风雨声吓到，似乎外面下的不是雨，而是千万把机枪扫射出的子弹，人一吱声就会暴露目标，然后被打成筛子。

离开了窗，风还夹着尖利的呼啸往缝隙里钻，我觉得寒意从脚底传来，一哆嗦，赶紧躲回床上，裹着被单不再吱声。

母亲在楼下，我听见她拖动木棍顶门的声音，她肯定还用力拉了拉，环视一圈后才上来。五点钟不到，母亲就关了灯，妹妹让她再打开，她不答应，说开灯太危险了。怎么危险？母亲说台风是海里的龙王生气了跑出来喷水、刮风，屋子亮着灯，他看见了就会扑过来……

我们马上噤若寒蝉，身体不自主地贴上母亲。妹妹想上厕所也不敢说开灯，要母亲陪着摸索着下楼。母亲又有一些不忍，只好又拉了电灯，说尽量快一点。昏黄的灯光映亮了屋子，添了一些暖意，也照出更多黑暗的角落。平时见惯的家具，都成了制造幽暗的元凶，我盯着电灯，心怦怦跳，希望妹妹快点回来，仿佛迟上三分四秒的，那条凶煞的恶龙就会把我们当作攻击目标。

关了灯重新回到黑暗中——黑暗成了保护我们的盔甲，我们三个人挤在大床上，老式的木雕大床像另一座堡垒一般增加了一点安全感。母亲一手搂着一个，给我们讲故事，妹妹很快睡着了，我却睡不着。不管母亲讲什么，我眼前总有一条金色的巨龙在张牙舞爪，用被子蒙着头赶不走，用手捂着眼赶不走，侧过头赶不走，又急又无奈，干脆伸出双手在空中乱抓和它搏斗。母亲以为我梦魇了，她竟能在伸手不见五指的黑暗里，准确无误地一把握住我的一只手。

她用干燥、温暖、有力的手抓着我，嘴里轻轻地念叨了一句"泼爽"。这是乡下碰见鬼怪，人人都会念的咒语。我不吭声，用力闭着眼一动不动地躺着，装作梦魇。她握了一会儿，以为我没事了，就放开了。她这一握似乎给了我力量，金龙不见了，我的眼皮开始沉重，不一会儿就睡着了。

不知睡了多久，我迷糊地睁开眼，灯亮着，母亲站在床前的桌子边上不知在干什么。我斜了一眼她的背影，没有多想又睡过去了。

第二天一早，妹妹还在沉睡，我醒了，母亲不在。楼下传来一阵饭香，我拉了一下灯，灯没有亮，但屋子敞亮，愣了一会儿才反应过来，窗上的木板已经卸下，天光照了进来，台风已经过境。

我听见母亲在楼下跟人说话，起床发现桌子上放了一个脸盆，里面的水有几寸高，楼板中央放了脚盆，窗前的书桌上是一个大洋碗，我们小床靠屋角的地方，也有一个碗——昨晚屋子漏水了。漏水当然也是常见的，但我竟然毫无知觉，那昨晚的台风到底大还是不大呢？

下楼，母亲在院子里，我也出去，脚刚迈出去就吓了一跳，院子里满是瓦片和苦楝树的枝叶，连小臂粗的树枝都断了一截，垂挂下来，贴着墙面轻轻拂动。

母亲跟坎下的堂伯母抱怨，说："叫他把树杈锯掉，他就是不锯，还说刮了这么多次都没事，现在你看，屋角的瓦都被扫了一片，差点没把我吓死。""幸亏树枝是上掼下，如果是下掼上，那可要连屋顶都掀走了。真是阿弥陀佛。"堂伯母接口说。母亲叹气说："可不是！"我也忍不住在心里说："可不是。"

中午父亲回来看着满院子的狼藉，愣了半晌，终于拿起锯子锯掉了苦楝树伸到屋顶的那一枝大树杈，然后又开始上屋顶捡碎瓦片，把新瓦铺盖回去。这一天，村里每户人家的男人都爬上屋顶铺瓦补漏，以抵御下一次的台风。

但后来的台风都没有这一次的厉害，直到1994年吧，好像是17号台风。那时我们家已经高山移民，迁到山下两三年了，但住的仍是瓦房，还是一层的。

父亲已经严谨地把屋顶全部整修过，可仍有漏水，不知是他疏漏了什么地方，还是风势太大，又扫掉了瓦片。家里的猫咪吓得不肯下地，一个劲地缠着人抱。

天是大军压境般的墨黑，屋里灯开着，雨打在玻璃上都看不见水纹，只有噼噼啪啪马蹄炮一样的爆裂声，每一声都让我吓一跳，以为玻璃被敲裂了。父亲尽量把东西都放到高处，母亲收拾了一些细软，叫我们换好衣服，穿上套鞋到沙发上去，说万一小屿门或洋坑塘决堤，房子被淹了，我们就逃回山上去。

全家人整装待发，挤在沙发上，父亲手里拿着手电筒，母亲一只手抓着布袋，一只手搂着妹妹，我抱着猫靠在母亲身上。风雨在头顶咆哮，蒙在屋顶的油布被风一吹就全部贴上了椽条和瓦片，再一呼，又“啪”地扑向地面，里面的沙子、泥土纷纷扬扬地落下来。我都不敢抬头看，怕一抬头整个屋顶就被掀飞了。但父亲在看，边看边留意声音特别大的地方，说风忒大，有几处的图钉都被掼掉了。母亲轻声问：“屋子没事的吧？”父亲说：“你怕屋顶被掀了？这不会。”说着伸手关了灯，在黑暗里我们闭上了眼睛，努力竖起耳朵，捕捉、辨别风雨里细微的声响，来判断屋外的状况。

也不知道过了多久，我无端地想起了小时候母亲说的台风是龙王发怒的事。如果真的决堤了，那么就是龙王暴怒，率领虾兵蟹将席卷大地来了。但是到处都是黑暗，龙王应该辨别不出哪里是哪里吧，那么我家是可以逃脱的吧？我又想风雨这么大，如果真的要逃到山上去，风会不会把我们都吹得掉到坎下去了，我们还能活着上山吗？我胡思乱想着，怀里的猫咪却发出了轻轻的呼噜声，仿佛之前上蹿下跳仓皇乱叫的不是它。我抚摸着它温软的身体，又觉得到时逃回山上的肯定不止我家，边上的人家不都要逃吗？那人多力量大，应该可以抗争一下的吧……想着想着眼皮耷拉了下来，几时睡去也不知晓了。

次日醒来，一切都好好的，父亲早早出门打探消息，母亲在门口站着和邻居交流心得。妹妹不知什么时候去床上睡了，只有我还抱着猫歪在沙发上，水漫到沙发脚下，并不算多，大约拖鞋底的厚度。家里没什么损失，只是水难以退下去，父亲在水泥板间钻了几个洞将水扫了下去，不消一刻也就流尽了。

我问父亲：“昨夜是真的准备逃回去吗？”父亲说：“起始不

是很吓人嘛，熬到十二点多就回南了，风小了雨也小了，还逃什么？”原来台风在半夜就过境了，真是虚惊一场。

2004年的台风“云娜”是吓人的，2005年的台风“麦莎”更是直接在干江登陆，父亲母亲却再也没有逃跑的念头，他们说现在的塘坝牢固得很，又不是以前泥土筑的，骇什么？

2009年一次台风来，我们问父亲四楼的竹架要不要搬进屋。父亲说骇什么，阳台半封闭，吹不走。那次台风，我记得也不小，可全家人站在窗前大有“笑看风雨平常间”的架势，儿子和外甥还吵着要去玩水。不知妹妹还是妹夫提议吃火锅，晚上一家人围着火锅，吃得热火朝天，任凭窗外风雨交加，甚至有一种腊月吃火锅般的惬意。第二天起来，阳光明媚，昨日的风雨像是很久之前的事情了。

2019年台风“利奇马”来时，我在椒江，一夜无眠后，打电话给父亲母亲。他们竟然还睡着，说：“难得台风天可以睡个懒觉，结果被你吵醒了。”我问家里怎么样，母亲轻描淡写地说：“就地下楼里淹了尺把深的水，水泵可能要坏。”我说：“昨夜睡不着，风把窗户打得咣当响。”她打着哈欠说：“我好眠得很，咱们家的窗户没有咣当响。”顿了一顿，又说：“你干什么睡不着，台风又不是没见过，大又怎么样，现在的房子又高又牢，又不是以前的小矮屋。”

我挠挠头皮，一时没能消化母亲的态度。挂了电话仔细想想，也许她的那句“现在的房子又高又牢”就是答案吧。

所以，也许不是母亲对待台风的心态变化有多大，而是现在的生活条件与以前的相比，有了巨大的变化。

每一个日节

日节是我们对农历节日的称呼。除夕、元宵不说，二月二、清明、端午、七月半、八月半、十月半、冬至，在每一个排在日历上的日子，我们的饭桌都会比平时的丰盛。

二月二是必须要吃“芥菜饭”的。二月的芥菜正鲜嫩着呢，将芥菜切成小段，加几片肉，一起炒到米饭里，滋味美着呢。老人们说吃了芥菜饭，可以一年不生“癞疤”，不生疥疮。

其他日节的重头自然是吃锡饼，这是所有重要日子的标志。除了除夕、清明、端午、冬至外，其他的都是月半，过日节就是“做月半”。

早几日，人们就挑了麦子去村里的碾坊碾成粉，等到月半这一日，十有八九都是放工的，学校也会提早一点放学。女人们一早起来拌粉，发上一两个钟头，就架起火先摊锡饼皮，同时把米面或者豆面用水泡上。男人们都赶到山下干江街头去买锡饼菜，想丰富一点，就去远一点的栈台街。其实也没有别的，无非是豆腐干、绿豆芽、咸菜（有些人家自己腌了，咸菜也不用买了）种种，但最主要的还是猪肉。平日里没有猪肉，就挑一点猪油，也还是菜，但日节里没有猪肉，那就不成菜了。买菜要趁早，去晚了，剩下的绿豆芽壳比芽多，猪肉可能就只有肚下肉了，运气更差一些，碰见的是母猪，割回来的肉皮上，猪的乳头像双排扣一样贴着，瞧着怪怪的。

其他的菜就看自家四季种的是什么了，一般包菜、豆子、土豆都是自家地里长的，鱼、虾也是一定要的，至于大小就看家底了，再不济，鱼鲞、虾皮也好摆一盘。这么一算，一个日节里，桌子摆满都不成问题。再把家里老母鸡的蛋炒一个，颜色也好看极了。

每个月半都是小孩子的大事，他们都会互相串门，去别家数一数有几样菜，再回来和自家的比比。自家多的，可以多吃一筒锡饼，嘚瑟上几天，自家的少了，就会和爹妈说谁家有什么什么，下次也记得补到自己的饭桌上。

每次月半结束，似乎大人小孩都会胖上几斤。

有一年，父亲和母亲吵架了。月半人们一般是不吵架的，什么大事也都要等过完节再说。但是那一次不知为什么，他们吵得很凶，父亲一气之下不去买菜，去管船了，母亲摊完锡饼，赶到山下，街上只剩一个绿豆芽摊子了。摊主把桶底都捞了，也没几根豆芽，都是壳。

母亲回家有点晚，但是她速度很快，洗了豆芽，捞出豆面，切一点鳗鱼干，和着炒。她又捋了一把韭菜，炒鸡蛋，又把包心菜切得细碎，加一点葱，炒米面，之后挑了一大勺猪油，把四季豆炒得油汪汪的。最后焖上一锅米汤，蒸一盘带鱼鲞，就好了。但是摆上桌子，和平时的饭菜相比，实在寒碜。妹妹关了门，不让小伙伴们来，自己悄悄去奶奶家转了一圈，回来带着哭腔和母亲说他们都是满桌子的菜。

母亲说:“我们家更多，你看绿豆芽加绿豆面是不是六加六（在我们的方言里，绿和六是同音的），这就十二样了，韭菜（九菜）是不是九样了，米面一样，四季豆就是四样，再加鱼鲞，我们算一算，是不是二十几样了？”我们认真想了想，似乎很对，就高兴起来了。我还比平时多吃了一筒锡饼。

有一次，母亲不在家，刚好是七月半，父亲嫌麻烦，哄着我们说:“这次跟别家不一样，吃猪脚。”他做了麦糕，黄豆炖猪脚也是喷香的。但是我们听着隔壁二叔家闹哄哄地叫要面，要肉，不要鱼鲞什么什么的，顿时觉得自家的饭桌冷清清的，啃的猪脚也没有滋味了。我和妹妹一整天都蔫头耷脑的。

第二天母亲回来，和父亲吵了一架，风风火火地赶去买菜买肉，然后摊锡饼。我们把锡饼拿在手里，嘴就咧开了。似乎月半没有锡饼就是不完整的。

清明多了清明圆，端午是要点雄黄的，八月半就是中秋节，自然要有月饼，买一个，切成四块，一人一块。如果有两个，就要留一个农历十六再吃。冬至要吃冬至圆，元宵要吃汤圆，除夕是一年之中最重要的节日，“锡饼菜”自然比平日的更丰盛。但是除了一顿年夜饭，过年要准备的物什可不老少。

元旦前后，要浸泡好粳米，做年糕。这是大事，常常要全家出动，于是常挑孩子不上学的时间做。轰隆隆的机器声就像是新年越来越近的号角。等雪白的年糕一条一条用菜刀切下来，放上米筛，被家里人搬到凉席上晾时，这年就是实打实地要来了。

打炒米的人背着炒米机也来了，一个村子一个村子地游走，一声接一声的“嘭”响彻院子，丰收的喜悦和对新年的企盼跟着炒米或糕条的香气弥漫在每个人的鼻尖和心田。炒米有了，家里还要炒炒豆，留着的好豆子就是为了这个。

腊月廿三拜祭灶司菩萨，祭品是烧熟的金针、笋干、红枣、豆腐干，外加几盅黄酒。拜过的东西可以吃，也可以做面条或年糕的佐料。粽子要包起来，泡过水的糯米加一点明矾，颜色就更诱人了。包的时候放一颗红枣或蜜枣，掺一点豆子或者番薯丝，光粽子就可以变出十八般花样。用柴爿炖上几个钟头，粽叶竹子般的清香和糯米的浓香夹着蜜枣、豆子、番薯丝的香气和咕嘟咕嘟冒出的蒸气一道填满了屋子。廿四掸篷尘，早在这一日前，家里的门窗、桌凳、被褥其实已经洗好晒干，当天要做的是把小笤帚绑在竹竿上，细细抹去屋角的蛛网、灰尘。廿五说是“赶长工”，长工是早没有了的，但是“长工糕”得正正经经地吃一碗。糕里放了一年来最丰盛的佐料，切几段大蒜苗，那香气简直要飘满整个村子。廿六七就要买猪头、猪尾巴，烧熟谢年，猪头、猪尾巴要早好些时日定下才有。谢了年，还得把猪头“庖丁解牛”一般切成猪耳朵、猪嘴巴、猪头肉，猪尾巴也要切成一段一段的，都留着，是正月里亲戚来家里时的一道大菜。

谢完年才算结束了忙碌的一年，然后就在悠闲里等待除夕的到来。

除夕这一天，洗洗切切要忙上一天。到下午才开始摊锡饼，也不像平时对待月半的随意，得用红色的托盘铺了洗净的新毛巾装着。菜自是不用说，萝卜、菜头、豆腐干、笋干、咸菜、炒米面、炒豆面统统加了肉，带鱼、鲳鱼、鱿鱼都有，一碗一碗盛着，摆满了桌子。吃完，大人们就要拿出藏着的炒豆、炒米（花）、糕条、糖、饼干开始数着分。

睡前把新衣服放在枕头边，第二天醒来穿上，兜里装满炒豆、炒米，每一个孩子都仿佛是世界上最富的富翁。

在许多年的每一个日节里，村里人就是这样从孩子长成大人，然后又这样养大自己孩子的。

只是一年一年的，餐桌上的肉渐渐多了起来，过年时，大人们会跑到楚门背几个苹果、几株糖梗（即甘蔗）回来。到我小学三四年级的时候，干江街头也有苹果和糖梗卖，冬天竟然也有梨子了。

读初中时，大家开始从山上搬到山下，村里的杂地上建了一个综合市场。我们在市场里看到了满摊子的蔬菜、鱼、肉，还有成箱的苹果、梨子、橘子，成堆的糖梗，各种各样的糖、饼干、糕点……

奶奶说她以前做月半得赶集去买菜，我觉得不可想象，但是现在成山成堆的东西，似乎也没有想到。但是很快，我们就习惯了。买菜不必起早，除了晚上，不管什么时候去，菜场都不关门。

日节到了，早些去迟些去都没有关系，菜场里的菜也从不会卖完。不久，边上的商铺里，熟食摊子也有了，猪头肉不再是过年的大菜了。隔了几年，菜场边上开了一家大超市，楼上卖衣服、裤子、鞋子，楼下卖吃的、玩的、用的，能想到用到的也都有了。

但是村里人过日节的习惯似乎并没有变，仍要摊锡饼，清明、冬至的时候还是会用艾草做青麦饼。做青麦饼要摘艾草，洗、煮、揉汁，再用汁揉面粉，饧面，切团，滚饼子，烙熟，女人们以前嫌麻烦的事，现在似乎很是热衷。日节里，当然还得忙忙碌碌地洗啊、切啊、烧啊，花样多了，说不定也得忙上一整天，比以前的年夜饭还费时间。有时候，家里忙，简单过了一下，小孩子也不会有什么意见，菜还是差不多的菜，无非是没有锡饼。后来菜场上有人专门在日节摊锡饼卖，买一点来也是一样的。不过工厂和学校除了法定的节日，其他日节都不再提早放工放学了。

但是女人们有的是办法，只要有闲暇，左邻右舍的聚一起“兜焐”，其实就是各人出一点钱，买菜买粉，摊锡饼吃。锡饼一上桌，她们似乎就过起了另外的日节。

但是孩子们不一样了，他们长大，沿着新筑的公路跑到楚门，跑到县城，跑到市区，跑到省城，跑到省外、国外去了。除了法定的清明、端午、中秋、除夕，他们已经不在意其他的日节了。当母亲郑重地打电话给我说“月半啊，回来吃锡饼否”的时候，我都说不回去。有时也不是没空，就是脑子里月半的概念已然淡漠。母亲有时在电话里故意砸巴着嘴，说好吃得很啊，“碗头”很多。我心里忍不住翻白眼——昨日吃太油腻了，一听就不舒服，但是为了母亲高兴，还得配合一下，表示想吃啊，想吃得流口水。

等我也做了母亲，看着孩子一天天、一年年地长大，慢慢就明白了母亲的心思。后来她只要来电话，我能回去的时候都尽量回去。

日节在心里又变得重要了，我觉得现在的每一个日节都是要怀念、要团圆的日子。对于现在的我来说，日节已经从对物质的渴盼，变成对精神的需求。

滞留的养鸡场

很长一段时间，兰阿婆和老增老婆是一起住在山上的。兰阿婆在山下不是没有房子，她儿媳妇嫌弃她，不愿意和她一起住。她和老伴两个人就继续住在山上的老房子里。与老增老婆和老娘相比，他们更像是暂时滞留在山上的人。

房子有五间，是她落海死了的老公送给三个兄弟让大家一起住的，兄弟们搬走，在山下盖新房子，必须要拆了旧房子，于是整座房子半边的屋顶没有了，只剩下她家的两间，一半石墙、一半木板壁继续支撑着。幸亏她儿子盖房子没有用到她的户口，否则这两间房子怕也是要拆掉的。

人都走了，房子空了半边，院子更显得空阔，两个人干脆养了两只狗和一群鸡仔。鸡仔小，叽叽喳喳的，热闹；鸡长大了，鸡飞狗跳的更吵闹，似乎日子就没有那么冷清寒酸了。

鸡养多了，鸡蛋也就多了，就可以卖钱了。后来人们说她的鸡是山里放养的，鸡蛋好，买的人也就多，价钱也提了上去，还有人专门寻上来买鸡。他们就圈了屋后水井边的空地，把水井上边我家原来的菜地也圈了一半进去，形成了以她家房子为中心的周围十几米的鸡场。她又在鸡场外的空地上种菜，自家吃不掉，也卖，还往我家送。老伴是她丈夫死后上门搭伙过日子的男人，一起生活二三十年了，开三轮摩托载人运货，也是有一点收入的。

撇开村子的衰败，他们过的似乎是电视里展现的“向往的生活”了。

我们回村去老屋，要经过他们的房子，远远就能听到公鸡的啼叫，走近一点，狗就蹿出来，“汪汪”叫个没完。兰阿婆就倚着围墙眺望，看见是我们总是很欣喜的，免不了要招呼我们进去玩一下。

我去过一次，待了不到一分钟就出来了，鸡场里鸡粪的气味老远就闻得到，靠近一点我敏感的鼻子就受不了。母亲倒是每次都会进去，但是也待不久，说气味实在太重，又脏。我问：“他们都不打扫吗？”母亲说：“怎么不打扫，但是鸡一多，你阿婆瘸着腿哪能顾得过来，眼神也不好，鸡屎和石头说不定都分不清呢。”

屋子的门口围了一张网，是挡鸡用的，里面黑乎乎一片。我记得以前他们的屋子就很黑，现在，更加年久的屋子里每一块石头都浸透了时间，在阳光下也散发着黝黑的气息。屋顶的瓦片遮挡了风雨，也遮挡了阳光，几十年前就只靠着一片书本大小的玻璃瓦采光，现在也依然是靠着它攫取一点光亮。不同的是，过去是几瓦的灯泡，现在换成了几十瓦的荧光灯。但是大白天，人在屋子里也要亮灯。白色的灯光像黑夜中的光亮一样，虽然耀眼，却也只能照亮一角，更多的地方是隐在光亮之外的。黑泥的地面吞没了几十年的变迁，沉积下来像个沼泽。屋外一百多只鸡，来来回回地奔走，阳光穿过树荫落下，像是另一个世界。

兰阿婆他们就在屋里屋外两个世界里穿梭，走出屋子、走向山下，那是光、热；走回山上、走进屋子，就是暗、凉。

屋后的两口水井，以前是村里的水源，现在上面盖了木板和毡子，防止鸡掉进去，也防止被鸡屎污染，一根长皮管从井沿伸出来蜿蜒着通到屋子里。

这个鸡场半野生似的办了好几年，是他们主要的收入来源。直到兰阿婆的儿媳走了，也带走了孙子，她才搬到山下去。

后来我们再回山上，觉得没有了鸡鸣犬吠的山岭，更加寂冷了。老增老婆说她们也觉得更冷清了，原来兰阿婆住着，养鸡养狗，臭也臭得有点声响，总觉得还是有个照应的，现在真的是只有她们孤零零的一家了。

但在山下的新屋里，兰阿婆似乎也住得并不开心，儿子不让她老伴住，老伴就回温岭老家去了，老家的侄子说愿意给他养老送终，他偶尔过来看看，都是当日来回。兰阿婆有时来我家和母亲吐吐苦水，觉得还是在山上养鸡的日子自在。

住了没几天，兰阿婆觉得和大儿子相处不好。没了老婆的大儿子性情大变，一个月近万元的工资全花光，怎么花光的却也说不清楚，还总是嫌兰阿婆不爱干净、丢人。二儿子呢，坐牢出来也不见踪影。兰阿婆一气之下去了隔壁村的养老院里当护工。母亲说："她自己瘸着一条老寒腿，走路都不利索，怎么干活？"但兰阿婆说自己还剩一口气就得为自己挣一口饭。

2017年，老增老婆也从山上搬走的时候，除了岭头种红心柚的老财每日白天上山去，那里就没有人影了。

但是没多久，兰阿婆家边上被黑色网布圈出了更大的一块地方，密密麻麻的母鸡、公鸡窝在那里。我以为是她回到山上住了，顾不得臭和脏，捏着鼻子站在围墙外叫“阿婆、阿婆”。叫了半晌没人应答，我以为她出去了。又去寻找她老伴的身影，叫“阿公、阿公”，也没人应答。反倒惊起了原本懒洋洋躺着不打算理我的两只黄狗，冲出来摆出吵架的架势，“汪汪汪”叫个没完。

我以为他们是下山去了，回家问母亲，母亲说那是隔壁村的一个男人向她租的，平日也不会整日在山上，兰阿婆还是在养老院打工呢。

第二天，我们再上去，一辆黑色的电瓶车停在我家原来的菜地旁，没有人。我站在山坡上细细打量着这个换了人的鸡场，鸡比原来的更多，网也围得严实很多，应该是怕鸡飞出去，但是也没有怎么打理，大概人也不住在这里。整块菜地已经被鸡刨得看不出样子了，母鸡们三三两两地挤着，合力把身后的泥土踢得飞扬。公鸡在井盖上散步，走着走着就拉下一堆屎，跑了一只又来几只，支棱着脖子上的毛打架，鸡毛、灰土扑扑飞——这井水怕也不能喝了。院子里，公鸡、母鸡成群结队地划分了彼此的地盘，地面上是厚厚一层鸡屎，我还看到鸡公然进出屋子。兰阿婆可能也不会回山上住了吧，可我还是忍不住想，这样的屋子，她以后回来怕是不能住了。

看了半晌，仍看不见人，我没有找，而且站得有点久，臭气熏得头晕，心里就有些愤懑：好端端的山岭被糟蹋了。

我跟父亲说：“我们的地给阿婆用就算了，给一个外村人糟蹋，我们要跟他提出来。”父亲说：“提什么呢，我们也不可能特意跑上来种这一点地吧？人家要用就用着，养鸡虽然邋遢，好歹山上还有点活气。”

我呆了一呆，下意识地想：如果有一天，这个外村人也不租了，鸡场没有了，是不是整个村子就会彻底地消失，变成一座空山了？这个鸡场也只是滞留在山上的过客啊。这样一想，瞬间也就觉得它没有那么脏、那么臭了。

父亲没有留意我情绪的起伏，走了几步，回头说：“村里可能要搞旅游开发了，现在正统计各家的老房子，鸡场也开不了几年了。”

我对着父亲的背影翻了一个白眼，什么话不能一次性说完吗？但是心情是真的好了。

阿水的折腾

阿水比我小几岁，初中毕业就出去了，打了几年工，学了修车的技术，就租了我家斜对面阿林的小房子开了一个修车摊子。

2012年开始，镇子上的轿车数量呈井喷式增长，但是轿车有了问题时一般都是去4S店或者专门的修理店修，阿水的修车摊子瞧着实在不怎么专业的样子，只能修来往的卡车和一些小货车。开卡车的外地人居多，开货车的人讲实惠，而且这些人十个有九个是大嗓门、暴脾气，而阿水性格懦弱，说话慢条斯理的，做什么事都不急不躁——我都怀疑自己记忆里那个打架勇猛的小男孩还是不是他——手脚却很麻利，在价钱上也不是特别计较，生意做下来让所有人都舒服，那些司机都喜欢找他修车。开小店的美凤开玩笑说他承包了镇上修卡车的业务。

那个时候，镇子里很多地方在建房子、筑路，卡车为数不少，阿水的生意还是不错的。

每天，看着他矮小的身影在卡车的轮子中间钻进钻出，似乎还没有卡车的轮子高呢。有时只有一辆车子在修，车子和人还能分得清。如果有好几辆一起，那些浑身泥巴的车子大剌剌地停在房子前面、停在马路边，比他租的房子还高，就几乎看不到他的人影了，只偶尔见着车子中间有一个黑蓝色的影子闪过。早晨，他四五点钟就开门了，晚上他拉出大灯，十一二点还在忙碌。他的作息全看司机们的“光临”时间。如果没有车子在修，房子前面的空间就暴露在所有人眼前，这时阿水才会出来，不时整理乱糟糟的房子，不时蹲着修理一个车轴或者什么东西，还会为一些老人家骑的三轮车免费打气。我很少看他闲着，不像修电瓶车的阿龙，空下来还会看看电视、玩玩手机什么的。

一开始我以为他收入不大好，父亲笑我不懂行情，一个卡车的轴可不是什么便宜货。所以，父亲说阿水一年赚个七八万元是没问题的，好的时候可能有十几万元。我觉得阿水的日子过得还是不错的，可是父亲又说，阿水的爸爸前些年生病花了不少钱，现在家里又刚盖了房子，还欠着债呢。阿水就一个姐姐，生活条件似乎也一般，他自己还有两个孩子，都还很小，家里全靠他撑着呢。这么一说，我就理解了，为什么有些卡车坏在半道，但只要一个电话，阿水就骑着电瓶车赶过去，五更叫，他五更过去，半夜叫，他半夜过去。

不过修车的生意大约真的还是不错的，有一日阿水爸过来和我父亲闲聊，说家里的债快要还完了。那一晚他们聊得开心，他爸到七八点钟才回去，对面阿水的店还开着，灯却没有亮。

快九点了，突然街头有救护车呼啸而过，听从栈台过来的人说，在烟墩岗山口，有人骑电瓶车被撞了。许多人站在院子里看，相互询问是什么人。谁也说不出具体是谁，包括散布消息的人。于是大家一致认为肯定是某个倒霉的外地人，下了夜班，经过山口那段黑黢黢的路，被撞了。

第二天一早，阿水爸打电话给我父亲说，阿水昨夜被一辆逆行的大卡车撞了，送去上海的医院了，今天下午就要“劈脑”，要十几万元，想让我父亲帮忙向谁借一下钱。我们都吓了一跳，父亲翻了家里的底，又和几个要好的邻居一起才凑了几万元，还是远远不够。办厂的老金和老富知晓了，拿了十几万元过来。开颅手术挺成功的，阿水住了一两个月的院，回家养了小一年，除了头上狰狞的疤痕，已经恢复如常，又回去修车了。我父亲劝他再歇歇，他说：“老债没完，新的又来了，赔的钱还不够还债的，欠着你们总是不好意思的。”父亲说：“大家都是邻居，都晓得你的情况，你不要慌。”但是阿水觉得自己还年轻，还是扛得住的。

我们看他原来黝黑的脸似乎更加黑了，原来只是矮小，气力还是有一把的，这次虽然大难不死，但是人的气力没有了，瘦弱了许多。以前看他拆卡车轮轴，哐哐几下就可以了，还不带喘气的，现在拿起的锤子都没有以前高，敲的声音也闷闷的，要十几下甚至几十下才能拆出来。他也不能蹲太久，他爸说蹲久了要晕，在卡车底下钻进钻出也不那么灵活了。阿水自己是不说什么的，还是尽量表现得和以前一样，但是家里人不让他出去接活了，我父亲跟他爸说如果可以，换个营生吧。

也不知道从什么时候开始，阿水的店里经常没有人，后来关门的时间也多了起来。我们都以为他去工厂上班了。

一日，我们全家去山上，看见老根柚子地边上原来阿水的老屋里伸出一个印度人帽子一样的旋转的东西。我们都在好奇这是什么，是谁弄的。回去的路上碰见阿水爸，说起来，才知道这是阿水弄的一个烧炭的炉子。

“阿水烧炭干什么呢？”我们都忍不住问。他爸说：“现在城里流行烧烤，有朋友介绍了生意，阿水就弄了这么个炉子烧炭，生意蛮好的。”

烧烤的生意应该真的蛮好的，阿水修车的摊子关门的时间越来越长，他爸还过来找我父亲，想让他给阿水帮忙，说工资不会低，三四千元肯定有。父亲跑上去看了一下，回来拒绝了，说这个东西伤肺。

我就担心不环保，会不会被人告发。父亲说：“冷山荒岭，谁会去管，谁会去告发？”干了一年多，阿水的修车摊子彻底关门了，父亲说阿水烧炭比修车挣得多，一年十几万元。我虽然觉得他在山上烧炭并不是很好的营生，但是他车祸后身体大不如前，也是没有更好的办法了。

去年回去，在山半腰老良家老屋斜对面的坡地上，我看见一个十来米长、四五米宽、一米多深的水坑，里面铺了黑色的防水膜，前几天刚下过雨，坑里的积水还是挺深的。我问父亲：“这是谁的地，怎么挖成这个样子？”

父亲说：“好像是老齐家的地，阿水挖的。”“他挖起来干什么？不三不四的。”父亲说：“养东西啊。”我仔细看着这个坑，实在想不出有什么用。

“谁知道呢，原来听他爸说是养泥鳅还是什么的——都是做鬼事，泥鳅在这里养得牢的啊？”父亲摇摇头说。

“老齐知道阿水挖了他的地吗？”我总是担心会有无端的纠纷。父亲不以为然地说：“山上屋都倒了，谁还会去管这地啊？”

“他是怎么挖的呢？”我看看上下，并没有铲车可以行进的路。

“总是叫人来挖的吧。”父亲漫不经心地回答。

“但是现在他又不养泥鳅，岂不是要亏？”我有点为阿水担心。

“不会，现在还没弄好——这些事情，和你有什么关系？”父亲有点不以为然地说道。

我一时不知该说什么，沉默了一会儿才说：“总希望阿水的日子好一些吧，本来没有车祸，他的日子就该好起来了。”

父亲说：“后生人，有脑子，不会让日子过不下去的，阿水就是爱折腾。”

“那他现在干什么呢，烧炭还在烧吗？”我紧接着问。

“烧炭生意有就烧吧，他好像又做别的什么生意去了，我也不知道，和他爸也好久没见了，不过阿水折腾来折腾去，钱还是挣了的，去年就听说债都还得差不多了。”

我终于放下心来，心想，看来阿水也没有白折腾。

复兴的沙滩

我记忆里的沙岙坑除了黑乎乎的涂泥就是船，各种漆迹斑驳的小船和偶尔一见的航船。

那时候，父亲和母亲都在大表伯的修船厂里上班，我也跟着去修船厂里。很多时间里，我都坐在靠山脚的一座两层小楼底下晒太阳、发呆、打盹。房子原本应该是刷了白色石灰的吧，但是时间久了，墙上全是大片黑色的污渍，墙的下半截尤其明显，好像整座房子是从黑色的海涂泥里被拔出来的。滴滴答答的涂泥沿着墙壁往下淌，在墙的白灰上留下一道道的痕迹。

太阳晒过的涂泥，在靠近屋子的地方，变干、皲裂，在海水滋漫的地方，仍是烂汪汪一片。我就又觉得房子也像树一样，分散的根系伸向涂泥深处，汲取强大的力量。屋子右边是一条宽一些的土路，左边有一个码头，码头上有几间小屋，小屋前经常铺满渔网，坐满了补网的女人，码头一边有两座两层小楼，是我同学的外婆家，她屋子后面是石头筑的台阶。

禁渔期的码头停满了渔船，沙岙坑的涂泥上也满是船，参差排开。修船的人爬上爬下忙碌，电焊的光在炎炎的夏日里不时发出烟花闪烁似的耀眼光芒。有穿蓝色卡其布衣服的人影钻进船的油柜里作业，就像人被关进了烤箱里烘烤，一架破电风扇嘎吱嘎吱地响，徒劳地往狭小的口子里输送凉意，其实它的风即使进去，也会被密闭的空间和电焊的高温蒸成热气。

我坐在阴凉处，看着海风也被阳光烤干。油柜里的人出来，浑身湿透，似乎里面装满了热油，他像戏台前炸的油鼓泡虾，被炸过一圈，淌着油夹了出来。

有些小船的油漆被刮光了，工人们在重新抹桐油、批腻子，米色的腻子填补了船木之间的缝隙，一层又一层，等上完新漆，似乎就是一艘船的新生。有的船大一些，人被吊着，在船尾或船头作业，麻绳像秋千一样晃荡，人坐在麻绳中间系着的木板上，没有任何保护措施，用脚当作支撑掌控方向，敲钉子、刷油漆甚至做电焊。还有一些船，露着崭新的木色，龙骨两旁刚刚搭上撑木，等着包上外层的船板，木头在阳光下泛着接近阳光的颜色。

如果是雨天，整个沙岙坑就沉浸在灰暗里，天空也是涂泥的颜色，三面的山像腐朽的船板被生锈的铁钉钉在沙岙坑的周围，灰浊的海水漫上来、退下去，加深了涂泥的幽暗和深邃。所有的船都在雨里沉默着，和它们在海面经历的风雨相比，这其实不算什么。船在码头，就如同人在屋子里。但是沉静的空间里仍有冷意流转，屋外几乎没有了人，人都在修船厂里面。

大表伯的修船厂是村里最早的工厂了吧，村里好些人在那里工作。当外面的天空越来越暗时，修船厂里的炉火就是光暖的来源。

中午歇息的时候，大家拿出自带的饭菜或者去拿蒸的饭盒，就着炉火吃起来。父亲拿出家里的搪瓷罐，里面四分之三是米饭，米饭上是鱼鲞和咸菜、蚕豆，母亲拿出两个大搪瓷碗，把饭菜分出来。父亲端着碗坐到男人堆里，母亲端着碗，边吃边照看我。

周围满是黑暗，铁锈斑斑的炉子里燃烧着的煤块缓缓释放着昏黄的火光，我穿着粉色小碎花罩衫，把脸埋进搪瓷罐里，等抬起来时，脸上总是有一两颗饭粒，母亲就轻轻地帮我摘下。

不知道为什么，那一刻的饭菜特别香，身边吃完饭或者正在吃饭的女人们都在夸奖我小小年纪，吃饭认真，饭量不错。男人们隐在炉火的阴影里抽烟闲聊，父亲的身影混迹其中。风从窗外呼啸而过，雨噼噼啪啪地叩击着门窗，但是那一簇炉火和我粉色的罩衫成了许多人的这一段记忆中难以抹去的亮色。

这时候的沙岙坑是没有电的，用电只能靠柴油机，大表伯和别人合伙的修船厂没多久就亏损了，他伙计老谢的儿子高中毕业回来后，接了这个摊子，但是父亲和母亲都没有再来这里上班。

等终于通上电的时候，小谢（现在也是老谢了）的修船厂也开始像模像样了，白色的屋子仍是脏兮兮的，但是门口挂上了修船厂的牌子。码头也日益兴旺，出入村子没有公路，所有重要的物资、大型的机器都要从码头上下。放学的时候，我们跑到码头，还能看到人们用滑轮吊着一些铁家伙，几十个壮小伙一起“哼哧哼哧”“嗨哟嗨哟”地把它们从船上拉起来。有时候码头上还堆满了沙子，男人们踩着石头台阶上来，一担一担地将沙子挑到路边堆着。

到九十年代初，有人在码头开了一家小饭店，工厂早已经不再蒸饭，挑担子的人也不自己带饭了，到小店吃一顿热汤热饭也就五毛一块的，奢侈一点叫几个肉菜也就几块钱。还有人在路边的空地上办了一家冷冻厂，从码头上来的海鲜可以直接进冷库。

渔船、货船、运沙船进进出出，每日都有许多人来来回回——这大概是沙岙坑最红火的年代了。

后来，公路通了，机器、沙子都可以用卡车运输，人们出门可以坐车了，沙岙坑的航船、运沙船就慢慢少了。小谢的修船厂开始搬到外边的码头去了，冷冻厂还在，但是人少了，饭店也开不下去了。我同学外婆一家早已经搬走了，撤乡并镇后，人们都开始集中到镇子上了。

我读大学时有一次去栈台同学家，经过沙岙坑，看见白色的房子几乎成了灰黑色，门窗脱落、玻璃破碎，码头上原来开饭店的小屋子成了人们放渔网的仓库。我同学外婆的家也租给了一些渔民。等我大学毕业再回来，小屋顶上破了一个大洞，也没有人修，怕是老早就废弃了吧，同学的外婆家，屋顶瓦片滑落，窗玻璃也破了几块。

我站在公路边张望，发现沙岙坑的涂泥也没有了那种浓重的色彩，像一夜之间老去的人，原本饱满的脸庞变得千沟万壑，任海水澎湃也无法滋养回它的青春。涂泥上残留的船骸，空洞、残缺，像最哀伤的挽歌，和沙岙坑一起唱着彼此的末路。码头也开始荒芜，水泥剥落。而栈台的防风码头正风光无限呢。

沙岙坑上面山头的人家也搬离了，半腰的石头屋都空荡荡的，其中有一户是我同学家，屋子的椽子也脱落了，院子里荒草没路。

路面成了水泥混凝土公路，路边原来倒沙子的地方建了一座教堂，半山腰的水库也成了水泥的堤坝。公交车奔跑着，越来越多的轿车也跑了起来，但是没有人停下来看一眼沙岙坑。它在人们的视若无睹里日渐消沉。

我问过父亲："沙岙坑叫沙岙坑，为什么没有沙子？"父亲说以前有的，但是后来被人挖没了。"为什么挖没了？""要用沙啊，就挖，挖挖就挖没了。"我有点遗憾，我见过沙岙坑的热闹兴盛，见过它的没落荒凉，却独独没有见过它满是沙子的样子。

沙岙坑没有沙子很多年，它没有人烟的时日也渐长，涂泥上漂浮的机油没有了，船骸也在慢慢消失。我最后一次看到的是，一艘只剩下一副龙骨的小船歪躺在涂泥里，一艘舢板横卧在岸边，一个穿着防水背带裤的中年男子拿着一把木桨正从船上下来。

太多的人坐着车子或者开着车子从沙岙坑边上经过，鲜有人停下来看望一下曾经火热的沙岙坑——他们有更加火热的日子要过。沙岙坑有过村子里最早的工厂，而这个最早的厂子也早已改行，不修船改做柴油机了，现在村子里开了大大小小近二十家工厂，村里大部分的人已经习惯了去工厂上班的生活。

好多年后，对面的鸡山岛成为网红岛，镇子开始集合全镇之力开发旅游，富裕起来的人们似乎突然发现，挣钱之外，人还是需要休闲的。一夜之间，镇子里所有的人都好像觉得自己需要一块眼皮底下的休闲地。于是人们从一些老人久远的记忆里挖掘出这样的想法：沙岙坑以前是有沙子的，荒弃太可惜了。

他们着手重塑这个被忽视了好多年的地方。2015年的冬天，破烂的屋子被拆掉，沙岙坑停车场外侧好几台挖掘机同时开工，将工程车倾倒下来的黄沙往外海涂上送……从福建平潭购入的9000多吨黄沙被用来铺满这片泥土地，最后建成了一个长120米、宽60多米的人工沙滩。

沙滩上方还有一个可停放两百多辆车子的停车场，周边还种上了蔽日纳凉的树木，西侧建了一个截溪水的蓄水池。车子停在这里，人可以到栈台、炮台玩，也可以就在沙滩上玩。

周末或者夏日的傍晚，沙岙坑的停车场上停满了车子，沙滩上挤满了带着孩子来玩耍的父母，海风的轻抚和海浪的涌动里充满了孩子的笑闹声、尖叫声。

沉寂了几十年的沙岙坑复兴了。

果树的未来

人家一户接一户地离开，房子逐一倒塌，山地一块块荒芜，杂树野草占据了视野。水泥路其实已经修到了山顶，也不时有人沿着路走走，但是村子总归是寂寞衰败的。

老根就是这个时候去山上的，他先在福连家老屋上方的山坡上挖出一条可以通车的黄泥路，用挖出的黄泥填了福连兄弟屋后的一块空地，平整出一个小小的停车场，再租了原来玲子家的小屋，搬了一个超级大的塑料水塔，带了被褥、炊具和一只黄狗，就住进去了。我们奇怪在别人都往山下走的时候，他怎么回到山上去。

他半租半开荒地在村庄北面的山坡上挖出一道道坎，像梯田一样一层一层排到山腰上，一垄一垄黄泥从杂草的掩埋下被翻出来，得以重见天日，在山野的碧色的映衬下如同太阳一般金黄。

卡车载着树苗和工人上去，一个多月时间后，山坡上又浮上一层浅浅的绿。许多人以为老根种的是茶叶，笑他说："我们这个地方能种出什么好茶？真是钱多了没处败。"春雨一来，树苗抽芽长出了新叶，老根并没有叫人去摘，知晓一点的人说种的是文旦。又有人笑老根："玉环文旦在苔山、坪根都有大量种植，还欠多啊，跑到这里种，明摆着要亏。”老根是寡言的人，听着了也不辩解，只是一个人扎在山上。有时我们上山，他就递给我父亲一支香烟，两个人默默地抽着，黄狗在他们身边绕来绕去。抽完，两个人都起身，父亲陪着我们到下面的老屋去，他回到小屋的石板前坐着。周边矮小的文旦苗像训练有素的士兵，成行成列地站着。

我心里也嘀咕他为什么种文旦，但是我也没有问，只是觉得山上种了一点什么，比起任其荒废，总是好一些的。

第一年差不多还是育苗的阶段，用父亲的话说，树苗新来一个地方，总要习惯习惯土性、水性的，像人一样，若是吃惯了米饭，改吃面条，总是要有一个过程的，然后才可以开始开花、结果。可惜这一年雨水少，老根的树苗死了不少，到下半年，又要用卡车载着树苗和人上去补种。村里就有人说：“有这个钱去办个小厂不比种树强？这样的山地浇水是个大问题，种文旦就是瞎折腾。”在乡下，人人都觉得自己是啥都懂一点的土专家，有好事的人还特意跑到老根家找他老婆，要她劝劝老根。

老根留在山上，少听到许多杂音，他像村里人以前睬着稻子、麦子一样睬着他的文旦树。他和我父亲说：“种栾（文旦的土话）和种稻有什么不一样，不都是需要工夫的吗？”

工夫过去了，村里人讲了一程早忘了，老根的树却长到可以开花结果了。

一次回家，我看到家里摆着几个文旦，怪模怪样的，就跟母亲说：“这个是不是不好的，不要吃，我回头去我同学那里买一点好的。”父亲说：“这不是文旦，是红心柚，不一样的。”

玉环不产红心柚，我就纳闷这是从哪来的。父亲说："是老根的，我前日到山上去，他看见我，给我的，今年他的树结果了。"

玉环人都习惯吃文旦，他的红心柚能有销路吗？我莫名替他担心起来。红心柚得比文旦晚半个月到一个月熟，过年时文旦都没了，它才刚上市。"若是卖不出，他还种什么？你瞎操心。"父亲笑我。

但我还是决定到山上去看看。还没看到果树，就闻到一股莫名其妙的水果腐烂的气味，走近一看，左边山坡上的果树三三两两地挂着一些圆圆的小包裹一样的金色果子，颜色和文旦很相像，但是形状是不太一样的，文旦就像扁圆帽，它们是高顶的圆帽子，文旦是钵，它们是乡下去了把的小拗桶。我绕了一圈，果子看着不多，似乎并不是丰收的年成，再走近，才发现树下掉了密密麻麻一层柚子，好多都开始烂了，我心里暗暗叹息。

"可惜了。"我说。老根笑笑说："这边是后来补种的，今年第一批果子结得不好，不好卖，烂到地里也是养料。"我就没说什么，要走的时候，他一定要塞几个给我，说："就是裂口子了，品相差点，自己吃吃还是挺好的。"

我推脱不过，拿回家，剥开，水红色的果肉饱满剔透，入口细腻，甜里带着一丝开胃的酸意，味道和文旦相近，气味似乎更浓郁一些。如果说文旦是白玫瑰，那它就是红玫瑰吧。

过了年再上去，老根竟然也在，跟父亲说今年的果子卖光了，只是前期的投资还没回本呢。

隔年，我们回老屋摘广柑，把车子停在他的停车场，里面竟然停了一辆五菱小车。再看柚子挂满了枝头，真看不出这些矮小的树干、纤细的树枝竟然能承受这么多果子。我们祝贺老根大丰收，他只是笑，边上有几个人在帮忙。另一面的山坡上有一些女人的声音，我们转过去一看，我的天，山坡的空地上铺了几十米的防水编织布，上面堆满了篮球大小的柚子。下面的地里还有人说话的声音，应该是雇佣的小工在采摘柚子。老根说早上已经运走几车了，山路还是狭窄，货车进不来，只能用小五菱一趟一趟地运。

我们看着堆成山一样的柚子，觉得他今天肯定是运不完的。但是老根也不急，递了一根香烟给我父亲，两个人一起站在山坡边抽着。

父亲说："今年年头大啊，收成不错。"老根说："三四年的树正是好时候，今年的果子多，也好吃。"我问他："这些都是人家买了的吗？"他回答说："是啊，这些是运到外地的，到下午至少要运出五六千斤。"我又问："那这些摘下的有多少斤？""一万多吧，明天要全部发出去。"他抽着烟说。

销路不错，我们都替他高兴，但是他说："今年才刚开始挣钱，卖完才有可能会有盈利，人工成本什么的都太高了。""但是总归是好起来了，以后会挣钱的。"父亲说。

我们走的时候，他又要给我们柚子，我们坚决不要，他拎了一个塑料袋装了几个，打开我们的后备厢往里一扔，说："去年都是裂口子的，今年的好，你们尝尝，也给我打打广告。"

回家后一吃，如果说去年的红心柚还是少女的青涩，今年就开始有女人的妩媚了。这一年老根的红心柚大卖，但是他并没有我们想象中的喜悦。山路狭窄是一个问题，还有其他的问题吗？

我去村里采访村主任，他说，这几年开始，隔壁的栈台、白马岙、花明、滨海等村庄纷纷搞起了旅游项目建设，垟坑、干江等村子则进行了工业区、住宅区等房地产项目的开发，镇里的规划是把上礁门、炮台也连进去，组合成一个旅游带，造出一条路，进驻旅游小火车，到时候，游客可以绕着整个镇子游玩。这是村子新的经济增长点。

我知道栈台已经开发了旅游项目，炮台和白马岙都有沙滩，上礁门只有山，礁门开发的是果蔬采摘区，老根的果树就在规划区内，父亲说他其实还想种杨梅、种大棚蔬菜的。隔壁村的老爸果园的生意红红火火，老根觉得山上的自然条件更好，种出的水果蔬菜肯定也更好。但是不知什么原因项目一直开展得不顺利，老根心里也是急的。

我明白了老根果树的未来所在，这大概也是村子的未来所在。高兴的是，今年回家，听说果蔬采摘的项目要开展起来了，未来可期。

第二辑

村男村女

劳动的人

小时候常见志法大伯挑着谷子、麦子从山下健步如飞地上山，又挑着整担的鱼虾翻山越岭去贩卖。他人不见得有多壮，但是就像我们常用的竹扁担一样，被两头的箩筐拉得颤颠颠的，却又绝不会断。不过他终究不是扁担，一百多斤的担子，一天压一天、一年压一年，他的身板从180厘米到179厘米，到170厘米，再到……

我二十多年前在路上碰见他时，他的腰已经快要弯到脚背了。当然，弯到脚背也是夸张的说法，但是他的衬衫没有塞进裤腰，下摆却是真的快要碰到脚背了。我叫他，他虽然竭力抬起身体，可腰似乎就是塌的，他只是仰起脸。他走路是双手背后的，不背后，大约手指就要着地了。他不能挑担了，因为挑起担子，担子就不再是压在肩头，而是压在整个背上了，看着就像是用扁担把拱起的背脊再碾平整，形成标准的九十度一样。可是他仍是捏着锄头挖地，种番薯、种菜，用一只大竹篮拎着。他拄着锄头站着休息的样子，就像是他拎的大竹篮和锄头依偎在一起。再晚些，他连锄头都不能挥动了，他对折的身体承受不了锄把的长度，他就改用草耙，既锄地，又当拐杖。每次看见他，我总会想起“从泥土里刨食”这句话，心里就有点酸酸的。

不过幸运的是，作为一个丢失了退伍证明的越战老兵，村里、镇里帮他找到了当初退伍的文件，找到了他的战友为他证明，在最后几年的时间里，他领上了补贴。

和弯了腰的志法大伯不同，老由的腰是直挺挺的，两只胳膊、两条腿也是直挺挺的，看着矮矮壮壮的。他在路上走，板着没有表情的脸，脖颈撑着，腰板像夹了钢板，两只胳膊一前一后夹着身体，不能扭动似的，只靠肩膀的前后摆动带着，膝盖也似乎不能打弯，就像两根粗棍子，被胯勉强提起一点，左右、左右拖着往前划一点。远远看去，就像一棵褐色的树被一根无形的线提着走走停停。母亲每次见了，都要长叹一声："后生时候做太狠了，老了就这样了。"我不知老由是干什么的，母亲说："什么都干过，老由木呆呆的，不太会讲话，只知道出死力，种地、讨海、挖粪坑、担石子、扛石条、拉板车……人家腰压弯了，背做驼了，他奇怪，整个人都铁板一样硬邦邦、直挺挺的了。"

有一段时间，老由经常在我家门口的大路上晃荡，穿着褪色的、破了几个洞的老头衫和一条脏兮兮的西装短裤，系着一根红布条，像穿了衣服的一截樟树干在移动。后来，听他的邻居说，突然有一天他跨门槛的时候，腿弯了一下，人就仆在地上了。他儿子抱他起来，他整个人软趴趴的，好像里面的筋骨都被抽走了，还没到医院，人就不行了，当时六十岁不到。

这样的人生似乎带了一点悲情，在乡下许多人都是这样劳动着老去，直到生命停止——他们习以为常，认为命该如此。可是雪青娘是个例外。

雪青娘七十七岁了，留着一头有些灰白的短发，脸很小，但是眼神很锐利，好像什么都躲不开她的扫视，很瘦也很矮，手脚都是小小的，但是手上动作很灵活，身姿敏捷，力气也不小，半箱子的铁齿轮，她一抱就能抱起来。她说自己是老工人，老了开始当工人，到老了还在干。

雪青娘当工人的历史和她女婿单独办厂的历史一样悠久，甚至可以说是她陪着女婿、女儿把齿轮厂一步一步从小做到大的。她女婿的齿轮厂从三兄弟合股的厂子里拆分出来后，她就在他厂里帮忙，然后一点一点学，用我们的土话说就是“开始办厂”。那时，她已经五十多岁了。

进入工厂的一瞬间，她就完成了农妇到工人的身份转变，把力所能及的工种都学了一个遍，还学了一点点车间管理。厂里的人都戏称她为“车间主任”。

现在年纪大了，她就只做齿轮冲洗这一道工序。工厂中午十一点下班，其他工人排队挤在门口轮流刷卡回家吃饭，她还在车床上“咔哒咔哒”地忙碌着。她穿着镇上小摊卖的三十块钱一件的红色抓绒罩衫，围着一条藏青色旧粗布围裙，戴着塑料袖套和一次性橡胶手套，坐在高脚竹椅上，也不用看，左手从左边的塑料筐里抓起一个齿轮，飞快地塞到一个小圆柱上，右手立刻扳动开关，一股乳白色的水流出来冲刷着齿轮，几秒钟后，她右手关掉开关，左手拿下齿轮，眼皮也不抬，熟练地抬手，齿轮就轻轻地落到塑料筐里。然后是下一个……

我问她饭吃了没有，她摘下口罩，露出一张看着只有六十多岁的脸，说："还没有呢，我带了粥在保温杯里，做完这一筐剩下的就去吃。"她扭头和我说话，手却一点都不停滞，仿佛手上也长了眼睛似的。

边上一个矮胖的女人，穿着差不多的格子抓绒罩衫、蓝粗布围裙，也戴着塑料袖套、一次性手套，刚关了机器，对雪青娘说吃饭去啊。我问她吃什么，她说用保温盒带了饭，准备去吃。

"为什么不回家呢？"

"我不会骑电瓶车，回家走路要半个小时，十一点下班，十二点上班，来不及，就这样吃了，省力省时间。"她一边脱手套，一边呵呵笑着回答我。

"您做多久了？"

"才一个月，雪青娘看我闲在家里，问我要不要来，闲着也是闲着，还不如来挣点钱，我就来了。我也不会做，都是她教的，这道工序还算简单。"

"您几岁了？"

"六十五了，来工厂做做活儿，活动一下，人也年轻起来。"她没有解围裙，就去洗手。

我看着这两位老太太，不由得笑了，她们回头看着我也笑。但是雪青娘比较严肃，笑意露了那么一点儿，就收回去了，继续专心地忙活。

"雪青娘是车间主任，整个车间都是她管的，什么机器有点小问题，我们碰着什么小问题，都是她来解决的，有些她自己能弄，不会的她就去叫老师傅来弄。”

我由衷地说：“阿婆，您好厉害啊。”

雪青娘回头笑了一下，又转回去不停地忙碌。

她的同伴很健谈，悄悄告诉我说：“她做了二十几年了，熟练，她想把我教起来接她的班，讲我和她比，我就是年轻人。”我不由得哑然失笑。她看着我补充了一句：“我老实的，我会好好学，人家教我是看得起我。”“对，对的。”我点头表示赞同。

这时门口一个人影晃过来，一位矮矮胖胖的老太太，戴着一顶歪歪扭扭的帽子，帽子下面是雪白的齐耳头发，穿着一件肥大的粗布外套，好像是男式的，里面是蓝色的牛仔围裙，快到脚背了，同色的袖套，再里面是咖色的棉袄。她大约腿脚有些不便，走路时身子像鸭子一样左右摇晃。我不知道这是谁，赶紧也叫阿婆。

她露出一口假牙，笑眯眯地应我。六十多岁的女人说这是雪青娘的姊妹。我眨巴了眼，下意识地问：“那阿婆，您几岁了？”她胖乎乎的脸上挂着俏皮的笑，说：“我年轻着呢，二十来岁。”我被她的话逗笑了，接着她的话说：“确实瞧着也挺年轻的。”

“嗯，雪青爸家里有事，叫我来帮忙几日，”她冲我挤挤眼说，“我也蛮能干的。”

我冲她竖起大拇指。她晃晃脑袋，得意地笑了，镶银的假牙一闪一闪的。

我问她：“您的饭呢？”

她提起边上的保温盒，说：“我带了面包，正准备去吃呢。”说着，她又摇着矮胖的身体蹒跚地向另一个车间走去。

“老太很会做的，每日都是带了面包泡开水，看着不像八十五岁吧。”六十多岁的女人对我说着，拿起自己的保温盒也准备吃饭去。

她们都走了，雪青娘还笔直地坐在竹椅上，一丝不苟地忙碌着。

我走的时候已经十一点半了，她似乎还没有起身的意思。我本来还想问她怎么还不吃饭，但是看她认真的样子就没有再打扰。

劳动的人都是可敬的。我在厂门口，悄悄回头再看了雪青娘一眼，又看了在另一个车间吃自带午饭的两位老太太，也许不应该如此称呼她们，在她们心里自己依然是年轻人，用流行的话说也只是“30后”“50后”和“60后”啊。我心里涌起一股感动和温情，更觉得她们可敬了。

劳动的人都是可敬的。

小村青年

父亲陪我去中富阿叔的厂子时，我问父亲厂子叫什么。父亲摇头说不知道，反正在前面左转就是了。结果我开过头了，他叫我掉头从路边一根水泥柱边上进去。开到边上，就只看到水泥围墙上留的一个供车子出入的口子，没有大门、没有标识，右边水泥墙上厚厚地倾斜着突出一块，大约是留着写厂名用的，但不知道为什么没有写，只空着，灰扑扑的，还有几处暗黄的水渍，感觉主人似乎并没有真的准备要弄一个响亮的名头。如果没有人指点，即使是在大路边，也是很容易忽略过去的。我仔细想了一下，我见过的小厂子似乎十有八九都是这样，某某有限公司的名号只印在公章上。

拐进去，院子不算很大，两边都搭了铁皮棚，右边停了一辆红色的车子，我没看清牌子，左边放着好几辆电瓶车，余下两个车身左右的空间，让我从容停了车。厂房是两层的平顶，没有粉刷，连简单的白灰都没有，就是水泥色。

我问父亲："阿叔在吗，我们这么不打招呼地就来了。"父亲很自信地说一般都在的，他掏出电话就打了过去。不一会儿对方就接起来，父亲说："我家阿志想写书，要采访你，你在厂里吗？"电话里一个含糊的声音说“在啊”。父亲说：“我们就在你厂门口。”我们下车，听见二楼的窗户“哗啦”一声，窗口探出一个穿灰色T恤的身影说：“老法，你们上来。”

我仰头叫他阿叔，他笑了一下说：“阿志，你们上来。”他胖了许多，眯着眼，脸似乎有些浮肿，带着一丝疲惫，头发也乱糟糟的，刚才大约是在午睡。

我们走了进去，厂房并不算很小，方方正正的，大约有四五百平方米，车床排得密密麻麻的，但是工人并不多。

我们沿着门边的楼梯上去，他站在楼梯口等。他的办公室就对着楼梯，用玻璃门隔开。进去，门边的一张简易床上堆着一床空调被，窗前的沙发床上也堆着一条被子，像人起床后刚掀开的样子。桌面上很凌乱，除了一台电脑，靠墙的一边是一些文件和报表，另外大半张桌子上面摆的全是阀门，背后有一个陈列柜，里面好几格放的也都是阀门。他迎我们进去，让我们随便坐，他自己就坐在办公桌后面的老板椅上，表情说不清是腼腆还是严肃，总之有些疏离。我有些不好意思地问：“阿叔，是不是打扰您睡觉了？”他用手抹了抹脸说：“没有，我也睡醒了准备起来的。”

父亲和他寒暄了几句，我就开门见山地说明了来意，他有些意外地说：“我们这样的有什么好采访的。”父亲说：“不是写新闻，她写书。”他不好意思地说：“我不知道讲什么啊。”我也不好意思地说：“阿叔，我以前也没有干过这活儿，您是我采访的第一个人，万一有什么不对的请包涵，万一有遗漏的，回去后还得麻烦您。”为了化解尴尬，我注意到自己的用语，在父亲说了之后，马上改用方言说这段话。说完，自己先忍不住笑了起来，笑得还挺大声的。

他放松了一点，淡淡笑了一下问："那你要我说什么呢？"我说："随便说说啊，您的创业故事啊。"他有点沉默，露出不知道从何说起的样子。半晌，才说："要不你问我答，你想知道什么就问什么，我都不隐瞒。"说完又是一副无话的样子。

于是我问："阿叔，您的厂子叫什么？前面怎么连个厂名都没有。"

"台州德亚阀门科技有限公司，德国的德，亚洲的亚。"

"阿叔，您是一开始就做阀门的吗？"

"不是。"

"那开始是做什么的呢？又是什么时候开始办厂的呢？"

"我二十多岁开始办厂，和阿林合伙做汽配，就在阿林家那个小屋子里，就你们家对面。做了几年，阿林逃了，我又和别人合伙做阀门，做了七八年——快十年吧，赚了一些钱就出来单干，现在也十多年了……"

我插嘴说："我记得，那时我大概读高中，我都有印象，您穿着蓝色的长工作服一身油渍地到我家吃包子。"我当然也记得阿林，他那个时候出现，基本还是白衬衫、西装裤的，所以我一直以为中富是给他打工的。但是这话我没有说。

我的话大约也勾起了他的一些回忆，他抬头看着天花板，说："是啊，那个时候，全部都自己做，既当老师头又当工人……做到一两点钟——那时你们迁下来了，我家还住在山上——就穿着工作服倒在铁麻子（一种螺旋状的铁屑）上睡觉，睡到四五点钟、五六点钟就起床再做……”

“忒辛苦！”

“那个时候，大家都一样的，你说你爸不辛苦啊？”

“是啊。”我也想起父亲三四点钟起床揉面做包子的情景。

“那是几几年？”

“几几年也记不住了，就是二十四五岁的时候吧。”

“生意怎么样？”

“那个时候做汽配还是很赚钱的，最好的时候一年的加工费可以做到三十万，赚十五万。”我飞快地回忆了一下，推算大概时间，问他是不是九八年左右。他侧头闭着眼想了一下，说：“差不多吧。”我暗中吸了一口气：竟然能赚这么多钱，九七、九八年的七八万，可以在玉环买两套像样的房子了吧。但是我知道九八年的时候，阿林逃走了，那又是为什么呢？村里人一直都说他是办厂亏了，连工资也付不出才逃的。我犹豫了一下，斟酌了一下措辞才小心地问出口：“阿林和您的股份各占多少？阿林的厂后来不是关门了吗，生意这么好怎么关门了？”

他抬头看着我，用尽量平淡的语气说：“我们五五开。那个时候钱好赚啊，阿林喜欢热闹啊，到处聚餐喝酒，不知道多能花，挣五万花十万……钱没有了就借啊，几年下来，生意再好也经不住他这么花，借到最后还不上了，欠下二十多万就逃了。”

“那你们合伙的汽配厂有没有为后来积累一点资金？”

“没有，不过也没亏。”

我还想多问一些阿林的事情，但是他似乎不愿意多谈了，说：

“我后来就做阀门去了。”

他的反应让我觉得他对阿林当初的行为一直是介怀的，但是我不敢问，怕一不留意他就不再谈下去了。我憋住疑问，转问他：“那合伙办阀门厂的资金是哪里来的呢？规模怎样？利润怎么样？”

“资金都是借的，最大规模的时候产值有两千万，利润也是可以的，但是股份多，不好赚。”

“这我明白，人多一分就没多少了，不过为以后单干攒下底子了吧？”

“对，赚了一些后就分厂自己单干了，零六年开始单干，高墙头两年，零九年搬到现在的厂房，也十多年了。”

“现在生意怎么样？我看着厂房其实挺大的。”

“生意还好的，产值几百万都有的，也比较固定。发工资的有二十个人，规模一般吧。”

“阀门就是水龙头吗？我表姐就是做水龙头的。”

“不是，水龙头只是阀门的一种，水龙头小，我的比较大，一般水暖上面用的。”说着他拿起桌上的一个阀门，“我的产品比水龙头要大。”

我眨着眼，惭愧地说：“阿叔，我对阀门其实不了解，我真的不知道阀门会有这么多种类。但是我看您这里种类很多。”然后指着他桌子上的十几种阀门和身后陈列柜上满柜子的阀门问：“有多少种呢？每一种都不一样吗？看着都差不多。”

他笑起来，可能讲到他的专业了，这次我觉得他是真的开心。他拿起一个镀成银灰色的阀门告诉我，这种需要电镀。我用手掂了掂，很重，握着开关，竟然推不开。他接过去，用力推开，说这个就是比较重的，是用在工业上的。他又给我一个铜的，说这个要求更高一些，房地产业用得比较多。又说："我这里只有一两百种，人家做市场的都近千种。我的阀门北方工业上用得比较多，专业化程度也蛮高的，一般都是下了订单，我再去买料做的，做了就发过去，所以我都是没库存的。"

似乎看出我的疑问，他补充说："中方在大连卖阀门，我的生意基本都是他去挖来的，所以大部分都在北方。"

我恍然大悟，说兄弟齐心，生意自然做得好。他说："是啊，我也是全靠他挖一点来给我做做。"

"那他生意应该做得很大吧？"

"没有，他在大连，生意一般的。"我不知道他的一般具体指什么，是和别人相比（比如阿林）"一般了"，还是自谦之词，但我没有追问。

父亲在边上问这次疫情有影响吗。他说有一点，但是不是很大，现在工人不好招，生意还是有的——其实更受房地产的影响。

我瞪大了眼睛说跟房地产有什么关系。他很认真地回答我："房地产是一个很系统、很综合的工程，会影响到很多产业的——房子建得少了，至少对我来讲，我的阀门他们就用得少了。"我以前从未想过这个问题，听他这么一说，确实是这么回事。

聊完大问题，我开始问一些细节："阿叔，您办厂自己当老师头，技术是哪里来的啊？""我们都是十几岁开始到工厂当学徒，学技术，然后有机会就自己创业。"

我对他的学徒生涯毫无印象，不由得问都是去哪里学的呢。

“我初中毕业就出去当学徒了。那时候工厂少，想赚钱都没地方赚，每年大年初四就骑着自行车出去找工作。龙溪、楚门、坎门，到处转。”他回忆着，“那时这些地方和干江有天差地别啊。”

眼前的他四十九岁，脸色黑里泛红，眼皮有些浮肿，灰色的T恤难以遮掩中年发福的身材。我一时间难以把现在的他同三十年前的样子重合。三十年前，我们还住在青龙岗上（我们更习惯叫长大厂岭头），他家在我家后面坎上，他外婆带过我妹妹（现在的说法是保姆，但是那个时候并没有这样的称呼），我们跟着他叫外婆，为了区别自己的外婆，我们就叫她“前山外婆”，虽然按村里的辈分，我们得叫他母亲阿婆，但是从没有人指出或者意识到其中的不妥，我们就这样一直叫了近二十年。因着这层关系，我们两家是比较亲厚的，我和妹妹经常到他家玩，他和他弟弟中方，生得清瘦白净，似乎总是穿着白衣服，走在村子里幽长的卵石路上，就像武侠小说里的白衣少年。村里几乎人人夸赞他们，后生长得好，家教也好。

他笑起来会露出一颗虎牙，他的弟弟中方脸圆一些，笑起来脸颊的一边有一个酒窝（具体是哪一边已经忘了）。我们在他家院子里打纸板，他们也会接过去打一下，我们玩弹珠，他们也会教我们怎么又快又准地打中别人的珠子。他母亲没少笑他们，那么大了还玩小孩子的把戏。我还记得我二婶说天太热人都长痱子了，中富坐在她家笑她的名字就是要长“痱子”的。我一次烧饭起不了火，中方从边上经过，三下两下点着了，在我们敬佩的目光中，潇洒地甩着头发离去。我们作业有不会的，母亲就会说你们去问问中富或者中方。那时候似乎没有他们不会做的题目。可是现在我才知道他竟然只是初中毕业生，就是中方，高中也只读了一年呢。

九十年代刚来临的时候，我们村里的人大多以打鱼为生，田地很少，仅够温饱，村里的大人们似乎只能努力维持着眼下的日子，想出去也是无处可去。我想象他在我们还沉浸在过年欢喜的余味里时，顶着寒风四处奔波的样子。那时候，干江镇和栈台乡还没有合并，沿海公路也没有开建，去龙溪、楚门有两条路：从老傲前到垟坑，再从垟坑岭头上去，经过山里、小密溪、大密溪到塘厂；或者从盐盘上梅岭，过灵山头到法山头，再到塘厂。一路的山岭小路，一走就是半日，没有一点决心，是无法再三来回的——这十八九岁的人已经尝到生活的艰辛了。我还听母亲说过，当初他父亲想让他去学做道士，他不愿意，被父亲打得满脸是血，关着饿了几天。显然这些他是不愿意提及的，在村子里，他是有名的孝子，那么当初是真的下了决心为自己的命运抗争了。

我问："从汽配到阀门，有没有再去学技术呢？"他摇头，说："技术这东西，你学到一定程度，就是互通的，尤其是机械，和内行人沟通一下或者看一下，就知道个大概，不需要再去专门学了。"我暗忖，想必当初他是花了大功夫钻研技术的，所以才能够如此融会贯通，还能撑起一个厂子。

"那合伙办的阀门厂有没有为后来自己单干攒下基础？"

"我是挣了一些后才单干的，自己单干的时候比较好，什么事都自己做主，安于现状的话小康水平不成问题。"我摸摸鼻子，心说：“阿叔，这样还只是小康，您也是真谦虚啊。”

又问他：“那中方阿叔是什么时候出去的呢？”

“他高中读了一年，学徒当了两年就出去了，那个时候正赶上出去跑业务的大潮流，先是去郑州、兰州，最后去的大连。他在外面机会多，我的业务大部分是他跑来的。”他又强调了一次。

“他几岁出去的？现在在大连安家了吗？”“他现在四十六了，二十四岁出去的，算一下，也是二十多年了，早在大连安家落户了。”我在心里默默地把他们的年龄折算成年份，是1998年前后吧。刚好是我上大学那年，也是他和阿林的汽配厂倒闭的时间，不知道是不是兄弟俩对当时的形势作了预判，然后商量出一个外出一个留守，相互合作、扶持的结果。现在中方在大连扎根，中富把厂子开在这里，父母的屋子在镇上，但是自己早已在县城买房，生活在县城里了。我还想问一下，中方是娶了以前住在他家、村里人眼中那个算他准媳妇的姑娘呢，还是娶了大连或别处的姑娘。但是犹豫再三，还是没有问出口。考虑到时间造成的隔阂，我也是不敢贸然发问的。

我在想，1998年，距离镇上的沿海公路开通也没有几年了，但是外面巨大的世界已经向当时的人们尤其是年轻人打开。作为一个念书、教书，在学校里生活了二十多年的人，我对那些早早离开学校的同村人的生活并不了解，虽然他们曾经是我儿时熟悉的人，但是我对他们的经历仍然一无所知。尽管中富阿叔一直用轻描淡写的语气来叙述，也许在他看来，他们那个时候的青年人都是这样过来的，他还不是最辛苦、最艰难的一个，所以也没有必要煽情地说些创业多艰的话。但是我的内心涌起了感慨和敬佩，由衷地说："阿叔，你们那时候不容易。"

可能是这一句无心而真诚的话触动了他的心扉，他脸上的表情有一丝凝滞，说："是啊。"我想继续沿着这个话题谈下去，他侧了一下头，语气又平常了，说："我们那个时候都这样的。"

我敏感地察觉到他对我有一点点提防，虽然我觉得自己来者友善，但是一个二十来年没有来往的人突然造访，任谁都有一点疑虑的吧。我们共同的一些记忆，在更长久的疏离面前简直不值一提。为了给自己信心，我把他的态度理解为生活将我记忆里那个爱笑、爱说话的少年磨砺成了一个内敛寡言的中年人了。

要告辞的时候，我说："阿叔，给您拍张照行吗？"他竟然有一丝慌乱，说："我这里这么乱。"我说："有什么关系，这是乡村企业家的原生态啊。"他还是用手捋了捋头发，环视了一下桌面，把手边一个空了的快餐盒扔到桌下。这时我才发现，他办公室里连一块企业名字的匾额都没有，真是"内外如一"。他很快端坐好，我给他拍了一张，问："能去厂房拍几张吗？"他有些犹疑地说："没什么好拍的啊。"我说不做什么的，就是怕自己回去动笔的时候会忘了什么，拍照片记一下，他还是犹豫了一下才点头。这让我觉得他特别谨慎。

我们起身，他也起来，我说："加一个微信吧。"他拿出手机让我扫了一下。我说："谢谢阿叔了。"他笑着说："谢什么啊，有事情找我。"我怕有什么遗漏，也不客气地说："一定的。"他一呆，但是很快又浮上笑意，我接着说："第一次采访肯定有遗漏，动笔写的时候肯定要麻烦您。”他说：“欢迎啊，国庆我三号出门遛遛，你可以早点回来找我。”于是我又谢他。

出了他的办公室，我随手拍了一张二楼的照片，没有车床，只有一些产品，空荡荡的，像是仓库。他在门口看着，没动。在楼底转弯的地方我拍车间的照片时，发现他又站到二楼的楼梯口看着我，我有些不好意思，怕他误会我要干点什么，就匆匆拍了几张，也不敢细看，挥手和他作别，就出去了。

出了厂房，我把相机放回包里，准备上车的时候，他突然拐出来。我和父亲都愣了一下，我向他挥手，说：“阿叔财源广进啊。”他笑起来，说：“好好写书啊。”我说：“知道，已经写了一本了，后备厢里就有，阿叔我送您一本啊。”他有些不好意思地说：“我好多年没翻过书了。”我边拿边说：“无所谓了，要看就翻翻，不看就放一边。”他接过去拿在手里仔细看了一下封面和题目，说：“那还是要翻一翻的。”然后又说：“有什么事再来找我。”我觉得他这次不是客套，就郑重点头说：“阿叔我不跟您客气的。”

我开车走了，他一直站在后面看着我开出去。父亲说这厂房是他老丈人的。我并不意外，说：“我知道村里人都说他老丈人以前是隔壁村的首富，他刚结婚的时候，人家都说他老婆是他自己去跪着求过来的，他刚才说小孩大的今年大一了，要去杭州读书，老二上高一，成绩还可以——也有二十年了吧。”父亲没有说话，我想起以前说这话时村里人的鄙夷，也许他的成功最初离不开老丈人的帮衬，但是没有他自己的努力也达不到今天的成就吧。他一再强调和中方兄弟间的扶持，应该是讲情义的人，但内心深处的自尊也肯定是不愿意被人家说成吃软饭的。从一个一无所有的小村青年到一个利润尚可的中小企业老板，他的成功离不开天时、地利、人和。有些事情，他不说，时间久了，人们也会忘了的吧。

后来动笔时，思忖再三，还是大着胆子问了他："阿林走了有没有连累您？"

前面的闲聊他回得有一搭没一搭的，但是这一句他几乎秒回："有。"又说："就是赚的钱都没了，也不多，就几万。""阿林后来也是到大连后才发迹的吗？你们还有没有生意来往？""是的，没有，没有生意来往。"

我猜测着他回复时的心情，他经历了成功、失败再成功的起伏，定也见识了世人的种种嘴脸，也许他心中已经没了怨怼，但是有些恩怨可能是随着时间消逝也消磨不了的。他说："人想要活得洒脱些都不易。"我不知道这是不是他的人生总结，只觉得他许多的过往之事可能都浓缩在这短短的一句话中。

补记：去年村里干部换届，中富阿叔被选上了村主任，现在村主任、村书记他一个人担着，他说这是他新的责任。他和村里的班子出台了一系列奖学金政策，村里孩子考上清华北大的奖励一万元，考上985或211大学的奖励五千元，考上本科的奖励三千元，考上玉环中学的奖励两千元。他们这一代人，多半是没有多少文化的，他们乘着改革的东风，拼杀出自己的天地，但是在时代的发展中他们越发明白知识的重要性，他们希望村里的孩子们能闯出比他们更大的天地，挣得比他们更好的前程。

老谢

父亲说到了的时候，我的车子还在往前开，根本没有留意到边上的房子。与中富的厂房比，老谢的厂子似乎更寒碜，一座灰扑扑的L形的两层楼房立在路旁，连个门都没有。路上灰尘满天，房子的水泥色上又蒙了一层尘土的灰黄，不留心就会觉得那是一座废宅。

父亲指点我停下，我才在路边看到一个过道，很宽很高，足以让一辆大卡车通过，里面还停了一辆白色奔驰。父亲说就从这里拐进去，我诧异道："连门都没有吗？"父亲说："这就是门，你开进他厂里去，里面可以停车。"

车子进了过道，我才发现卷帘门已经卷到了顶端，不细看很难看出来。对面是同样的一个门洞，两两相对就如同过道，车子其实就是从厂房中间穿过的。从另一个门出去是一块一百平方米左右的水泥地，堆着一些杂物和几台废旧的机器，还停了一辆黑色的大众汽车。

我停好车子下来，发现水泥地上虽然东西堆得多，但是分类清楚，并不杂乱，地上也没有什么垃圾。水泥地外是一片废墟，父亲说这里原来乱搭乱建的小厂子被拆了，要统一建小微工业园区。

我们等了一会儿老谢才下来，笑得亲切又热情，说："不好意思、不好意思，让你们久等了，我刚才有事在打电话，你们跟我上来吧。"在二楼的楼梯口看到他的厂名"玉环东宏机械有限公司"，我有点奇怪他的厂子门牌为什么在这里，有什么讲究吗，于是随口问了一声。他哈哈一笑，却答非所问，说："是啊，就叫'东宏'。"我就不再问。边上就是他的办公室。他的办公室让我想起《红楼梦》中对薛宝钗屋子的描写——"雪洞一般"。桌子上除了一台电脑，再无一物；靠墙是一排书柜，里面也是空无一物；靠窗是两张沙发和一张茶几，茶几上只有一个烟灰缸；窗边墙上是一台空调；关上门，门后还有一把椅子。偌大的房间里就这么些物什。

坐下，我很恭敬地叫他阿叔，他笑眯眯地点着头应了一声。我对他不熟悉，我对他所有的认知都来自第三者的口述，只听说他是一个很厉害的人，企业也办得顺风顺水。他肯定也是不了解我的，笑里稍稍掩饰了一点因为陌生而产生的客套和疏离。幸亏父亲在，避免了许多尴尬和不便。我一说明来意，他就一直笑着点头，还给我们倒了一杯水。

我说："阿叔，我知道您是村里出了名的能人，企业办得好，村主任也当得好。"听到这里，他不由得哈哈大笑起来。这一笑，就把我们都笑轻松了，刚才的一丝拘谨也就淡了。我觉得他比想象中的可亲，于是说："您这么忙，我希望没有打扰到您。"他说："不碍事，厂子忙是工人的事，我刚才是有点事。"

"什么事呢，没有打扰到您吧？""没有没有，都是电话里讲得清的事——你刚才说是为了写什么来的？”我有点摸不准他的意思，明明刚才讲得很清楚了，怎么又问，但仍是重复了一遍。“我想写写村子里像你们这些改革开放大潮中先行的人。”“哦，”他眯着眼沉思了一下说，“我刚才是在和人联系办不动产证的事。”

他好像并不愿意让我主导话题，我迅速决定撇开准备的问题，跟着他的话题，问：“阿叔，您办哪里的不动产证啊？”“对啊，”他却又没有接我的话，转头向我父亲发了几句牢骚才对我说，“交契税。拿了我的原件留在那里不还我，我说我拿了原件当他面复印一份都不行，真是一点道理都不讲。”他脸是笑的，语气却有些恼怒：“我前天都决定到信访局去了，去之前还是决定先去镇上看看。在镇政府碰见县人大代表在开会，我去找阿林——镇上达柏林有限公司老总，他是玉环市人大代表。阿林帮忙去问服务中心拿原件，问他们为什么不还给我。还不给呀，阿林说不给就向领导反映，便民服务便到哪里去了，人大代表要监督，亮了代表证才拿回来。”

“现在办事有时碰见啰唆的人真不易，幸亏阿叔您人面广。”

这话他应该比较受用。“哈哈哈，”他有些得意又压着得意说，“所幸是认得几个人。”

“那是办这个厂房的不动产证吗？”

“是啊，县里不是有59个点的工业区改造嘛，干江有两处。小屿门和桔场村的工业区，原来各种不规范，政府回收后再拍卖。我现在的厂房2.47亩，原来3.264亩，土地265万，地皮上建筑评估130多万，我花了400多万才保下来。我的厂房土地证已经办下来了，现在想办不动产证。这本证下来我才能安心，我的厂房目前合法，但是如果以后涉及消防还有什么杂七杂八的，又不好讲，所以是要想办法办下不动产证的。我自己也不懂，不如就花钞票委托别人——专业的人办。”

我问：“阿叔，这里的改造对您影响大吗？”

“大嘛，也不大，有一点——你说你是什么项目？”“省作协的一个项目，目的是宣传农村建设和改革成就。”“你现在是在什么单位？”“台州市文联。”“台州市文联是做什么的？”“是属于宣传系统的，是市委宣传部管的一个单位，主要是管文学艺术这一类。”“市委宣传部部长是玉环人，你知道吗？”我不明白他为什么突然和我扯这些，他似乎有一种很强的控场能力，而且很讲究声东击西、出其不意，不知道这是不是他在生意场上所向披靡的原因。但我自觉没有任何不良企图，心里很坦荡，便老老实实一句一句回答：“知道，叶部长人很好，我前几天还和其他几位老师一起送了我们自己的书给她。”“哦。”他若有所思地斜了我一眼，又眯着眼笑起来。我就仰起脸，也回了他一个笑。他的笑意就更浓了，似乎很有深意可探究。

我继续笑着，然后转头和父亲对视了一眼：不知道他葫芦里卖的什么药。我小心地措辞正准备开口时，他突然收了笑容，坐正了身体，一会儿又放出牵着嘴角的笑，说：“市里的领导我们也认识不到了，县里的宣传部部长我倒见过几次，以前他在楚门镇当过镇长。”我说：“对啊，阿叔您办企业这么多年，又当了这么多年的村主任，玉环的领导您肯定大部分都熟悉。”

“熟也谈不上，不过是见过一些——台州九个县市区，玉环是走在前头的，政府政策的出台肯定也是经过深思熟虑的，但是节奏快了有人跟不上……”我目瞪口呆，他怎么一下子又把话题跳到这里了？我觉得是自己跟不上他的节奏。还好父亲在边上插了一句“谁的厂没办了”。他转过去和父亲聊了一下，说谁谁的小厂不办了，不划算，谁谁的钱挣得差不多了，再办没意思，不如歇了……我静静地听着，同村人的名字我知道，别村的就不大知晓了，但是听着听着我明白了，他肯定是习惯了自己掌控全场的人。我觉得这也不是坏事，也许这样我才能看到一个更真实的老谢。于是我就立刻调整自己的状态，趁他们停顿的片刻，笑着点头附和道：“阿叔您的话有高度。”“高度谈不上，政策形势我们也懂一点，我们也支持政府决策进行改革。原先也是摸着石头过河的，有些事情原先没设计好，现在必须补救，不过政策还需要进一步稳定、统一，各个乡镇的做法不够统一，对中小企业生存是有影响的。你看我边上的小屿门，其他八九家小企业不再办了，老板没能力回购厂房，干脆就歇了，59个工业点一部分在建，一部分还倒在泥上，政府必须跟进……”

我没时间去思考他为什么突然会讲这些，手中的笔飞快地记录着，心里却在嘀咕，我准备的所有问题大概在他这里都派不上用场了，他不允许别人来主导他的话题，他只讲他自己愿意讲的东西。我有点不甘，但又不知道怎么打破这种局面。这时他电话响了，他才停下来，是他儿子，说测量厂房的人来了。他跟我说：“我出去一下——不知测了几次，一次都几千。”

这时他儿子推了门进来，一个白净高大的小伙子，他说来和阿伯和阿姐打一下招呼。我赶紧站起来客气了几句，他让儿子去招呼那些人，自己又坐了回来。

我顺势说："阿叔您算后继有人了。"他点头，咧着嘴笑说："是啊，儿子在厂里一起打理，等我们这些老家伙退了，他就要接上来。""看着很能干啊。""还可以，大的决策我把关，其他事情交给他都没问题的。""你的儿女都蛮好。"父亲插口说。"还可以，你的两个女儿也不错啊。"他笑，父亲也一起笑。我赶紧问："阿叔，您的厂几时办的，原来不是修船厂吗？"

"我啊，算是村里最早办厂的人了。1979年高中毕业后我想去当兵，家里不让去，老爸的厂刚办没几年，亏空了，我就接过来了。""这么早啊！""以前修船生意是有的，但是没电，电都没通，柴油机发电做产品成本多高，所以一开始是亏的，我接过来后到八十年代初通电了，生意才有起色，当然办厂也要靠人管。"我点头，我在村里听说老谢学技术是没有多少天分的，但是人很精明、活络，管理有一套。于是顺着他的话头说："阿叔您的厂子很清爽有条理，看得出您管理得不错。但又是什么时候转行的？""管得再好也架不住整个行业走下坡路啊，所以我2000年就开始考虑做别样。2002年开始给宁波中策动力机厂做主机配套到现在呢。""怎么想到去做这个？""也是自己跑来的业务啊，主要就是寻饭吃不是，多跑跑，机会来了，就一把抓住。"这些问题他似乎都不愿意多说。

我暗想，在九十年代，他的厂子办在他弟弟老秋家后面的房子里（老秋的房子和我家隔了两间屋子），兄弟俩用的是同一个地方，还算挺大的。厂房是他跑下来建成的，据说用了不少关系，后来他想把老秋前面住的房子也归进去，他弟媳不答应，他就搬出来到小屿门办厂了。我对其中的枝节很好奇，但父亲早就告诫过我："人家兄弟的事不要多问，得罪人，要问，问和你的书有关的就够了。"

但我仍有一点不死心，故意绕回去问："阿叔，您原先在我家后门也办过的吗？""是啊，没几年就搬到小屿门，现在快二十年了，"他轻描淡写地接过去说，"算起来我办厂办了几十年了，当村主任也当了十几年。想当年1998年吧，还住山头的，村里没钱，变压器坏了还是我自己借钞票修的，原来征用土地安排屋基（宅基地），我也算做了不少事情。"

"你的村主任当得好的呀，为村里人解决了不少问题。"父亲点头称赞他。他笑起来露出雪白的牙齿，我感觉父亲的话让他很受用，就知趣地不再提老秋的事，他撇开我，和父亲聊村里的杂事，我就安静地听着。

过了一会儿，他停下来，脸转向我说："这些事你都不晓得吧？"我笑着说："知道一点，大部分不知道。"他又转脸对我父亲说："吃公家饭的操心的少。"我说："我们就这点工资收入，没办法和你们办企业的比，操心的自然也不能和你们比。"

"哈哈哈……"这次，看得出他确实很快活，笑得连后牙床都看得见了。他说："这倒是真的。""那阿叔，疫情对您影响大吗？"我问。"没影响，疫情期间我自己都没想到，生意好到让人意外，工人都来不及招。""真的呀？"我其实知晓一点，但听他这么说，仍是吃了一惊。"是啊，"他难掩得意地说，"我为宁波的厂生产配件，自己也生产295动力机和2100动力机，省里只有我一家缸径是

95mm、100mm的哦……”他洋洋洒洒地说了一堆有关柴油机的知识，我也不懂，心想，虽然他是不大懂技术，但是应该知道的专业知识肯定一点都不会比那些技术人员的少吧。我耐心等他说完，才问：“那肯定有绝对优势，生意才这么好，考虑扩大规模吗？”

“也想的，原先厂房拍卖情况不明朗，担心如果政策变化，到时厂房没有保障，对产量有影响，不敢啊。现在这厂房底层873平方，两层整个1746平方，我已经买回来了，基本保证有了，也不担心了。原来边上一块也是我的厂房，没审批，被拆了重新拍卖，我现在也拍回来了。计划2021年前扩建，绿化美化一下，像大姑娘一样新衣裳穿起来，雪花膏涂起来，扮一把。”这话他说得充满信心和憧憬。

我和父亲都听得笑了起来，我又觉得他挺幽默的。他大概也觉得自己幽默，又说了一遍：“大姑娘一样新衣裳穿起来，雪花膏涂起来，就漂亮了，不会像现在这样灰不溜秋。”我们一齐点头，谁知他思维又跳脱开去，他突然转变话头，问：“你讲你去过中富那里，他和你讲产量多少？”“几百万。”“几百万？”他盯着我，目光变得很锐利。“一二百万吧，”我刻意往低了说，“您这里要上千万了吧。”“没有没有，上千万就是大企业了，中富对你有保留啊，一二百万绝对说少了，他肯定有四五百万。”他眯起眼，笑得跟狐狸一样。他为什么要说这些，我有点不明所以，心想他可能又要开始主导场面了吧。

“是吗？你们都很厉害了。”我担心他们之间是不是有过节，不敢轻易接话，就打哈哈。“我一般啦，小意思装装，比上不足比下有余。”我看着他换了个姿势，也换了一个语调。他说：“我没他多，不过，加上我宁波那边生产的柴油机也差不多了。”

我揣摩他的语气，有点不服，又似乎有一点炫耀，就像小学生考试，说他数学考了一百分，我才九十分，但是加上语文，我跟他总分一样，都是第一名的感觉。六十岁的老谢原来还有这样的心性啊，我抿着嘴暗笑，说：“那很好啊。”“是啊，我在拍地前买的地现在在建了，不拍回的话，现在的厂房和那边就被隔断了，所以就算我拍不成功，被谁拍去了，我也和他过不去，缠他，缠到直到拿下地为止，钞票都讲不着了。”他是用最平常的语气说最凶狠的话。我不由得停了笔，多看了他两眼。他发现我在看他，冲我咧嘴一笑。

我也笑了笑，心想，这又是老谢的另一面吧。我忍不住想仔细地辨读一下他的表情，他眯着眼，眼里还有来不及收回的精光，和我的目光再次对上的刹那，精光隐去，又变成了平常亲切的笑意。真不是一个简单的人啊，我暗叹，说：“是啊，连成一片厂房设计才像样，否则中间被隔了一块多难受啊。”“对呀，我现在的地加起来有四亩多了，可以整个规划起来了。厂房扩大才可以真正增加产量嘛，接下去就要淘汰旧设备，购买新设备了。”我终于发现，越是讲到重要的事，他的语气就越平淡。我想具体问一问他对未来的规划，比如有没有想过产值要增加多少，但他又顾左右而言他。但我明白他对企业的走向胸有成竹。

他的手机再次响起，是来测量厂房的人要和他核对数据。讲完，他有些不满地说：“这么简单的事情，量来量去还没搞清楚，不知道在干什么。”我以为他有事，就说：“那您先忙，我能不能去车间看一下？”他说行啊，又叫他儿子带着我转转。

二楼主要是仓库，堆放着做好的半成品，一边是中策的货，一边是自己的货，有已经打包的，也有没打包的，放得很整齐，一目了然。楼下只有四五个工人在做工，我正惊诧人怎么这么少，老谢不知什么时候出现在我身后，开始向我一一介绍那些小臂粗的轴。似乎看出了我的疑问，他说：“工人不好招，跟找对象一样的，人家和我都看对眼了才行。”

“工资怎样？”

“一般的六七千，好一点的七八千，今天上午刚来了一个还可以，我叫他明天来，前几天来的都不行，我没要。”

“这工资可以了，比一般公务员都高了。”

“哈哈，太低人家瞧不上啊。现在办厂人工成本也很高的，幸亏很多是机器做的，还是需要点技术含量的。”

我问可以拍一些照片吗，他说可以。我想把他也拍入镜头，他却闪开了。

我忽略他的反应，一边拍一边觉得自己开了眼界，忍不住感叹说：“阿叔，我们这边的厂多少家都和您的厂一样，看着规模不大，产值都还不错。”他点头说：“我们这一代人靠的是时机，时代好啊，下一代人啊，就要靠科技了。”“那您时机和科技都抓住了呀。”“哈哈，我还好吧。”

这时，我瞥见一个工人的背影有点眼熟。他似乎早已觉察，说：“认识不，你们长大厂的老邻居？”我说：“对，认识啊。”父亲怕我记不起是谁，说：“是你老喜阿叔。”我过去站到边上也叫了一声“阿叔”，他有点茫然地应了一声，直到我父亲过来才点了点头。我还想寒暄几句，他却又转回头忙去了。我只好出来，一起站在院子里。

老谢说：“老喜在我这里十几年了，我把厂搬到小屿门，他就在我这里领工资，现在也到七八千了。他的房子也是我叫他买的，他没钱，我叫他没钱也要买，我借给他——现在他日子过得蛮好。”

他的话有些出乎我意料，我没料到像他这样精明的人还有这么侠义的一面，笑说：“中国好老板。”“办厂对员工好是必须的。”他很严肃地说。说完似乎又觉得太过一本正经，又笑了起来。

我要走时，却发现帽子找不到了，大概落在他办公室了。他问我：“很贵的吗？”我说：“不贵，几十块钱的东西。只是我老丢东西，已经丢了好几顶了，再丢就没帽子了。”他很不以为然地“哦”了一声，让他儿子上去帮我看一下，然后用洞悉一切的眼神瞟了我一眼。那眼神的含义似乎是“看来你过得也一般啊，几十块的帽子也忒宝贝”。我再次选择忽略他的神色，微笑着等着他儿子回来。

他转头对我父亲说：“我的女儿一顶帽子都几千的，一个包几万的。”我很自然地接口说：“阿叔，那是奢侈品了，我们拿死工资的人怎么买得起？”

“哎呀，当初我花了大心思，又找人又花钱给她弄了一个大学委培生名额，结果毕业后死活不回来，害我又寻门路摆平。她要去搞奢侈品，现在看来她也没错，什么奢侈品死贵死贵的。不过她也赚得多，一年大几百万，比我办厂挣得还多，想不明白现在城里人怎么都喜欢用这些东西。”

“她做什么的呀？”

“就在杭州卖奢侈品，买的人还无数，生意好得很，一年国外不知道要去几趟——你国外去过了吗？”

“没有，我们哪能有钱想出国就出国呀。”

“哈，也是哦，她现在杭州房子也买了，六七百万呢，连装修要千把万呢。”

“那肯定的呀。”

他儿子下来说楼上没有我的帽子，父亲提醒我看一下车里，我往后备厢内看了一下，有些不好意思地说：“在呢，真的是一孕傻三年。”他就问：“要了几个孩子啦？”父亲说两个儿子，他“哦”了一声，说：“你自己没生儿子，都留给女儿生了。”看他儿子过来，又说：“我一个孙子一个孙女。”我说：“刚好凑一个‘好’字，这才厉害嘛。”他放声大笑，笑得肩膀都抖了起来，和刚才的状态完全不同，此时的他才是真正放松的、开怀的。

这是一个复杂而矛盾的人，我心想。我在他面前戴上自己几十块的帽子，和父亲一起告辞出来。

一条好汉

他曲着腿钻进油柜，钢板在夜晚留存的一丝凉意，早在太阳越出海面的刹那消失殆尽。电焊枪的白光像一颗又一颗的小炸弹在面前爆炸，不能卧倒、不能前进也不能后退，连躲避也不能。面罩是他唯一的盾牌，他一次又一次地举起它，用来抵抗氩气在焊枪推送下触到钢铁的刹那迸射出的白光和火星的攻击。但是这光和热不止对准面罩，也散射到周边一两厘米厚的钢板上。钢板吸收了热力，又衍射到面罩以外的身体部分。他觉得自己就是钢板上的一块肉。

太阳逐渐上升，他不用透过洞口光影的变化，就能感知油柜成了一口锅，越来越猛的阳光是锅底越烧越旺的柴火。他蹲着，觉得自己的头发着火了、衣服着火了、皮肤着火了。洞口就在那儿，他知道对着洞口的是一台海鸥牌电风扇，正在努力地摇着风叶。底座已经被砸得缺了一边，需要钢板压着才能站得平稳，浅绿色的电机面上满是油污，调节大小的白色开关已经变成了黑色，按下的时候，经常腻着迟迟不能落下，风罩上的每一根钢丝都写满了一种无法清洗的沉重，让转出的风都变得凝滞。风罩中间的海鸥标志也沾满了油污，海鸥也无法起飞了吧。

风跟着光进来，像一股力拉开了一把大弓，射了千万支利箭进来，每一支都精准无误地扎在他的身上。

偶尔，他挪动身体时，瞥见那旋转的风叶如晃动的黑影，没有给他凉意与慰藉，反而搅起了油柜里的热气将他进一步包裹，有时候他甚至觉得它每转一圈，就将他唯一的出口封紧一分。

太阳一近中空，洞口的每一道阳光就都成了一枚长钉，被有力地敲打进地面，扯着太阳像盖子一样堵住了洞口，汗滴到钢板上，他都觉得像是油滋在热锅上一般嗤嗤作响。其实转个身就可以爬出去了。汗流到眼里，激得刺痛，眼皮必须嵌到眼窝里似的抿几下，抿得更痛，才能压出一丝泪花，把盐分和疼痛挤出去。他很想擦一下脸，揩一下眼睛，但是放下哪只手里的东西？左手的面罩吗？卸下唯一的盾牌，身上将没有任何的防具。右手的焊枪吗？放下后，哪还有勇气再拿起？

熬吧，只当自己把自己关进了不可打开的牢笼，救赎的下班铃终会响起的。

终于可以爬出来了，放下焊枪后就像后羿射落了九个太阳，面罩也可以拿下了，他站到风扇前，让风扇吹着自己，像吹着一件泡了水就直接拎起的衣服。他把脸凑到风里，舒缓皮肤炸裂的疼痛。抬起手，凑到脸前，手指压抑地抖了抖，终是放下了。不能摸，脸皮褪得像铁犁翻过的硬邦邦的泥土，手一触可能就带下一块。

照镜子的时候，他觉得那不是一个十七岁的少年，而是一个突然增加了几十年沧桑的男子汉。但是在偶尔走神的刹那，他又想，如果清港的同学没有偷吃自己饭盒里的鱼鲞，如果自己没有逃课去追他，如果没有跟他吵起来，或者自己装得比他更弱势，又或者老师就事论事，教导主任、校长批评的是那个偷吃的同学，再退一步说，如果自己跑到大坝没赶上最后一班航船，或者躲在姨妈家时就告知了父母，而不是两夜后才回去，那么现在自己会不会还在教室里准备高三的课程，在那条独木桥上与千万学子一起走一条不一样的路呢？

他最终还是没有回去。在家里歇了一个月，这一个月比他以往十七年时间都要漫长。然后他站到老谢面前跟他说要当学徒，他是已经预想过蒸笼一般火热的滋味的，然而等到他真的钻到油柜里面时，才知道这蒸笼还是铁的，不仅蒸，还贴着肉煎，而且不管怎样的蒸、煎，第二天太阳还没出门他就得出门。

他第一次钻进去时就告诉自己，进来了就不可以出去，就像从学校离开了就不会再回去一样，“好马不吃回头草，好汉不走回头路”。他难得地笑了一下，也许那样的难熬都能熬过，将来就没有什么能难倒自己了吧。

我试着从眼前的他的脸上看出三十年前他脸上蜕皮的样子。他头发浓密且一丝不苟地向右偏分，露出饱满的额头，眉毛是典型的剑眉，但并不十分浓黑，双眼皮很深，眼神温和平静，让人看不出情绪，胡子刮得很干净，虽然有些中年发福却没有明显的双下巴。一米七五左右的个子，穿着深灰的Polo衫和黑色的西裤，身板笔直，身形很正，坐得也很板正，有退伍军人一般的气势。他的声音沉稳，讲话节奏感很强，政府的方针政策脱口而出，我知道他是村书记，但就算说他是县委书记，不知道的人肯定也不会太怀疑。唯一能体现他过去经历的就是他古铜色的皮肤了吧。蜕皮的日子过了多久他自己也不记得了，只记得手无意间摸上去，不再有痛感时，边上的人笑着恭喜他，终于脸皮厚得火也烧不进去了。

他突然停下，抬起头，眼神飘向窗外，似在咂摸过去的汗水和疼痛，半晌才说："我们土话说，'好汉不挣六月钱'，我挣的每一分都是六月钱。"我说："不怕苦痛才是真正的好汉啊！"他哈哈一笑，说："苦痛也是真的苦痛，有本事的人谁会吃这个苦呢，钱又少，我没有其他出路，学了这个就只能做这个。渔船禁渔期都是在六月天，错过了拿什么挣钱？"

他过了两年的学徒生涯，前几个月是白学也白干活，后来是三十元一个月，一年后当大师傅了就六十元一个月。1990年前后，似乎也马马虎虎，但是这钱真的是汗水一滴一滴滴出来的。当了大师傅，不用电焊了，但是修船、安装配件都是体力活。

村里村外大部分的渔船都在他的手里修缮，甚至重生过。听着船主絮絮叨叨的叙述，他就能判断出船的故障，摆弄轴、轴套就像摆弄自己新买的风扇按钮一样简单，用眼扫过斑驳的船体，指点着油漆工上腻子、刷油，从没有漏过一道缝隙……他对待每一艘船，就像对待每一个需要安慰的朋友；他对待每一位船老大，就像对待每一位朋友的父母。从村里的渔船到福建的渔船，从船老大到小工，没有人不说谢良尧这后生好。

也许在熔炉一般的油柜里，在他最初拿起焊枪，到最后有资格放下焊枪的时间里，他就明白了，人生真正的学习才刚刚开始。高温让他流汗、蜕皮，也让他的灵魂脱胎换骨。所以他以一种人生没有退路的态度来正视自己的前程，收起了当初的冲动意气，沉淀下来，用最快的速度掌握一切修船的本领，也掌握了这个行当挣钱的秘密。一根轴，买来要几十、一百元，卖出去几百元，船老大们并不会在这方面太计较，就像现在买名牌的人一样，心里总觉得贵一些就能用得久一些。一个月六十元的工资，说不定还抵不过一根轴的利润呢。十八岁的人，已经知道不甘心，六十元钱，要吃、要喝、要交朋友，以后还要娶老婆、生小孩呢，怎么够？工资是捏在别人手里的钱，他要的是自己手里有钱。

十九岁时，他开始和自己的师父，也就是自己的老板，谈合作，谈合伙办厂。他也不知道当初怎么会丝毫不怵那个比他大十来岁的男人，不怕谈崩了工作没了不说，亲戚、师徒情分也消失殆尽。人是注重利益的，互利的事情没有人会拒绝，老谢善管理，而他有技术，也尊敬这个比他年长的人，分得清形势优劣，也懂得谋定而后动——终于谈判成功。

在沙岙坑这个小海湾里，他们合作了两年多。二十二岁时，他携着修船的手艺和这两年赚的钱到沙岙坑外边的皮岩头开起了自己的修船厂。

皮岩头比沙岙坑要开阔，每年的禁渔期、每次的台风期，少则几十只、多则百来只船密密麻麻地挤满整个码头。这是最忙、最辛苦的时候，也是最挣钱的时候，五六十匹的大船和十几匹的小船，他一样对待。生意不论大小都是生意，“大道理讲不出，但积少成多的道理还是懂的。”他说。挣得多了起来，十万元、二十万元不是问题，但他总会想起自己从一天一元的工资里扣出两角一毛，希望能积攒出一点烟钱的日子。

在皮岩头这个小码头，从1992年到2006年，他待了十多年。渔船在一艘艘地变大，也在一艘艘地减少。同行的老谢，在2002年就已经转型做柴油机了。他也不是没动过改行的心思。“那一段时间也煎熬，除了修船我没有其他生活（事情）可以做，皮岩头码头停的船也越来越少，我就把厂搬到了小屿门，可以做大（配）件。”他顿了顿，突然一下子靠到老板椅背上，侧着头想说什么，但终于没有说，似乎这一次的选择带来的困难并不算什么。

半晌，他才接着说：“2007年我把房子买在玉环城关，想给孩子一个好条件，可是孩子差三分没考上玉环中学，读的是玉城中学，现在已二十二岁了，在杭州医学院读书。”我以为他要谈论他的家庭了，他却突然沉默了下来。我也默不作声，猜测他是不是也想起了自己的二十二岁。如果没有当初背着所有积蓄和几万元的债豁出去自己办厂，他现在最多也就是人家厂里的大师傅吧。

我环视村部办公室，墙上挂着一张村子的航拍照片和一张规划图，靠墙的柜子里是一些党员学习用书，很整齐，桌子上就一台电脑和一台打印机，边上是几个文件夹和一个笔筒，再无其他物什。我想象他工厂里的办公室是不是也一样的简洁整齐，也暗暗揣测为什么他不在自己的厂子里接受我的采访。

他开始抽烟，问父亲要不要，父亲笑着说戒了。等他抽完一支，我用自己做过的一点功课问他坎门的厂子是几时办的。他说，形势一年不如一年，栈台这边的渔船更少了，坎门渔船多，栈台的船有时候也停到那边，2008年，就在坎门也办了一个渔船配套设备厂，置办了全新的设备，大件的叶子、起重机、网机都可以做。

“最多的时候有十五个工人，都是高工。平时都不上十人，忙的时候就招点工。坎门企业多，工人流动量大，我的厂子对技术要求高，机械化程度也高，高精工都是长期工，禁渔期最忙，装备就寻短工。两百元一天，做八个钟头，当天结算，夜班到九点就算一日，还是这样省成本。”他眼里精光一闪，我看见了隐藏的精明。村里人都说谢良尧精于计算，一斤鸡毛也能挣出半两肉，此时我略有领教，但是我也觉得他应该不是一个唯利是图的人。“不过坎门那边现在也不好办了，给工人租房至少五百元一月，十个人、二十个人、三十个人都有不同档次的消防要求，还是小屿门老厂这边租房更容易、更便宜。工人多又没有坎门那么密集，租人家盖的单身公寓当宿舍，条件也好。厂里外地人多，吃住都解决了，才留得住工人。我大师傅都跟我十几年了，最早给他五万一年，现在十二三万了，还不包括年节福利，医疗、养老保险都上全了。”

“想当年我才六十元一个月，都三十年了，从十九岁到四十九岁，我办厂也三十年了。以前和老谢办厂合起来才七万多元设备，现在我一台车床就三四十万。现在小工待遇、保险也高。我当年修船，是用麻绳吊着挂在船头，用铁板包船头，万一麻绳没拴好，人连铁板掉下去，不死也要残废。太阳日头晒，小命去半条，挣个几十块——时代不一样了。我现在厂里的产品都用大吊机吊，哪里用得着人工扛。车间监控无死角——有故意骗保的人。对工人要好，这是没话说的，但人也要有一点戒心，长期工好一些，短工就不好说了……”

我问他："今年疫情对企业影响大吗？"

他说："今年疫情影响也是有的，出口只有一次。影响大的是政策变化，现在要求渔船挂靠地（属地）管理，禁渔期回挂靠地。以前福建、苍南的船都停坎门，印尼、缅甸的也有，现在都要回去。有玉环证书的只有三百多只船了，以前上千只船都有的。我们这里的船很多也是外地证——船越来越少了。但优势是什么呢？竞争性没那么强，十几年前栈台有三家（修船厂），坎门有十几家，但是后来国家要求规范，现在逐渐都关了。办厂需要ZC认证、CU认证和CCS认证，要几十万的。环保、消防的要求也高，企业不好办了。"

"但让我不办不行——这行业呢，像猪肉骨头一样，肉没多少，啃啃挺香，扔了可惜。早先的硬骨头都咬下来了，现在的软骨头，也不担心咬不下。一个轴，以前几百块，现在几千上万块了，你想想。所以我在这里（干江镇上）的小微工业园区北边又买了九百平方米（土地），与老谢隔壁，在他东边。镇里统一规划，环保可以审批，消防有一个标准……"

我对他并不十分熟悉，对他的企业也只知道一个大概，所以很愿意他多说一些。相比年轻时的艰难，他关于成功后的经历的叙述少了许多感情色彩。也许是我的采访唤起了他青年时的热血和激情，等到讲述后来的一切时，他已经成为一个理性冷静、不动声色的生意人了，语调就恢复了一种当下性的客观，甚至带有旁观反思的意味。

空调有些凉，我穿着长袖都忍不住打了个喷嚏，他穿着短袖却一个劲地冒汗。我看他抬起手似乎要去抹额头、鼻尖的汗珠，最后却只是贴着鼻尖到额头的位置虚虚晃一下，似乎一挨上皮肤，几十年前蜕皮的疼痛就会从记忆深处刺出来一般。这疼痛大概已经烙刻到他的内心深处，在平常的行为中也不自觉地表现出来了。

他做生意几乎没亏过，唯一的一次亏空，大概就是和村里人一起办的蜡烛厂，因为租借的厂房是违规建筑，被伙计坑了一把，亏了十来万。不过他也认栽，没多说一句。我小心地提起时，他说生意有亏有赚正常的，要自己谋算不能怨别人，吃过的亏、走过的弯路，都是以后的经验，对此他似乎并不怎么放在心上。

我不由得恭维他大气，他又和我说该算的钱也要算着，谁的钱也不是大风刮来的。这话我有点不明所以，他说："我和几个朋友一起去西南一个地方志愿扶贫，带了四万多元去。车到山下上不去，走了三个多小时，水都喝光了，上去渴得要死、累得要死，人家水也不给一碗，凳子也不掇一条，站在我们面前开口就要多少钱，四十来岁的人就不劳动了，连最起码的待客之道都没有，我一生气就只给了一万五，剩下的两万五带回来了。我们志愿扶贫不求回报，但对方连起码的尊重都没有，以为我们的钱都很好赚的，我就带回来了，打算去别的地方（扶贫）。"他一脸的义正词严，我不由得掩着嘴笑了。他也笑了一下，说："后来他们镇里人来问，怎么数目不对，我也是这么回答他们的。"

我说："您算好汉了。"

"好汉不好汉不知道，办企业也好，做人也好，我都是有原则的。"

我也知道他当了村书记后的一些事情，比如自己先贴钱装修了村部，建了村文化礼堂、党员活动室、村图书室等等，但是转头就按照规定向镇里申请资金，一分不少地补了回来；村里修路，有人要补助，按实际一万两万元就够了，非要五万八万元，他拍着桌子说没门，不开这个头。我更知道他精打细算，和邻村换地，把原来村里分开的宅基地合到一处，要建成六间五层高的新村部，把底楼租给银行，楼上村里各类活动室一应俱全，房子还没建好，好几家银行已经来洽谈租金了。村里的综合市场以前有人白占摊位不交租金，其他村干部不好意思开口，他上任后，将程序全部规范，公开招标，全部收回再出租……他把上礁门的村资产从负六百多万元，变成正三千多万元。

窗外突然传来一声很大的吆喝："西瓜赞得猛，过路的装个——"我不由得笑了起来，他起身拉起卷帘张望，我父亲说菜场就是吵了一点。

他点头说："新的村部大楼建起来就不会了。"说着起身从隔壁房间的柜子里拿出一沓航拍的村子照片，一张一张、一处一处、一点一点地指着地图上的废屋、山地、林子等等，介绍说这里要修古商道，这里要修从炮台到礁门的小火车轨道，这里是水果采摘园，这里的壕沟可以建教育基地，要和其他村子联合，共同搞旅游开发，村民投资入股，可以分红……"难度很大，但是我在任一日，就要把这件事情搞起来！企业怎么办，我对村子也怎么办。做村主任，做书记，也是当家人，要对村民负责。"他笔直地坐在椅子上，眼神十分坚定。

我感觉年轻时油柜里煎熬出来的品性，他是用一生在践行。"您着实是好汉！"这一次，我是由衷地发出赞叹。

楼上绣花的姑姑们

后山的姑娘长到十六七岁，差不多就都订婚了。有了婆家，家里一般就不怎么让她们抛头露面了，更不让干粗活、重活，连织网都不让，就只待在家里楼上，绣绣花就好。我的小姑姑是这样的，阿梅堂姑姑也是这样的，就连寡妇兰阿婆家的阿玲姑姑也是这样的。

那时，我们的房子，外面看着是两层，其实并没有多少人家铺好二楼的楼板，但如果家里有适龄的姑娘，那就无论如何也会搭出能放一张床、一张小桌子和一副绣架的空间的，当然只是空间，没有门，楼梯是唯一的通道，也是唯一的阻隔。我小姑姑的“闺房”就是这样的，爷爷、奶奶虽然也住在楼上，但他们的三张床是挤在长长短短的木板重叠交错凑搭出来的半间地方上的，每次踏上去，木板们都会很配合地上下颠几颠。阿梅堂姑姑是阿公家唯一一个住楼上的，阿公、阿婆和阿素姑姑挤在阿梅姑姑的楼下，还算有半垛木板墙，三个阿叔住在西边的一间屋子里，只用几只柜子隔开堂屋。阿玲姑姑的“闺房”看着最不济，楼板是用大大小小的木板，拼拼凑凑、交叠相加而成的，着实寒碜，阿婆和她的三个弟妹都挤在楼下的一间屋子里，没有挡隔，也没有阳光。

小姑姑和阿梅姑姑都白净，山水养人，养得她们虽不说肤如凝脂，却也有不少人夸她们的脸像剥了壳的鸡蛋。小姑姑是丹凤眼，笑起来就变成了两道月牙，她又爱笑，笑意不断从月牙里漫出来，她的嘴巴稍稍有点宽，因此笑的时候她总不忘把嘴唇往中间压一点，好像要把漫出来的笑意舀回一些，看上去就多了一分欲说还休的娇羞。阿梅姑姑是瓜子脸，柳眉杏眼，唯一不足的是牙齿的缝隙有点大，如笑不露齿，白玉般的脸上明眸红唇，笑意浅浅，很是好看。可她毫不留心，一笑就张大了嘴，雪白的牙齿争着往红唇外张望，牙缝也鲜明，就少了一份柔美，多了一丝飒爽。小姑姑爱粉色，阿梅姑姑喜欢白，坐在绣架前不言不语，小窗的光线照亮了绣架周边的一块小小天地，四下安静，只有针线穿过绣布的“扑扑”声。她们乌黑的长发垂着，一脸娴静，真真像折了一枝粉桃、白梨插在窗前，玉葱似的手指上下翻飞，如同翩翩飞舞的蝴蝶。

阿玲姑姑爱穿粉底碎花的衣服，体态相对丰满些，眼细长，颧骨高，嘴巴阔，嘴唇厚而外翻，皮肤偏黄、也不甚细腻，气质上也差了一大截。可当她捏起绣花针，在绣架前全神贯注地上下飞针走线时，谁都得承认，她有一种莫名的妩媚。

我原先最爱往小姑姑那里钻，看她安安静静地伏案绣花就感到舒服，可她不许我闹，不许我吵她，只顾自己绣。我坐不住，凑到绣架旁不说话看她也不行，说针要扎到我，非等她歇下才可以。我偷偷画过她的侧面像，可又自觉画不出她美貌的万分之一，只觉得墙上斑驳脱落的石灰、边上暗红褪色的木桌子、绘有彩色漆画的木箱子，衬得她伏在雪白绣布上的淡粉身姿分外鲜亮，光透过落了红漆的木窗框进来，她的发上、脸上多了一层淡淡的柔光。这情景足以让我安稳地多坐上一刻钟。

阿梅姑姑楼上除了床和绣架，还有一个小木箱和一只木凳，都没有上漆，原木在光阴里积淀，散发出陈旧的味道，显得有些清冷，但很干净，没有一点灰尘。帐子是白的，枕巾是白的，主人的窗帘、衣服、绣架都是白的，整个房间如雪洞一般，窗外的阳光走进来，算是染了一束金黄、带了一点热气。她常到我家找母亲说话，还教我怎么又快又干净地洗筷子，怎么烧猪食，还让我帮她描绣样。我倒是很少去找她，但一去，她就会停下手里的针，逗着我玩。还会翻出一点吃食，有时是一个六角酥，有时是几颗油枣，有时是一粒薄荷糖。一次，她和她朋友站在窗口看见我，叫我上去，拿出一张纸，上面抄着越剧《沙漠王子》的选段《算命》的唱词，她问我会吗。我说："会，我姨教过我。"她说："你唱给我们听。"有陌生人在，我有点不好意思，也不知道如何推却，低声唱了一遍。她们在边上屏气听得很认真，搞得我也不敢乱喘气，唯恐自己唱错了。唱完，我出了一身汗，她们半晌才出声，我忐忑。她笑着说："唱得蛮好，和上次做戏听的差不多，就是声音低了一点。"然后指着一个笔画比较多的字问我这是什么字，我告诉她，她认真地读了几遍，歪头对她朋友说："你也认错了。"然后齐齐笑了，也不尴尬。她又指着其中几句，说："我唱给你听一下，对不对。"说着竟哼唱起来，我不知道她竟然把我当老师对待，一下子红了脸，脑子发起蒙来，也听不清她说什么，她一停就赶紧点头说对。她高兴地笑着说："那谢谢你了。"她又拿出一个六角酥作谢礼，我接了，顾不上说谢，就逃也似的爬下楼梯，才发现自己的心怦怦直跳，长这么大，还从没被人如此尊重过。我在楼梯下站了一会儿，听她们在楼上轻声谈笑，唱《算命》。阿梅姑姑说："下次我们一起，你唱《何文秀》的《桑园访妻》，我便唱这个。"我的心都漏跳了一拍，只希望自己没有教错。

和她一比，我觉得小姑姑大约不喜欢我去吵她。我刚从楼梯上冒头，还没下梯子呢，她就会皱眉说："不许顽皮，不许吵我，吵就让你回去。"而且小姑姑从来不来我家，虽然我们住的是同一座房子，中间只隔了二叔家的一间房子。只一次，家里没人，我去找小姑姑时，她的桌边坐着一个方脸、头发四六分的男子，边和她说话边不时用手拍一下她的手臂。我爬上来，他吃了一惊，小姑姑却如遇救星，以从来没有过的温柔笑着对我说："怎么才来，不是要学绣花吗？"我眨眨眼，把往下伸的脚拉回来，上了楼，背着手一声不响地站在她身边。男子一时无趣，问"你家谁啊？""我大哥的囡啊，要跟我学绣花呢！"

男子狐疑的眼神在我和姑姑脸上扫了几圈，假笑着起身说要去楼下。听到他脚着地的声音，小姑姑马上压低声音说："等下你就一直陪我，不要走。"

我点头，猜想这个肯定不是未来的小姑父，但我也不问，就坐在她边上看她绣葡萄。

没多久，那男子又上来了，见我还在，有些不悦，脸色很不好看。我不知道该不该叫他叔叔，见了他的神色，心里也恼了，这里不是我家吗，给我甩什么脸色？同时也翻了白眼给他。小姑姑没介绍，只是悄悄地拽着我的手，怕我走掉。

小姑姑继续绣花，男子一开始碍着我，只说话，久了，见我一直不吭声，就有些放肆，说着说着，就动手拍一下小姑姑的手臂，摸一摸她的手，小姑姑涨红了脸，又不便发作，只皱眉说：“你干什么？”我再懵懂无知，也知道这不是好事，拿了尺子，直起身子瞪着他，呵斥他：“你干什么打我姑姑？”大约声音过于尖利，他们都吓了一跳。小姑姑偏头给我一个鼓励的眼神，男子有些尴尬地缩回手，笑笑说：“小孩子这么厉害？”

我不理他，两手叉着腰使劲瞪他、瞪他，瞪得他别过头，顾左右而言他。小姑姑不冷不热地有一句应一句，半晌，他冲我说：“你去小店买糖吃，好不好？”

“不好！”我想也不想地拒绝。

“那买点瓜子、花生剥剥？”

我还没应，小姑姑绣架下的左手就拼命冲我摇。

“不想吃！”

小姑姑松了一口气。

他无奈，说：“你姑姑要吃呢？”

我一时语塞，抬眼看小姑姑。她仰起头，笑了一下，说：“我也不吃啊，绣花呢！”明晃晃的阳光映得她的侧脸水蜜桃一样粉嫩秀美，那笑如一朵桃花无声跌落在水中，随水轻轻盘旋。我们都呆了一呆，男子的目光在小姑姑的脸上流连不去，小姑姑却很快又低下头开始绣。他来不及刹车的眼神刚好撞进我眼里，赶紧偏过头，假咳了一声，沉默了。

我忘了他最后是什么时候走的，我自己又是怎么走的，只记得心里惦着要建议爷爷给小姑姑弄个门，要么她一个人在家时把梯子撤掉。那男子，我至今不知是谁，此后也来过一两次，就没再来了。

小姑姑嫁人时，一身红衣走在夹道绿荫中，像一朵红云飘向我不知道的人家。奶奶用白色的棉线给她开脸，绞过的脸颊像抹了一层淡淡的胭脂，她的嫂嫂们送她出门，轻声叮嘱："一路只能往前，无论如何不可以回头。"

小姑姑走下围墙的斜坡时，稍稍侧了一下头，伯母她们就一阵低呼："不能回头！"我觉得她们有点大惊小怪的，那根本不能说回头，最多算向边上看了一眼。可母亲她们如临大敌地盯着她直到她消失在视线里。后来阿素姑姑告诉我，新娘子出门回头是不吉利的，表示日后要离婚，被夫家赶回来，所以即便有人叫也不能回头。

小姑姑好像一下子就从我的生活中消失了。初一时，我离家远了，有一段时间要补课，一时找不到住处，就去小姑姑家住了几日。她已有一个两岁的女儿，粉粉嫩嫩的小娃娃和她很像。她似乎没什么变化，轻声细语地说话，慢条斯理地做事，一举一动仍是说不出的从容娴静。只是她早上要五点多起床，浣洗一家人的衣物，要烧饭，然后带着孩子织网或绣花。小姑父总是出海，除了禁渔期，在家的日子大概并不多。但一回来，小姑姑就要帮着挑鱼拣虾，杀鱼剖鲞，更加忙碌。她细葱般白嫩的手上竟有了茧子。

夏天，乡里总是停水。有一晚，我睡着了，半夜来了水，她惊醒下楼时，水漫出水缸，淹了一地。第二天，天没亮，她的婆婆责怪她，“叽呱叽呱”念叨了一早上。那一天的早饭迟了，她白着脸说很烫，慢点吃。我低着头，拼命扒饭，一块滚烫的红薯含在嘴里，吞不是，吐不是，生生逼出了眼泪。我想我不可能像几年前对待占她便宜的那个男子一样跑到院子里瞪她婆婆，质问她为什么骂我姑姑了。

初一下学期时，母亲惦记着我在小姑姑家住过的日子，叫我和妹妹扛了一袋自家磨的麦粉去看她。我们就在她家住了一晚，她婆婆又很和气了，我才放下心来。她做家务，我们帮她带女儿，在她婆婆房间里，她的女儿打翻了一个装绿豆的罐子，我手快，扶了一把，没有全倒出来，但柜子上、地上仍撒了不少，我和妹妹都吓傻了，半晌才跑出去找她。她正忙，没听完我们讲什么，房里就传出了呼天抢地的哭骂声，我们满脸惊恐，不知所措。她放下手里的活过去，我们听不见她的声音，只听到她婆婆在指天骂地。好久，她红着眼出来，嘴唇发白，对我们说：“不就几颗绿豆嘛，幸亏是她自己亲孙女撒的，闹过了就好。”她的小姑子回来帮着说话，可她婆婆仍不依不饶。

我们一声不吭地跟在她身边，我很想问她小姑父知道不知道他的母亲是这样的，爷爷奶奶又知不知道她的日子过得如何呢。但最终没敢问出口。午饭过后，她婆婆消停了，又和我们有说有笑，仿佛什么事都没发生过。我心里有气，和她保持着距离。妹妹却大着胆子问她早上是发生了什么，她讪笑着说：“没什么啊。”小姑姑的小姑子冲我们使眼色，带着歉意说："没事了，没事了。"

下午我和妹妹就说要回家，小姑姑有些不舍，却也没说什么，临了悄悄嘱咐："姑姑对不起你们，回家不要提。"妹妹不解，我却懂了，很郑重地点头。回家后，我们都保密，有一天母亲无意间说起小姑姑的婆婆有时候会"念咒"，妹妹就冲口而出："我见过。"母亲大惊，一问就全问出来了，问完，母亲叹气说："你姑姑自己找的人家，也只能受着了，下次你们不要去了，我们不能帮她什么，就不要给她添麻烦了，这事你们也不要和爷爷奶奶说了。"

我们没说，也没有再去过姑姑家，虽然学校离她家不远，她的邻居也有人和我是同学，但不知为什么一提起她，我就有些说不出的惶然和担忧。

念初二时，我们搬到山下去了，不久阿梅姑姑也嫁了，什么时候嫁、嫁到哪里我都没问，只是想那天阿梅姑姑应该也穿红衣服了吧。

阿婆去世，阿素姑姑织得一手好网，却不会绣花，家里也不曾让她住到楼上，她就一人扛起了家里的所有家务，照料阿公和三个阿叔的日常生活。不久，阿公也去了，她就一个人漂泊着在邻镇打工。我有时会想，阿梅姑姑过得比小姑姑幸福吧，有时又发愁阿梅姑姑会不会过的也是和小姑姑一样的日子呢。

阿玲姑姑家我去得最少，因为她家乱搭的楼板比爷爷家那边还要恐怖，我害怕不知道什么时候就会两板相错别出一个大口或断了一块，让我掉下去。如果去了，我多是站在楼梯口看她绣花，一低头的娇羞恬静是少女的风华，也让我着迷。但我无意中发现她睡觉时竟然半张着嘴，厚而外翻的嘴唇像极了“猪嘴锋”（我们把猪的上唇称作“猪嘴锋”，下唇叫作“下颌”），而且还流口水，流得湿了半边脸颊和鬓发，连枕巾都湿了一片。我伤心死了：怎么能这样？可等她醒来，洗漱清爽，挽起浓密的长发，低着头坐到绣架前，又怎么也让人讨厌不起来了。她也嫁了，嫁到山后的炮台村，从此我再也没有见过她。但母亲说她生了儿子——在乡下，儿子就是母亲地位的重要保障，想来她过得也不会太坏，至少兰阿婆来我家时不曾说起她有什么不好。

她们是后山最后一批待在楼上绣花的姑娘，读过两年书，稍稍识得几个字，却养出了一股常人没有的恬淡娴静。后来村子空了，人们下山来，自己办厂、开店，不办厂开店的就进了工厂做工。小姑姑、阿梅姑姑、阿玲姑姑她们原来在楼上绣花，现在都在工厂里做车床了。

我在镇上碰见过小姑姑，打完招呼就相对无言。她白净的脸上多了些细纹，笑起来一对弯月牙并没多大变化，嘴巴仍是不由自主地往中间收，说话也轻、慢，不说话时脸上有一丝淡淡的愁苦，伸出的手指骨节分明，捏得我胳膊生疼。现在的她似乎更偏爱朱红、玛瑙红的衣服。

她等车回家。她同村的大部分人都已经在镇上建了新屋，再不济的也从山上移到了山下，可她还住在山上的老屋里，车到站，还要走上大半个小时才能到家。我看着她的背影在秋风里像一片抖索的红枫叶，想起大伯母她们说，她年轻时曾和村里的一个后生订婚，她却在看戏时和姑父好上，闹着解了婚约，嫁给了姑父，之前订婚的那人早已是镇里有名的老板，而姑父讨海的生意却时好时坏，近几年才稍有起色。不知道这二十多年里，她有无一丝后悔？她上了车，没有回头看，我站在原地注视着车子远去，鼻子莫名地酸了一下。

而再见到阿梅姑姑，是在二堂叔病重时。她仍是一身白衣服，温和地笑着，露出有缝隙的牙齿，只是脸色有些憔悴泛黄，眼角的鱼尾纹很深，手指干瘦、青筋暴起，手掌上是满满的茧子，但举手投足间却仍有我们这一辈姐妹没有的风姿。她的儿子也很大了。母亲说她婆婆好，老公也还算好，但是懒，家里家外都靠她，现在还没有自己的房子，几代人挤在一间两层的石头老屋里，很是局促。我就想起了她出嫁前住的那个整洁得不像话的“闺房”。和她讲起绣花，她神情淡然，说自己现在连拿枚针钉个扣子的手法都生疏了，更别提绣花——那是上辈子的事情了。我听罢，只有黯然不语。

但这几年小姑姑似乎喜事不断。前两年表妹结婚，嫁的人家不错，连着生了两个女儿，小姑姑当外婆了；接着表弟大学毕业考上了公务员，谈了女朋友；今年她更是在镇子上买了一套房子，听说她的儿媳妇肚子已经很大，快要生产了。住新屋、娶儿媳、抱孙子，乡下人的大事，她终于要全部办齐了。小姑姑的笑里多了一份满足，而且笑着笑着，有时就忘了把嘴唇往中间收，笑意直白地冲了出来。

我欣喜于小姑姑的欢喜，问母亲阿梅姑姑有没有住上新屋。母亲说：“不清楚，大概还是没有，但是她儿子终于懂事了，初中毕业游荡了几年，现在知道贴补家用，去当保安了，否则你阿梅姑姑真是苦得望不到头。”而阿玲姑姑，她只留在母亲偶尔的只字片语中，这么多年我竟再也没有见过她。

什么也敌不过时光。当年在楼上绣花的娇贵的姑娘们早已消失，取而代之的是别人的妻子、母亲，乃至奶奶、外婆。光阴消减了她们的韶华，生活打磨了她们的容颜，甚至连她们精湛的技艺都已失去了存在的土壤。她们沉浸在自己的日子里，咂摸着酸甜苦辣，可是，我相信她们还是会一如既往地美丽，她们的日子也终究会过得更好。

寡妇

兰阿婆的脸一直肿着，眼皮红得发黑，她的眼睛本来就不大，现在更是只剩下一条缝，眼袋重重地垂着，就像两个大核桃嵌在脸上。她的嘴巴似乎更大了，嘴角两边都带了一点白沫，嘴唇又厚又黑地向外翻起，龇出里面镶着的银牙，亮闪闪的，好像也挂着眼泪。

谁也没有料到活跳跳出海的阿公，回来时却是一具冰冷僵硬的尸体。好多天过去了，他们家里还不时传出嚎啕声，有时轻有时重，有时长有时短，有时放开有时压抑，有时大人小孩一起，有时只有一个大人，有时是哭诉，有时只是沙哑的干嚎……那时候，我觉得他们家房子的每一块石头都是在颤抖的。

头七做完了，兰阿婆头上别着棉线做的白花，带着四个孩子出现在人们的视野里。她的眼睛、鼻子都又红又肿，她张着嘴，嘴角的白沫好像永远都擦不干净，一副随时都会哭出来的样子。别人叫她，她的眼睛不能对焦，只是抽动几下鼻子，用沙哑低沉的声音茫然地应答。嘴里的银牙一闪，好像要掉下来，可又被厚厚的嘴唇抖抖索索地包了回去，看得谁都忍不住鼻子发酸。

母亲几乎日日去陪伴、开导，说为了孩子无论如何也要熬过去。兰阿婆有两个女儿，大的有十八九岁，已经订婚了，小的也有十五六岁，在乡下都算成年了，两个儿子，大的读四年级，小的和我同岁，读书却比我晚一年，而她自己还四十岁不到。岭头人总觉得年纪大的无所谓寡妇不寡妇，年纪轻轻的才算，因此很少有人在她面前讲起阿公，她自己也不大提。

一次，不知为什么，她在家打小儿子，她的小儿子凄凄惨惨地嚎叫："阿爸呀——姆妈要打死我了——"她瘫坐在锅灶边的地上，边哭边用手拍地，说："天诛的啊——你个天诛的，把我也带走好了……"很多人进去劝，我站在后面，看到她满脸眼泪、鼻涕，一把一把地用手抹开，擦在裤子上……等哭过了，站起来、拍拍灰，吸着鼻子做饭。人们散了，她的小儿子早在院子里和别家的小孩打闹了。

有几次，她和人家有点小摩擦，无非就是谁家的鸡鸭啄了谁家的葱菜之类，她就坐在院子里的石头上呼天抢地，戚戚哀哀地哭唱："天诛的啊——你怎么忒早就死了，你到西方好享受，剩落下我们孤儿寡母——别人欺哎——哎——我的日子怎生得过啊——天无眼啊！这些人的良心么——被狗吃了，欺负我们孤儿寡母，小心也要遭天诛……"一开始，她的儿女们会出来，围着她跪作一团，哭成一片，邻里也来慰劝。然后她在众人的搀扶下，软着身子进屋。三番五次后，她的儿女开始只是出来拉扯她回屋，她就逮着一起骂。久了，不说别人不理了，她的儿女也就在屋里看看，该干嘛干嘛，看她差不多了，就叫她起来吃饭。她如大戏落幕般一脸疲累地起来，进去吃饭。第二天，碰见她，脸肿眼红，却能对人笑。我们故意当面学她昨天的样子，她就笑，也不生气。只是，以后的几十年里，她的脸似乎都是肿的，眼似乎都是红的。

几年后，一天早上，我上学经过兰阿婆家，突然看见一个男人从她家出来，叉着腰，拿着搪瓷牙杯，站在门口的石头上咕噜咕噜地漱口。

母亲说："那是阿婆的新男人，是隔壁村的一个光棍——碰见记得叫阿公。"去她家，我老老实实地叫"阿公"，男人有些不好意思地应了，兰阿婆在边上红了脸，有一丝羞涩的欢喜。我跟着也莫名地高兴。

但是也有人笑她"守不住了"，当然原话是更难听些的，她又哭又骂，说："寡妇想男人天经地义，又不是有老公还偷吃。"

不久，我家就搬到山下去了，然后我初中、高中一直住校，好些年没见过她，也就没想起她来。只听说她大女儿嫁了，小女儿去学唱戏了（我还曾在戏台上看过她跑龙套），大儿子小学毕业辍学，小儿子小学还没读完，就跟人出去混了。

大学某一年寒假，我跟父母回岭头看爷爷奶奶，碰见她正和一个男人说话。母亲让我叫阿公，他笑眯眯地应着。那是个长相周正的男人，个儿不高，却挺壮实的，人也很和气——这是兰阿婆守寡后的第三个男人。第一个，过了两三年，不知道为什么被兰阿婆赶走了，隔了一两年，她又找了一个，但没几年，那男人自己走了，现在这个是隔壁县的，也不知道能待几年。

我有些诧异，离婚、结婚可以这样随便？父亲说："什么结婚不结婚，姘姘过日子的。”我不作声了，在乡下，娶不到老婆的男人上门给寡妇做老公的比比皆是，一般也都是好聚好散的。

不过，这个男人似乎不一样，他们一过就十五六年。据说兰阿婆发起脾气也曾赶过他几次，但是最后又都回来了，就像两口子吵到天翻地覆时闹离婚一样。他们一起笑着看着兰阿婆的两个女儿结婚、生子，看着她的大儿子学了手艺，在镇上的工厂里当师傅，也哭着看着她的小儿子打架进监狱，出来后继续混江湖过日子。

山上的人家越走越多，只剩下他们两个和另外一对婆媳。他们的房子背靠路边，右边是一条干涸的小溪，原来和恩松阿公兄弟的房子连在一块，后来恩松阿公兄弟的儿子们要在山下盖新屋，就拆了老屋——整座房子就塌了半边，剩下他们的两间勉强支撑着。交界的墙裸露着，下半边是石头，马马虎虎地垒着，上半边用竹篾席遮挡，在风雨的侵蚀下，篾席的竹条腐烂、断裂。靠近屋顶的大梁和椽条蹿出了瓦片的覆盖范围，和篾席交接的地方，露出大大小小黑乎乎的几个洞，仿佛来一阵风、一场雨，就会将这篾席摧枯拉朽一般地整片扯下，把主人掩藏在时光里的秘密都暴露出来。二楼狭小的窗户被木条封死，蒙着的塑料布已经破碎，在风里簌簌作响，底楼的窗子已变形，手指粗的陈旧的圆木条挣扎着夹着几块脏玻璃。木门虚虚掩着，一开就可能是一个黝黑悲哀的伤口。在一片草木葱茏里，房子本身已成了阳光下一道消不去的伤疤。

唯一的亮色是阿公的那辆残疾车，像一块天蓝抹在灰色的画布上——这也是他们的主要收入来源。

屋后水井的坡上、我家荒弃的地里，被他们种满了蔬菜。这是他们的菜园，但几乎一半又是我家的，父亲母亲隔三岔五就会收到他们的青菜、豆子什么的，不要也不行，阿公说这是“地租”。

我回去，经常看到他们一个在锄地种菜、一个在收拾院子，笑着和我们打招呼。走的时候，会塞给我们一袋菜，如同对远客的回赠。每次回头，我都看见拖着不大方便的右腿的兰阿婆和站得笔直的阿公一起在路上向我们挥手作别。

兰阿婆的腿因为风湿和摔断过，有点瘸，加上她矮胖的身姿，走起路来就像一只摇摆的鸭子。不知道她城里来的大儿媳妇是不是因此才不喜欢她。

她自己拿出积蓄，帮大儿子筹钱在山下盖了新屋，准备娶儿媳妇了。她怕儿媳妇嫌弃她和阿公的关系，发狠把阿公赶了回去。可新屋还没住上两天，儿媳妇一进门就让她回山上去，说什么“有我无她，有她就无我”。她看着有了身孕的儿媳妇和一声不吭的儿子，抹着眼泪回去了。等生了孙子，她巴巴地贴着儿媳妇，帮忙照顾月子。月子刚满，儿媳妇回了娘家，把家门一锁，威胁自己老公说，如果他妈住进来，就离婚。儿子一把年纪才讨了一个老婆，心里虽然愧疚，却犟不过老婆，只好哄着兰阿婆再回山上去，而他工资又全部上交给老婆，想补贴一下兰阿婆也不大可能。

那天，我刚好从海边回来，经过上山的路口，看见兰阿婆一个人拎着一个灰扑扑的袋子，拖着一只瘸脚朝山上走去，佝偻的背影隐在树林里像一个游魂。回到家，母亲说她刚在我家哭过一场，回山上老屋去了。所幸，阿公知道后就回来了。可这事之后，兰阿婆的脸上常常无端地显出一份凄惶，眼睛和鼻子就一直红红的。他们还种菜，阿公仍开着残疾车挣钱，兰阿婆不时到山下小厂要些手工做做。我和母亲在菜场碰见过她几次，她怔怔地站在一个角落里，不知看向哪里。有时我叫她，她也没有反应，母亲指指菜场后的一排新屋，悄声对我说她儿子的房子就在那里。但她一发现有人看她，就发窘，然后当作自己无意站着一样和人家寒暄几句，便很快离开了。

在她孙子两岁多时，一直不大在家的儿媳妇干脆带着孩子走了，从此住在娘家再也不回来了。兰阿婆的儿子去找过几次，没有用，后来干脆说分手好了。他们根本没有领证，只是办了一场酒席，她不回来，兰阿婆和她儿子没有一点办法，就是以前她拿走的那些钱也要不回来了，最后只好不了了之。村里人都说这个结局一点儿也不意外，那个孙子长得一点儿也不像他爹，谁知道那个女人是不是只来借一个名声呢。

儿子没了女人，开始花钱无度，兰阿婆就去邻村的养老院当帮工，烧饭、打扫卫生，收入还不错，而且现在还可以住儿子的新屋了。但是阿公又回去了，大约觉得不是自己的亲生儿子，长期住着要让兰阿婆为难，就回去住在他兄弟家里了，侄子们对他还不坏。这些年他开残疾车，攒了几万块钱，兰阿婆在盖新屋、娶儿媳的时候都没要他的钱，他的日子相对悠闲，有时候也会过来看看兰阿婆，住上一两天再走。兰阿婆似乎也很满足。可大半年后，兰阿婆那个神龙见首不见尾的小儿子，突然把自己的孩子送回来让兰阿婆带，自己和老婆又跑没影了。兰阿婆不得已辞了养老院的工作，和孙子靠着村里养老保险的一点钱过日子。

“六十几岁了，我终于是有了自己的孙子了！”她红着眼、红着鼻子对我母亲说。

我们都安慰她，这好歹也是做人的一点盼头，日子总会越过越好的。

她把孙子带到八九岁时，几进几出的小儿子似乎终于在牢房里醒悟了，回到家后开始老老实实在亲戚的运沙船上帮工，一年下来也该有十多万。兰阿婆的眼和鼻子似乎都没那么红了，整天拖着腿，笑眯眯的，就算小儿子经常跟她吵架也不能让她把笑咧的嘴给闭上，她说儿子的钱够让孙子好好念书了。好好念书，总是能有点出息的，再不济也比他爸要强一点儿吧。

可是命运又跟她开了一个玩笑，在年前，运沙船侧翻了，她侄子站在船头，跳水逃了出来，她小儿子站在一侧，被沙子和船压着，等救上来时，人早已没气了。阿公从温岭赶来帮着她大儿子一起料理后事，母亲已不忍心前去，父亲去看她，她已经木了，整张脸都是红肿的，分不出眼、鼻子和嘴巴。

父亲在回家的路上，碰见村里人，都是一声长叹，叹息过后却都是祝贺父亲今天竟然钓了一条七八斤重的草鱼，仿佛这个才是村子最近真正的大事。我看着他们的笑脸，心里默默地想，兰阿婆也会熬过去的吧，日子总是要继续的。

离婚

阿金姐的婆婆是个人物，五十多年前就“解放思想，追求自由爱情”，和同村的老瑞私奔了，用村里人的话说是“缠着了”。老瑞扔下一岁多的女儿和丑老婆，她抛下了两个双胞胎儿子和老公，两人一起逃到县城去了。老瑞老婆空有一身气力却没法拴住老公，阿金姐的婆婆那懦弱温和的老公更管不了她。

两个人在县城里打工，还生了一个女儿。老瑞却得了重病，没钱医治，就分手了。老瑞回来，靠着老婆的照顾活了过来。她却回来和老公离婚了。那时在村里男女纠缠的情事都是人们的饭后谈资，乡下野地男女相互吸引并不是大事，但是离婚却是大新闻，轰动一时。

离了婚，她转头就抱着女儿嫁了楚门解放塘的一个有钱老头。照顾了人家十几年，等老头死了，他的两个有钱儿子都觉得她照顾得不错，就把老头卖地的份子钱给了她，发了一点财，她又把户口迁回了村里。

她双胞胎儿子的老大老富娶了我本家阿姐阿金。

阿金姐年轻的时候，巴掌脸嫩得掐出水，柳眉杏眼樱桃嘴，虽然长得小巧，但是玲珑有致，女人们都经常开玩笑说她跟戏台上的戏人一样，还能干，织网、绣花、割稻、拣虾什么的，粗活细活都拿得起。和老富定亲了，看着父子三个人日子过得糙，也不避嫌地去帮忙洗个衣服被子。老富的堂婶新云娘说老富以后日子有得美。

他们结婚，我们都吃到了红鸡蛋，可是老富娘却没回来，似乎这个家和她再也没有关联。

村子从山上搬到山下，老富依然打鱼，阿金姐到工厂里上班，有空就去帮忙接船，分拣渔获。十几年过去了，阿金姐的儿子大专毕业，在工厂搞设计、画图纸，女儿大学毕业，在镇政府当合同工。家里在菜场边上有了一间立地五层的房子，还在白马岙小区买了套房，准备以后儿子结婚分出去单过用。

几年前，我碰见阿金姐，她人还是细瘦，但是脸白皙，连个斑也没有，穿着白色的T恤和蓝色的牛仔裤，背影还像个小姑娘。站在我家门口和我母亲闲聊，我第一眼都没有认出来。

她倒还认得我，爽爽朗朗地叫我，说："刚和你妈说到你，没想到你小孩也这么大了，让我看看跟小时候还一样不。"我过去站她边上，她手抓着我的小臂，手指纤细却颇有力气，上下打量了我一下说还真没什么变化。我说："阿姐，你才没变化，还是我记忆里戏人一样的好看。"她哈哈大笑，说："这家伙这张嘴啊，就甜。"说着放开了我，我看她的手背青筋暴起，手掌上也有一些茧子。

她和母亲聊了很久，母亲几次邀她进来坐坐，她都说不用，自己能站，在厂里做工也是整日站着的。母亲说也应该注意身体。然后隐约听她们讲到了"菊"。我侧着耳朵听了好一会儿才明白，那个“菊”，是阿姐的婆婆，她户口迁回村子一两年了，现在更是准备回村里定居了，说是要儿子养老。“她都不养儿子，我们结婚都不回来，她还认老富兄弟是儿子啊，现在回来依靠儿子，她怎么有脸呢？”我听见阿金姐这么说，母亲叹了一口气，说：“你自己得多一个心眼。”

婆婆一回来，阿金姐的好日子就到头了。她回来的第一件事就说阿金姐整日打扮、乱花钱，要儿子老富把家里的钱管起来。阿金姐不答应，说：“这么多年我从来没有乱花过，家里的两套房子得要几十万吧，不是两个人一起挣、一起省出来的吗？自己怎么打扮了？是买了几千几百的衣服了，是脸上抹粉、涂口红了，还是穿着袒胸露臂的衣服了？”

吵了些时日，老富出海回来，当婆婆的就告状说阿金和厂里的男人眉来眼去，儿子一出海就十天半个月，女人怕是熬不住的。厂里的人，老富差不多也都是认识的，就没当一回事。但是下一次回来，又说：“这次啊，阿金穿了什么新衣服——你一出海她就买新衣服穿——对着一个穿工作服的男人笑，从厂里出来一路说说笑笑到菜场，还舍不得分手呢，还站在门口讲了许久。”再下一次，又说两人悄悄到什么角落去了……

老富是个闷葫芦，他也不问。阿金姐快人快嘴，两人常常是一个叽叽呱呱地讲，一个一声不吭地听。但是突然有一天老富冒出一句：“你是不是和别的男人也这样讲？”阿金姐就蒙了一下，凭女人的直觉追着问他什么意思。老富留下一句“自己做的事情自己清楚”，就出海了。

阿金姐不知道怎么回事，要吵架也找不到人，想打电话吧，又怕他生气了万一在海上有个好歹怎么办。

好不容易等老富回来，想问一个清楚，老富却死活不再开口，只是闷头抽烟。

熬了一两年，我再见阿金姐的时候，她脸色灰黄，眼角都是皱纹，两颊都是斑，说话也是中气不足的样子。我骇了一大跳，问她是不是身体不好。母亲却示意我不要问。我讪讪地走开，回头看见她对着我母亲不停抹眼泪，说："天下有忒样的娘，别人都想儿子媳妇安生，她却唯恐我们安生。新福住得远，也不听她的，老富怎么就脑子糊涂呢？我年轻的时候不找男人，一把岁数了还找什么？和厂里熟人同路去菜场买个菜怎么就变成有姘头了呢？我叫婆婆指出是哪个，她就说自己岁数大了，眼神不好，看不清楚，兴许看错了也不一定。老富竟然把这些没影的事也记心上了，阿婶，我冤死了！"

母亲也叹气，拍着她的背说："他不至于这么傻呆的，日久见人心，会好的。"

伯母和阿伯早已经去世，阿金姐的哥哥脾气怪着呢，三十年来就住在船上，不结婚也不和家里人来往，弟弟入赘到温岭去了，来往也不多。"她是欺负我娘家没人啊，她敢惹新福老婆吗？"阿金姐走的时候，流着眼泪恨恨地说。

前年，老富娘让老富和她住一起，不让他回家，要他离婚。老富不大愿意，她骂他窝囊，说："是个男人戴了绿帽就得离，要不就回家好好揍老婆，打到她怕为止。"

打老婆，老富又不敢，即使他敢，自己的儿女也不会答应。离婚，阿金姐死活不答应，要他们拿出证据证明她有姘头，否则谁要离婚谁就净身出户。拖到去年，老富娘说她没这么窝囊的儿子，再不离她就死给他看。

于是挑了一个时间，她拉着老富，逼着阿金姐去民政局离婚。全程夫妻两个都没什么话，工作人员问什么都是当婆婆的回答。儿女已经成年，不存在抚养问题，儿子、女儿都归阿金，财产来之前就已经讲好，菜场的房子给儿子，阿金住着，套房给老富。

于是，阿金姐在自己五十岁的时候，被迫离婚了。

而老富，刚离婚，他妈就张罗着帮他找女人，楚门、清港的相了好几个，都没成。

芬芳姐

芬芳姐，小圆脸，短圆眼，鼻子小小的，嘴巴也薄薄小小的，看着和现在的某位影视明星有几分相似。

她比我大两岁，但是她念书晚，我念书早，我们是同班。上学、放学我们都是一起的，到初中也是。她念书是很用功的，她阿妈说：“她一早就起来背书，晚上回家帮着烧饭、煮猪食时也要背书。”那时很多同学抄作业，除了她，我的本子放在边上她也不会翻一下，只是追着我问怎么做。第一遍讲了，“哦”一声回去了，等下又来问一样的，再讲，回去做一点，又不行了。如果整题跟她讲，她就苦着脸、皱着眉头，说还是一步一步讲吧。她下课也不出去玩，坐着看书做作业，回家又做到很晚，但是她的成绩总不好。同班的阿彬哥——她弟弟笑她，还不如抄作业痛快，还有时间玩。她阿妈说浪费了不少电费，也没读出花样，还说她是榆木脑袋，开不了花。她勉勉强强读到初二，就被叫回了家，织网绣花也能挣点钱呢。

初二，我家就搬到山下了，我回去得少，我们渐渐就没有了来往。她结婚嫁给同村的老平，生了孩子，都是母亲告诉我的。而我也是一只耳朵进一只耳朵出，同在镇上，连她家到底住在哪里也不清楚。算起来，大概从我读高中起，我们就再也没有见过面。

2013年的元旦，我带着孩子跟父亲去做年糕。在年糕摊上看见一个穿大红睡衣的女人，带着一个比我儿子大一点的小女孩排在我们后面。女人头发细碎枯黄，脸色蜡黄，嘴唇泛白起皮，眼神木木的，不知落在哪里，干瘦的身体像一截木头似的套着臃肿的红色睡衣，睡衣袖上套着褐色的袖套，袖套手腕的地方油腻发黑，露出的两只手像冬天的树枝一般僵硬。我不好意思明目张胆地看，偷瞄了一眼又一眼，觉得鲁迅笔下的祥林嫂怕就是这模样。

父亲从她面前经过，她竟然突然抬头叫了一声。父亲不知和她说了什么，她竟然扭头看向我。目光对上，我只觉得眼熟，却一时间没有认出是谁。她又叫了一声，声音涩涩地从喉咙里发出，像是被晒干的稻秆搓出的绳子刺在手心。我尽力压制住自己的惊讶，脑子飞快地搜索记忆里的人影。父亲说："这是你芬芳阿姐啊，愣什么愣。"这下我连惊讶也压不住了，当场愣在原地。幸亏边上一个男人叫她，她转过脸去了。

那个男人我倒认识，是老平，穿着毛呢休闲西装和牛仔裤，脚上穿了一双皮鞋。我走过去，叫她阿姐，她浮起一个仓促无力的微笑，说："你好像比以前胖了。"我说："是啊，生了孩子嘛。"父亲在边上介绍说："这是老平，你芬芳阿姐的老公。"我冲他笑笑，他也笑了笑，我还在震惊着，连"姐夫"也忘了叫。

快轮到我们了，父亲过去。前面一个人家里只来了老人和孩子，托不起沉重的粉箩，父亲就上去搭了一把手，老平也上去一起托了一下，然后两个人就站着闲聊。我站在芬芳姐边上，不知道说些什么。但她似乎活泛了一些，指着我儿子和外甥问哪个是哪个。我答了，招呼他们过来叫“娘姨”。她也拉了穿着红色睡衣的女儿过来说这是她家老二。我问她老大几岁，是儿子还是女儿，她说也是女儿，十多岁了。我问怎么没有带来，她迟疑了一下，我就没有再问，换她问我孩子几岁之类的。谈了一会儿孩子，我家的两个皮猴子一样，她女儿却乖乖的。我不由得感叹女孩子就是乖巧，她却突然沉默了，恢复了原来木木的状态，气氛就有些尴尬。

过了一会儿，父亲叫我过去帮忙，我解脱一般地离开了。

碾粉碰见熟人，和父亲开玩笑说：“自己没生的儿子都留给囡生了，现在总没人叫你‘绝后代’了吧。”父亲说：“生儿生女不都一样的啊，老古董才会去计较。”“可不是，现在年代不一样了，还是囡贴心啊。”边上一个老女人接茬道。

我没有心思听他们玩笑，只留意看芬芳姐，看她两只手插在睡衣兜里，眼神不知落在哪里。又去看她老公，在搬自家的米筐，搬完了也去她边上站着，低声不知道说了什么，她轻轻地回了一个笑。他看她笑了，也笑了一下。应该不是什么夫妻吵架的事吧，那是什么让她变成这样了呢？也没有听说阿姆、阿伯家里有什么不好的事啊。我满肚子疑问。

我家年糕做好，要回去了，我跟她打招呼，两个孩子跟她说再见。似乎阳光终于照暖了她一般，她拉着女儿的手真切地笑着挥了挥。

回家后，我问母亲芬芳姐怎么这样了。母亲说年中六七月的时候刚流产了一个孩子。我恍然大悟说那是伤身的。

奶奶刚好也在，接过话头说早先就流了好几个了。“她干嘛这样啊，”我生气地说，“她老公也太不心疼她了。”“她第一个不是囡嘛，她婆婆要她生儿子，生了老大后怀了一个，B超说是囡，流了。后来又怀了一个，老平说就生下来吧，六七个月了，去B超，又说是囡，老太逼着芬芳去引产，不去，她就死给她看，芬芳去了，结果是孥，转头又骂芬芳，月子都不给她做，还是她阿妈过去值月的，芬芳都哭死。过两年又怀了，老平说不管男女都生，结果是囡，老太不是人的，又骂芬芳，要死要活地说自己要绝后代了，香火盏没人捧了。这两年身体刚调好了一点，今年又怀了一个，两个囡了，不能生了，又流了，还是她阿妈过去看着。芬芳也是命苦啊，现在哪个人家像她婆婆那般重男轻女？芬芳的大女儿，书读得好得很，她婆婆都不高兴，也不帮她带。老平在温岭上班，日日来去，芬芳苦死了……”

奶奶眯着眼，说得嘴角泛出白沫，说到芬芳婆婆的时候简直义愤填膺。我和母亲对视一眼，憋着笑：好像三十多年前，骂母亲只生女儿不生儿子，十年前说小婶没福气又生女儿的老太不是她自己似的。

我是心疼芬芳姐的，但是也不可能帮什么忙，最多也只是在母亲面前骂几句她婆婆过分。有些事情，几十年前和几十年后似乎改变了，似乎又没有改变，我是无能为力的。

但我还是把芬芳姐放在了心上的，回家不时打听她，虽然不能帮什么忙，但是知道她过得好，那也是一种心安吧。

她的女儿们都懂事，成绩也不错，老公在温岭工厂，工资每个月有万把块，现在在家办了一个小厂，自己管着，主要是婆婆年纪大了，终于没有那般厉害了。但是她阿妈被车撞了，芬芳姐得照顾，婆婆中风了，她也要顾着，阿伯摔了一跤，她也来照顾……我听着，觉得芬芳姐真有三头六臂。

今年夏天，我在家门口的马路上碰见她，她穿着黑色T恤、黑色短裙，系着铆钉腰带，踩着黑色粗高跟凉鞋，挎着黑色铆钉包，很时尚。她依然苗条，但比原先胖了一些，化了一点淡妆，气色很好，从阿妈家出来（阿妈肺部做了手术，还是她每日过来照顾），和她小姨急匆匆地一起走着。我叫她，她回头看我，很欣喜地说："你什么时候回来的？"我说："昨天啊。"她笑起来，说："哎呀，我赶时间，不能和你聊了。"我说："那你忙啊，我们总归见得着。"

她冲我眨眨眼，咧嘴笑着说："是啊，那下次聊。"

我挥手和她说再见，几年前那个睡衣里木头一样的身躯终于复苏，成了一个鲜活的生命了。

尤物

尤比我大两岁，是我最美丽的女同学。

初一，当我们大部分女孩子还没有发育或者刚刚开始发育的时候，她就已经长开了，如饱满的蜜桃。雪白的皮肤上常贴了桃花的粉色，丹凤眼，瓜子脸，鼻子小巧秀气，最好看的是嘴巴，都不知道她是怎么长的。我们的上嘴唇唇锋都是近三角形的，她却线条柔和得像花瓣一样，我们的下嘴唇都是平平的一片，她的却微微有点肉，中间偏偏又凹下去一条鲜明的缝，嘴巴抿着，就像一朵花含苞待放，如向两边稍稍展开，就是春天桃花开了。

有一次中午一起吃饭，她夹了一颗豌豆送到嘴边，刚好边上有人同她讲话，她筷子停在嘴边。我们坐在对面的几个刚好也抬头听，就看到一朵水汪汪粉嫩嫩的桃花托着一颗碧绿的珠子，我们都看呆了。等珠子掉下，她叫了一声，手忙脚乱地伸手接才反应过来。边上一个泼辣的同学笑骂她："老尤，要死啊，你忒装起来，我都想吻你嘴了。"我们愣了愣，都哈哈大笑。她斜了她一眼，说："你才要死来，变态啊，你又不是男的。"我们从中似乎觉察了一种朦胧的意识，但是又不十分明朗，于是个个笑得捂肚子。

吃完饭，她袅袅婷婷地站起来。我们发现她的胸部比我们的都大，腰却比我们的都细，腿又修长，走路的时候前面一颤一颤，后面一扭一扭，看着有点怪怪的，但又让人看了还想看。真是天生的体态风流。

我想起《西游记》里的妖精，要叫她妖精，她不干，追着我打。后来一次老师上课时提到江山美人，我们就叫她“尤美人”，这个她倒没反对，大概她也知道自己是很美的。

初二，班里好多女同学都开始发育，但不是胸没她大，就是腰不够细，更多的是腿短、粗。几个班级排队，她都是那只无法取代的天鹅。

一次，学校唱歌比赛。别人大都是站着木木地唱完，她却唱越剧，什么曲目已经忘了，一上台就来了一个兰花指的起势，引得我们一阵喝彩，连老师都在边上点头说台风蛮赞。结束时，她两腿前后交叠，纤腰一摆，微曲了膝盖，上半身却向左边抬起，玉藕似的手腕轻扬，青葱般的手指顺势翘起，然后偏了一点点脸，眼睛飞向人群。顾盼生姿也不过如此了，我们不由自主地“哇”成一片。初三那边有个男生说：“几班的，尤物啊。”

这个绰号就传开了，我们那时觉得她就是人间尤物。

但是初二结束她就再也没来学校了，和她家相邻的同学说她跟车去了。

那时候干江到楚门的公路刚刚开通，公交车也跟着开通，跟车售票，是既轻松又赚钱的活。而且当时班上很多女同学也都是到了初二，就不声不响地不来读书，到工厂或者什么地方打工去了。所以去跟车也不是什么稀奇的事，我们遗憾了很一阵也就忘了。

我读高中后有一次放学回家，在车上碰见她。两年没见，尤物出落得更加漂亮了，黄色的大波浪下，玉盘似的脸上施了一层淡淡的脂粉，嘴唇涂了大红的口红，尖笋似的手指上也涂了大红的指甲油，举手投足间，有一种说不出的迷人，与那些港台明星相比也不逊色。

一开始，我以为她也是从外面回来的，还跟她打招呼。她很开心也很热情，摇着手不要我车费。我才反应过来，她是跟车的，恐怕跟了一两年了。于是坚持要给，她推了几次，接了钱，两块五的钱却只接了一块。边上有人说："你是不是错了。"她白眼扫过去，说："要你管闲事！"又回头对开车的男子说："这是我同学，读书好得很，好久没碰见了，本来不应该收的，现在我收了一点意思一下，你有意见吗？"开车的回头说："没意见，由你高兴。"说着还冲我笑了一下。她却满意又得意地冲那个人扬起下巴说："听见没。"边上的中年男子说："老连，你是妻管严啊。"开车的呵呵一笑，并不否认。另外一个男人说："老婆忒漂亮，为什么不听老婆话，牡丹花下死，做鬼也风流。"她瞪着那个人说："就你屁话死多，鬼样。"那两个人笑嘻嘻的，挨了骂似乎还很受用。

我很快理清了来龙去脉，脸上不动声色，心里却惊涛骇浪。开车的看着有三十岁了，还丑，真是一朵鲜花插在牛粪上。

上车的人多起来，她麻利地收钱找钱。等闲下来，她在引擎盖上和我说话。我觉得生疏了，不知道怎么跟她搭话，只是客套。她却没有察觉一般，亲亲热热地问我开车的长得好不好看。不等我回答，又给我看她的金戒指和金项链。我讪讪地回应，心里只希望有人上车，她去忙。

可是这趟车人并不多，倒是开车的不停要和她说话，见她没理，回头叫她。她娇嗔地伸手拍了拍他肩膀说："要死啊，什么话忒重要啊。"开车的反手抓她的手指，摩挲了几下，说："老胖的货要放在栈台，等下不要忘记了。"她抽出手，又拍了一下，笑骂："我记着呢，你干嘛？"边上的两个男人正无聊呢，看见了，立刻荤话不断。我都不好意思听，她却跟着他们笑，不时回怼几句。

我觉得有些尴尬，就闭起眼睛装睡熬到下车。

回家和隔壁的邻居说起，邻居说："她呀，那个开车的就是她老公。"我心里虽然已经知晓是怎么回事，但听到"老公"两个字还是吓了一跳，算算她比我大两岁，也就十八，怎么就结婚了？"什么结婚，年龄都没到呢，不过两个人老早住一块了。""你怎么知道，她爸妈不管吗？""去年上半年一日夜里，我经过老连家后门，老连在洗脚，尤在房间里问他洗好了没有——半夜三更，没住一块怎么问，讲话语气就像两佬。"我叹气，说："男的不好看又老。""大十几岁呢，看姑娘好看，买吃的、买穿的，要什么买什么，哪个小姑娘经得起这样撩骚，没几日就哄到手了。现在她就要跟着他呢，她娘打也没用。"

我不由得诧异地张大了嘴巴，不知道说什么才好。

后来几乎就没有见面。前几年我们同学会，尤物也来了，穿着紧身的羊毛衫、牛仔裤、长筒靴，又年轻又时髦，说是模特也不为过。

我跟她开玩笑说："尤物果然是尤物，年纪一把了，依然风情万种。"她拍着手没心没肺地大笑，说："老也是老了一点的，你看，眼角皱纹都有了，但是我觉得自己身材还是蛮好的。"

然后给我们看她孩子的照片。已经二十多岁的小伙子了。她说："我过几年就可以当奶奶了。"我们笑她："到时候婆婆和媳妇分不出哪个是哪个。"她说："那我总不会抢风头的。"

大家都在唱歌的时候，她悄悄地在我耳边说："我离婚了的。"我也悄悄地问她："第一个老公就是开车的嘛？"她说："对呀，跟了他十几二十年，过不下去了就离了。现在的老公还好，还生了个小儿子，才五六岁呢。"

我回头想从她脸上看出什么故事。但是她的脸饱满光滑，除了眼角有点皱纹，看起来依然漂亮有风情。

大家唱了一会儿，让她上去唱一段越剧。唱完，我们鼓掌说有专业水平。我说："这水平可以去参加比赛了。"她一听来了精神，说："哪里有比赛，你告诉我。"我和她说了市里的群众越剧比赛的事情，她很认真地记下了。然后说："当初念书念不下去就是打算去学唱戏的，爹妈舍不得，说太苦了，现在想想怎么就没坚持去呢。"语气里不无遗憾。有同学说："你谈恋爱去了。"她点头，很实诚地说："是啊，岁数小，不懂事，被男人一骗就骗走了。"

我问她后悔不。她摇摇头说："后悔什么，人都是有自己的命的，我的命就这样，嫁得早也不是就嫁得不好。"我说："漂亮的女人运气都不会太坏。”她笑起来，依然如盛开的桃花，翘着兰花指轻轻点了我一下，脸上有一种无惧世事变迁的平淡无畏。我就觉得这么多年，她可能真的过得不坏。

盛开的花朵

花儿，小的时候我们都没有觉得她漂亮，矮矮瘦瘦的，脸上皮肤还有点黑，男同学都叫她“癞头花”。但是到了初三的时候，她突然像花骨朵绽放了一样，长高了，胖了一些，脸变白、变圆了，把分开看并不出彩的五官烘托了出来，凑在一起有一种异域的味道。尤其是眼睛，眼角微微上挑，眼睫毛像洋娃娃的一样，又黑又长，眼珠子又黑又亮又大，眼白里泛着一点淡淡的蓝，水汪汪的，一抬眼，就像两泓秋水泛着涟漪。我们都说她的眼睛会说话，连老师们都私下称赞她的眼神灵动多情。

但是她的美刚盛开没多久，我们就毕业了，本来关系就不密切，此后就更没有什么联系了，只知道她进了隔壁村的一个厂里上班。但是能做什么呢，大概也是和在我家隔壁厂里上班的同学艳红一样做车床吧。

高三时有一次在家，一个干瘦的女人到我家来买早餐。买完了还不走，拉着母亲说了好多的话，说着说着还掉了眼泪，说：“到哪里都带着，外面人都以为那个狐狸精才是老板娘呢。”等她走后，母亲跟我说她是隔壁村某某的老婆。我不知道某某是谁，母亲说某某的厂子办得很大的。我说："这跟我们又有什么关系呢？"母亲说："她老公养了小老婆。"我回想了一下，那个女人剪着老气的短发，脸虽然白净，却总皱着眉头，有一种愁苦之气，她身材干瘦，穿着褐色的卡其布外套，套着深灰色的袖套，再加上灰色的裤子和攀带布鞋，从头到脚都是一种土气的乡下女人样子。如果有什么特别的话，就是整个人感觉很利落、干净，用乡下的话说就是"条笃"。但是没有一点和一个厂子的老板娘搭边。

母亲说："她才四十岁。"我说："看她的脸还好，看她的装扮更像五十多岁的老太。"母亲说："很能吃苦的，贤惠得很，日子过得节省。"我翻了一个白眼说："总是有傻女人，自己省死了，老公的钱给别的女人花，男人有钱就变坏，果然说得没错。"母亲说："你猜她老公的小老婆是谁——是你同学。"我不知道是我哪个同学，问是谁。母亲说："就是那个花。"我脑子里只有一个模糊的影子，更深的印象却是她小的时候那个干瘦的样子。

母亲突然停下手里的活，招呼我到门口去，说："讲曹操曹操就到，你看就是那个，那个就是你同学。"我在门口看到马路上一个栗色长发的女人，穿着印花长连衣裙，踩着白色高跟鞋，迈着摩登步婀娜地走了过来。裙摆在她的脚边不断旋出彩色的波纹，又如幻彩的云团一样托着她。

走近了，晨光照着她的脸像满月一般，但是那双眼睛却越发黝黑深邃，她的脸上没有过多的妆，只在唇上有一点浅粉的口红。裙子是一字肩的，露着肩膀和锁骨，一条细细的金项链，坠子刚好落在锁骨间，随着走动而轻轻摇晃，反射出耀眼的一点光芒。

我们看着她走近又走远，散发着绚烂的光泽，像一朵轻盈的云飘过，又像一朵盛开的花被风吹过，有一种说不出的魅惑。

我说："她打扮得真洋气。"母亲和我对视一眼，我们都想到了那个女人。"大热天她怎么还穿两件衣服？""听讲身体不好，一直吃药呢，以前苦煞了，把身体掏空了。"我不说话了，觉得两个人的穿着不只差了一个季节，还差了一个时代呢。

"她现在去哪里？""去上班啊，日日打扮得跟一朵花一样。怕是老板看上她了吧。谁知道呢，原先在车间的，后来就到办公室当秘书了，老板出门都带着她，买衣裳、买项链——给他老婆也没买过呢。也不想想当初没他老婆，他厂子办得起来吗。"

我想为花辩解，出口却是："她家里人不晓得的吗，怎么会同意？"母亲说："怎么不知道，她家人现在都跟着她发达了呢。"

我张了张嘴，最后还是不知道说什么。我只知道花家里是很穷的。那么，她是用自己的年轻和肉体走了一条致富的"捷径"吧。

最美的姑娘啊

我和玲子的相同点在于她妈和我妈生的都是女儿，她妈三个，我妈两个。

但小时候，我很羡慕玲子，她父亲是孤儿，虽然是被她爷爷收养的，但爷爷奶奶早已去世，她父亲也没有兄弟姐妹，她不必受堂兄弟姐妹的挤对。她母亲因为身体的关系，累活重活是不能干的，除了偶尔在家织网绣花，就是做家务，玲子她们姐妹就更不需要干什么家务了。她父亲是退伍军人，照看着村里唯一的碾米厂，收入足以维持全家人的生活。而且那时她外婆家有个台湾亲戚寻亲刚寻到他们，很愿意帮衬、接济穷亲戚。因此玲子家的日子比起岭上许多人家来说，要从容、宽裕得多了。最主要的是她母亲厉害，只要有人欺负了她们姊妹，她可以骂得人家三天不敢出门。我母亲就不行，被婶婶们明里暗里地戳着骂“绝后代”时，要么装聋作哑，要么偷偷地哭，我们被别人辱骂了还不许我们吵架。即使吵赢了，人家上门告状，她不问是非曲直就先训斥我们一番，没意思透了。

玲子漂亮，皮肤白得没有一点瑕疵，一双大眼睛水汪汪的仿佛会唱歌，鼻梁又高又挺，上嘴唇薄，下嘴唇有点厚，可是微微上翘的嘴角让人觉得她永远带笑。她真的笑了，两个浅浅的酒窝一旋，别人就醉了。她有时也穿她姐的旧衣服，可怎么穿怎么好看，就是大红配大绿，她也能穿出别样的味道。我想“天生丽质难自弃”说的就是她那样的。她还能干，我们村里女孩子会织网是不奇怪的，她却织得又快又好，竟然还会绣花，这在同龄人里可不多见。所以毫无疑义地，玲子是大家公认的村里最美丽、最聪慧的姑娘。

一次我去她家，她穿着红色的衣服坐在她又矮又胖的母亲身边，捏着针安静地刺绣。看到我来，她站起来，嫣然一笑，像简陋的屋子里突然开出的一朵玫瑰。这笑，令窗外的阳光都失色，我突然明白为什么童话里王子看到站在荆棘丛中穿着粗布衣服的姑娘时竟然毫不犹豫地求婚了——那是怎样的一场惊艳。

我想我被折服了，常常跟着她一块儿上学、放学，虽然她是我妹妹的同学，但是我和她走得更近。她家在山顶最高处，我家是半山腰上的最后一户人家，有一段时间为了和她亲近，我都从山上送她到家后，再沿着岭子向下回家。但是，我们走在一起，老被别人拿来比较，时间一久，我的自卑心就来了，不再愿意和她出双入对了。

我初三时，她和妹妹初二，学校要夜自修，但是没有宿舍，我们一起租了一间房子，在一张大床上挤着住。房租好像是十三块半，是三个人一起还是我和妹妹两个一起负担的，记不大清楚了。我和妹妹都倔，经常起争执，她就笑眯眯地来当和事佬，慢条斯理的样子让人一下子没了火气。妹妹成绩很好，她也不差，但两个人从来也不比较，不懂的就相互问问，很是和睦，好久房东都以为她俩才是亲姐妹。我因为数学不好，总体成绩忽上忽下很不稳定，情绪有时也坏，妹妹会恼我发神经，她却不声不响的，有时会帮我倒点开水，有时就静静走开，把房间让给我。

我们开玩笑说上高中后还住一块，这样的室友不好找。但等我毕业时，我们村里响应高山移民政策，很多人搬到山下盖房居住了。等玲子毕业时，村里已经近乎空了，碾米厂也早就停工，她父亲算是失业了。她家里的日子大概一下子就困顿起来了，虽然他父亲决定出去帮人家捕鱼，但她母亲死活不让她再念书了。她的台湾亲戚说出钱让她去念个文秘什么的，以后到他公司上班，她母亲也不答应。她母亲逼玲子去帮隔壁镇上一个大玲子十多岁的后生卖海货，工资八百元一个月。

二十年前的八百元钱是什么概念！十六岁的玲子去了，等到年龄合法，就草草地结了婚，她为那个男人生下了一个女儿，后来又生了一个儿子。不过据说，丈夫对她还是不错的，并没有什么电视剧里的打老婆剧情。

但是她姐姐遗传了她母亲的病，二十多岁就开始手脚不能自如活动，她的左手贴着身体，手掌向后翻转，年纪越大越不能动，左腿走路也是拖着的，小时看不出，大了就像个瘸子。她舅舅也是这样的，穿衣服经常不能穿袖子，看上去就像电视里演独臂大侠的演员把手臂绑在身子上一样。她母亲更严重，近乎半瘫，生活不能自理。她的妹妹初中没毕业就跑出去学唱戏了，成年后几乎没有回过家。

她的父亲，这个曾是村里最英俊的后生的男人，在失去碾米的工作后，在家里的日子就失去了以前的从容。他不得不开始忍受玲子母亲接下来几十年无休无止的谩骂。长得像他、性格也像他的玲子是这个沉默而勤劳的男人唯一的安慰。我无从知晓他如何面对让玲子辍学的决定，总之玲子最后还是去了，只是听父亲说“他的话越来越少，烟瘾、酒瘾大得吓人”。

我在读大学时，一次回家和他打过照面，他低着头，拎着一袋豆腐、一块肉，慢悠悠地走着。我叫他，他抬头应了一下，笑起来——有些人不管年纪多大、不管经历过什么，似乎都能保持一种年轻时的美，也许这就叫天生的气质，他有，玲子也有。可是这笑里，有着无边的落寞、空虚、无奈、迷茫，甚至麻木。他应着我，可是眼神却不知道落在什么地方。我把询问玲子的话咽了回去，看着他提着一白一黄的两个塑料袋，低着头慢慢地走开了。

这个男人后来患了肝腹水，被病痛折磨了好些年。家里有三个病人，虽然有亲戚的帮助、有低保，也是不堪重负的。玲子的父亲有钱了就去看病，没钱了就熬着，但是烟和酒却不曾停过。他别的似乎并不倔强，独在这事上不听任何人的话。玲子的母亲脾气越发坏，用最恶毒的话咒骂他也没有用。他有时听着，一边听一边抽烟，有时躲出去喝酒，抽完、喝完，回家烧饭炒菜，继续为玲子她妈端屎端尿。

“屋漏偏逢连夜雨”，这样的家，玲子的婆婆受不了，她对玲子老公说：“这样的家庭要拖累我们的，离了吧。”离了婚的玲子，什么也没拿到，带着女儿回到了娘家，儿子判给了丈夫。

而她的父亲瘦成了一把骨头，据说没挺过五十岁生日就走了。

在他弥留的时候，骂了他一辈子的玲子母亲哭昏了。可是村里很多人都不同情她，说她把自己的老公咒死了，悔也无用。

玲子再嫁了，也为姐姐找了一个讨海的丈夫，虽然穷些、年纪偏大，但憨厚老实、手脚勤快，他似乎也很满足自己终于有了家，对玲子母亲和姐姐都不错。但是玲子的新丈夫，好好地办着小厂，却入了别人的圈套，欠了一大笔赌债，只好跑路。玲子又住回娘家的小屋子里，女儿乖巧、懂事，读高中住校，并不需要她费心。她就一边替姐姐带着孩子、照料着母亲，一边做保险，日子磕磕绊绊地也慢慢过了下来。她的母亲脾气依然坏，每日的事情除了骂就是骂，骂玲子、骂大女婿、骂死去的玲子父亲，似乎谁对她好谁就得挨她的骂。村里有人看不过，说："终有一天，她会尝到自己的罪孽的。"玲子却永远谦和地笑着，温温婉婉地说话。

去年，我在街上远远地看到了她，稍稍胖了些，有了点少妇的丰腴，但是眼角眉梢的美丽并没有消减半分，我知道这是天生的气质，想学也学不来，甚至许多人穷极一生也未必追寻得到。但是她没看到我，上车走了。

我看着她离去，只有一声叹息。

命运

燕子高挑清瘦，瓜子脸，云子胖一点、矮一点，鹅蛋脸。两个人都漂亮，成绩也都很好，在班里都有自己的拥趸，三四年级的时候两人关系好像还挺好的，五年级的时候，却连学校的老师都知道她们是死对头。

很多人都想不明白，我却知道这跟她们的一个共同的秘密有关：她们都定了亲。

云子妈生了三个女儿，怕自己老了没人养，就给云子招了个上门女婿，住她们家，对外说是她干哥哥。燕子也有一个未婚夫，是学校老师的大儿子。云子是从来不承认自己家有什么上门女婿的，别人说她的时候，她还泼我脏水，说她的那个哥本来是我妈想给我招的，是人家没答应。为此，我妈还跑到她家和她妈对质，吵了一架。她越隐瞒忌讳，班里同学说得越起劲。燕子订婚的事，其实好多人也知道，但是却没人说什么。不知道是慑于老师的权威，还是服了燕子的磊落，她说："有就有呗，那是爹妈找的，我能有什么办法？"听了这话，我们的感受是同情，反而没人说道了。云子感受到这种不同的态度，言语中就有了一点点意味不明的嫉妒。

五年级时，她们矛盾激化，吵得整个班级都分帮分派，班主任分别找她们谈了好几次话。云子她妈都寻到学校、寻到燕子家了，班主任说再闹下去要处分人了，才慢慢平息。

我们眼里都是云子赢了，因为她妈护着他，燕子爸妈都没出头。可是云子还是不高兴。等小学毕业了，我才知道，她们吵架的结果是，燕子竟然成功解除了婚约，而云子的“干哥哥”，不管她承不承认，都还在她家住着呢。

但是上了初中，燕子只读了一个学期就退学了，我母亲很惋惜，说：“成绩这么好，怎么就不给她念下去？”她的弟弟也只读了两年，据说是家里没有钱。我家也穷，可是母亲就是借了钱也要送我去读书。而云子家里算是比较富的吧，我们各家都还没有电视机的时候，她家就已经有彩电了。到了初中，她念书更是分外用功。

我初二病休了半年，就留了一级，没想到开学时看到她也留级了。我不知道她是什么原因留级的，只知道她对原来的成绩不满意。

我们又在同一个班，燕子走了，她不自觉地把我当作了她新的对手。

燕子走的第一年，我们还有联系，我还去她家看她。她在楚门的工厂上班，会说一些厂里的趣事。见了几次，我们就觉出彼此的生疏，渐渐地没有了共同话题。第二年，我们就没有联系了。我和云子的交往也不咸不淡。到了高中，分在不同的班级后，我们基本也无交集了。

等上了大学，我和燕子、云子都彻底断了来往，我有时还是会想起燕子，向另一个同学打听她的消息，只听说她在外面上班，在家的时候并不多。

大三的暑假，我在家门口的马路上碰见她，很是惊喜。她身边跟着一个挺帅的小伙子，她也没多介绍，我就不好意思多问。接连几天，看到他们在街上走，我认定那是她男朋友，问母亲，母亲说大概是的。

我觉得她眼光不错，那男孩子长得斯斯文文的，对她好像也很体贴，比原来的人好。我不由得为她高兴，这么美丽、聪慧的女孩子应该有人疼。

大学毕业时的暑假，我还见过他们一起。等我步入谈婚论嫁的阶段，想请她来喝喜酒时，母亲沉默了半晌才说算了。我问为什么。母亲说："听说她身体不好，大概不能生孩子，那男的家里不同意，最后分了，现在也不晓得她在哪里，好久没见着了。"

我又想起云子，听母亲说她和警校的同学恋爱了，她妈根本没有办法管她。越听我心里就越发为燕子惋惜难过。

又过了几年，我在镇上碰到燕子在帮人卖小孩衣服。她没有什么变化，依然高挑、纤瘦，披肩发，齐刘海，淡如春风的微笑，温柔似水的声音，连嘴角上的青色筋脉也仍然隐约可见，笑起来时，看上去像两条笑纹，只是面色不大好，有些苍白。我给儿子买了几套衣服，她问我的近况，我却不敢回她，怕自己不经意流露出的幸福会让她难过。因为怀着心思，走的时候竟然忘了要一个联系方式，等下次再去时，她已经走了。后来听母亲说她大概嫁了一个离婚的男人，去外地了。

而云子，她在楚门派出所工作时，我们在街上碰见过一次，寒暄了几句，联系方式也没有留就分了手。此后有些年没听到她的消息了，一次在外地出差碰见她二妹，才知道她已经嫁到外地，丈夫正是原来相恋的同学。我想着这大概就是云子一直努力想要的结果吧。

后来，我和她们两个都失去了联系。直到前几年小学同学聚会，全班几乎都来了，云子也从绍兴赶了回来，燕子却没有参加，她弟弟也没有来。我悄悄问以前要好的同学，她说："这么多年就没见她出来，也不清楚具体情况。"我心想，难道燕子也是远嫁了？

吃饭时有人提及谁谁没来，原来的数学老师——他儿子就是燕子当初订婚的那个人，说燕子和她弟弟没来。其他老师就问怎么都没来。有男同学说："好像厂里忙，现在生意不好做，走不开。"有女同学问："那燕子呢？"数学老师说："听说身体不好，一直没嫁人。"我筷子上夹着的菜落到桌上，我收回筷子放在手边，不敢相信地瞪着他。他略带得意地说："当年她家里人说燕子和我阿东是一朵鲜花插在牛屎上，整个家族的人闹起来反对，我现在是庆幸啊，幸亏当初没成，否则，现在不能生孩子，你们说离好还是不离好？"边上的同学纷纷附和，我却一口气堵着。我很尊敬老师，但是他这种终于出了一口多年的恶气的语气，让我觉得是夹了一块爬了苍蝇的肉，吃不是不吃也不是。

我张了张嘴，觉得自己必须要说些什么以表现我对燕子、对往日友谊的维护，结果却只是虚弱地、装作不经意地问了一句："为什么不能生？”话一出口，我就不无悲哀地发现了自己的怯弱：我不可能为一个不在场的人得罪一圈人。“大三阳啊，自然不能生！”老师像喷出一点唾沫一样喷出这句话。

我对“大三阳”没概念，也不知道为什么不可以生。但是所有的同学都是一副恍然大悟的神情。我挣扎着微弱地再提了一句：“燕子是多好的姑娘啊。”“是啊。”同学们点头，然后纷纷叹息，“怎么就摊上这么个毛病呢，可惜啊。”老师似乎很同情，又似乎一切了然于心地瞟了我一眼，说：“你以前和她蛮好的啊。”

我有一种被看破的尴尬，一时语塞，脸上一阵火辣辣的，是“好”，也是“以前”，现在呢？

大家很快开始了别的话题，别人的人生和自己有几分关联？我坐在椅子上，脸上有了些微凉意，用手一摸，是眼泪。但我害怕别人看出我在流泪，无声地拿了纸巾，装作擤鼻涕，把眼泪揩去。

晚餐结束，云子拿着话筒在包厢台上唱越剧。我看着她自信的样子，我不无悲伤地想，燕子为什么就没有她幸运呢？为什么在婚约这件事上，燕子家族的人觉得人家配不上她就齐心帮着她解除了，在念书上却不帮衬一把？女孩子想要改变命运，唯有读书。云子有一个念书念出名堂的好堂哥激励她，有几个帮她抵制母亲专制的叔叔，让她在抗争的时候有坚实的后盾。至于我，如果母亲有一丝动摇，对爷爷奶奶或对世俗成见稍稍作了妥协，我可能现在也是另一种命运吧。

幸运

阿丽和阿晓是堂姐妹，但都不是爸妈亲生的，用我们村里的话说就是“捡来”（是名词，不是动词）。

阿丽家有两个哥哥，她爸老顺想女儿想得发疯，我妈先后生了我们姐妹两个，月子里，他都叫他老婆过来给我妈帮忙洗刷，自己过来就抱着孩子不放。等他家老二都初中了，有人在他家门口放了一个女婴，他说自己心愿得偿了，阿丽就是他的小公主。

阿丽比阿晓早几天来到这个家，老顺弟弟老农和他老婆都以为人家是不是搞错了，没孩子的是他们家。他老婆还哭了几日。过了几天，另一个女婴被放在了他家门口，老农夫妻高兴得抱头大哭。

老顺脾气不好，大儿子中富不听他的话不要去学做道士，他关了他十几日，还把他鼻血都打了出来，但是对阿丽，却是一个手指头都舍不得碰，整日“囡啊”“肉啊”“哝啊”的叫，阿丽读高中了还这么叫，也不嫌肉麻。阿丽读大学，老顺夫妻给钱，两个哥哥也给。

老农夫妻不会生育，家里条件也比不上老顺家，但是夫妻两个就是顿顿吃咸菜也要给阿晓吃肉吃鱼。从山上搬下来的时候，夫妻两个踩黄包车挣钱，一到学校放学，就骑着车去接女儿。为了早点还盖房子的债，一年到头也没见他们添置新衣服，一次我在街上碰见老农老婆踩黄包车，衣服还是好些年前在山上时穿的，但是阿晓却穿得漂漂亮亮的。阿丽有的，她也不会少。老农老婆说也不是攀比，就是觉得就这么一个女儿，总要尽力让她过得好。

阿丽的亲生父母并没有找来，她结婚、生孩子都是老顺一家的事情。现在每个周末，她都带着孩子回来看看他们。老农家的房子在新街中央，和街头转角高墙头老良家隔了三间。住下来的第一年，老良就发现阿晓长得和他老婆一模一样，和他家大女儿也像。他没有声张，只是悄悄关注着，和老农夫妻做了好邻居。老良脑子很活，开宾馆，批发棒冰、海鲜，入股别人的生意，运沙子，办厂，都是挣钱的，不时帮衬老农夫妻。老农夫妻也不是不清楚，明眼人一看阿晓的相貌就都知道怎么回事，但是老良就是没有捅破这层纸。

阿晓读高中的时候，老农老婆有一次碰到我母亲，红了眼圈说了很多，大意是看样子是瞒不住的，老良家这么有钱，他要认回去，他们也是没有能力阻拦的，他们夫妻十几年的女儿就白养了，以后还是孤老。母亲当时就说，老良这个人应该不会这么做，这么做了，天下人的口水要淹死他。

等到阿晓高中毕业，自己心里也清楚了。老良来找老农夫妻商量，说能不能做做亲眷，相互照顾。老农夫妻也觉得瞒不住，还不如干脆说可以。两家人聚在一起，跟阿晓说了来龙去脉，老良说认不认都由阿晓自己决定。

那个时候，有人家想生儿子，要么罚款，要么把女儿送人，送的人家一般都托可靠的中间人联系。阿丽、阿晓其实都是托中间人讲妥当才送过来的。但是阿晓的中间人忘了告诉老农夫妻，害他们心酸了几日才把孩子放他家门口。中间人的嘴要严紧，如果两头都要求不来往，那这孩子不管怎样，以养父养母为大，亲生父母都不能认回去。阿丽就是这样，其实村里老一辈的人都知道她亲生父母是哪里的，但是就没有来往，再说老顺家条件好，认还不如不认。阿晓的情况有些特殊，谁知道两家会成了看破不说破的邻居呢？

老良认了回去后，当着老农夫妻的面和阿晓说，你永远都是老农夫妻的孩子，你要给他们养老送终，我有你姐姐，他们只有你，你对他们得比对我们好。于是阿晓有了两对父母，但她叫老良是“阿叔”，叫老良老婆是“娘姨”，叫老农夫妻却是“阿爸、姆妈”。村里人都说老良做事地道，阿晓也懂事，没有因为亲爹比养父有钱就翻脸不认人。

阿晓大专毕业，银行的工作是老良帮忙找的，还给买了车子。老良有钱，也认识有钱人，阿晓拉存款的任务总是超额完成。阿晓结婚的时候，老农夫妻坐上位，老良夫妻坐次位。

老良自己在县城买了房子，在自己同小区也给阿晓全额买了一套，却只给在检察院上班的大女儿付了首付。阿晓回娘家，住的是老农家，老良说老农家才是她的正宗娘家，她要经常回去看他们。

我一次回家，看到老顺在院子里逗外孙，老农老婆在大街上抱着外孙女买零嘴，老良开着“大奔”叫朋友去喝茶。作为被“抛弃”的女孩，电视剧里凄苦悲惨的剧情并没有发生在她们身上，阿丽、阿晓是幸运的、幸福的。

三个退休老师

我们在村小念书的时候，学校里只有三位男老师，一位姓蒋，一位姓尤，还有一位姓王。学校里其他的老师来来去去的，他们三个却从1972年一起进校后，一直待到退休。

蒋老师是校长，主业是数学，但是偶尔也会顶去上低年级的语文，绘画也会教，体育也会教；尤老师主要教语文，偶尔教唱歌、体育；王老师教语文，但是也会教低年级数学，还教毛笔字。他们三个应该是学校的顶梁柱，也是学校的万能胶，老师不够或者有老师请假什么的，他们随时都可以顶上。

他们都只是小学毕业，村里能识文断字的没几个，他们在当时也算“秀才”了。尤老师还经常跟我说，他小时候在家读书，碰见不认识的字，下雪天也要跑到我家来问我爷爷。我爷爷坐在床上，围着被子，他就恭恭敬敬地站在床边，听我爷爷讲解，听完道声谢，再冒雪赶回家去。王老师的毛笔字好，我在二年级学描红时，他要我好好练，说我爷爷的毛笔字是村子里最好的，他的毛笔字就是跟我爷爷学的。这个我没有听我母亲提过，但是听过王老师他十七八岁时，因为毛笔字好，他父亲让他去跟人家学做道士，那时候做道士可是能挣钱的活儿，他去学了一个月，跑回来，说不喜欢，死活不去，最后才到小学教书。我有点遗憾，我爷爷从来没有指点过他自己的儿女，甚至连念书都不曾让他们全部去，除了我父亲念过几年小学，我其他几个姑姑、叔叔都是大字不识一个的，更别说让他教我们写毛笔字了。相较于我父亲的人生，尤老师和王老师能从民办教师一步一步转正，到现在退休，拿着不菲的退休工资，某种程度上他们是感激我爷爷的。

我去王老师家的时候，他刚从杭州二儿子家回来，七十岁的人了，理着平头，看起来好像只有六十来岁。我和他随意聊着，他说自己十几岁的时候，家里让他在做道士和当兵中选，他想当兵，结果没被选中；想去“讨海”，结果出远洋晕船；他又想出去闯闯，结果被家里抓回来，关了几日几夜。我听着大笑，说看不出看着儒雅的王老师年轻时候还有这么激情的岁月。他也笑了，说家里实在穷，最后还是被逼着去学做道士，学了一个月，实在不喜欢，逃了回来。1972年，礁门村拆分成上下礁门两个村，村小也拆分了，老师不够，村里人说他毛笔字蛮好，应该有点水平，他就去教书了。教了三十来年，内退了。

他又说起他的两个儿子。大儿子王中文，是村里的第一个博士，从台州师专毕业，教初中、职高，考研读硕、读博，再教了十年高中，起起伏伏，去年开始到绍兴文理学院当老师，才觉得前面二十几年的得意、失意、奋斗也是有所值的。二儿子大学毕业后就在苏泊尔工作，从底层干起，慢慢升迁，现在在苏泊尔杭州炊具总公司当财务经理，也在杭州安家了。

他给老大带孩子，到2016年老二终于也有了孩子，现在夫妻两个都在杭州给老二带孩子。我看他用的是智能手机，刚要问他有没有微信，他就说："我们加个微信，你要采访中文，我把他的名片推给你。"我说："王老师很先进啊。"他说："没办法，在杭州，出门钞票可以不用带，没有手机却寸步难移。"这时王师母刚好进来，接着说："是啊，他识字，能用手机，出远门也可以，我这瞎眼人，出门差点人都走丢了。"

我问怎么回事，王老师说："有一次，她从中文那里去中平那里，就是从余杭到滨江，出门被中文老婆送上车，下车坐公交，数字她认得，车坐对了，方向却坐反了，结果坐到头摸不着地方了，打中平夫妻两个电话没通，打给我，我再打，最后打给中文，中文差点从余杭跑过去，最后中平电话通了，开车过去接。哎呀，哭得上气不接下气，全家人都吓着了，幸亏现在我们社会安全，否则真要丢了——回去在眠床上躺了好几日。"

王师母有点不好意思，说："本来我们两个人想分开住的，大儿子生了二胎，媳妇也忙不过来，但实在是怕了，只能让他们雇保姆。"我说："中文、中平在村里是有名的孝顺，这些事肯定不会让你们为难。"他们连连点头说："这一点倒是的。"

我又说："他们也是有出息的，不说在村里，就算在镇上，中文也是第一个博士吧。"王老师说"可不是嘛"，语气很是自豪。

我说："和村里同年纪的人比，您有一份工资，两个儿子又优秀，王老师您是有福气的。"王老师就笑，说："我有工资也因为一点点机遇，也因为自己做人还算努力，两个儿子么，反正家里穷，如果他们不读出一点名堂，人生也没办法改变的，读书和不读书还是不一样的。”

我去尤老师家的时候，特意买了一点水果，因为我听村里人说尤师母“癫”了。我有点不相信，尤师母是一个用我们土话说很“条笃”的人，清瘦、显年轻，五六十岁了，看背影还像姑娘，穿着永远端庄得体，绝对不会穿村里老太穿的那种没有质感的化纤衣服。她从不穿睡衣出门，不穿街上便宜没型的棉袄，她穿羊绒大衣、羊绒衫，半高跟鞋，一出来，就让人觉得这老太太有气质、有家底。虽然也是不识字的，但是她瞧着就跟平常的乡下老太不是同一个层次的，村里的老人们曾说她在县城帮儿子带小孩，学的是城里人的做派。她和同样清瘦挺拔的尤老师走在一起，是街上一道不一样的风景。

尤老师比王老师迟一年退休，孙女早大了，不需要他帮忙，他先在镇里当了一阵子的监督员，后来又在村里发挥余热。村子的来历、发展脉络都是他一手整理的，手写完成，交给别人打字，再交到村里。村部墙上关于村子的介绍就是他的手笔。

但是他最为村里人所津津乐道的是他帮着把村里的“娘娘庙”搬迁了下来，并且通过了审批。

娘娘庙又叫天后庙，其实就是妈祖庙，有几百年历史了。村里人以前以捕鱼为生，还有许多人的先祖是从福建迁移过来的，这座小庙对村子的重要性不言而喻。原来庙是山岗上的一间小屋子，村里人渐渐搬光了，但是求神的事却并没有荒废，庙在山上就不方便了，于是商量搬迁。

选地基、买建材、找水泥师傅建庙，庙建好了装修，买装修材料，找木工、雕工……都是他一直在主导着做。庙建好了，听说要审批，又是他准备材料去跑关系，找领导说明情况，想办法加入妈祖协会……最后落成的新庙雕梁画栋，金碧辉煌，不仅村里人夸赞，连隔壁村的也来观摩学习。而他因为能写能说，还被选为玉环妈祖协会副会长。在村里，他说的话也是有一点分量的，在村民大会上，他常常敢和村干部叫板，就是镇里领导也会给他几分面子。

当然我也知道，这胆量里除村里许多人都曾是他的学生外，其实也少不了他儿子的作用。

他儿子是我们村的第一个大学生，毕业后就进了机关，现在在玉环市里也大小算是一个官，女儿是市第二人民医院的护士长，村里人去医院有什么事也会找她。尤师母就对那些暗中笑她瞎讲究的女人们说："儿女出息就是当爹妈的底气。"我也觉得他们是有底气的。

但是有底气的尤师母怎么会"癫"呢？她一"癫"，尤老师再也不能出门一步了。

我到他家的时候，觉得在一排的房子里，他家的装修就显得有点不一样，简洁大气，不像邻居家那么花里胡哨。尤老师见到我很开心，说自己出不去，也难得有人上门来。

我们扯了一些我小时候的事情，然后我就听他和我父亲聊村东村西的事情。尤老师也七十多岁了，气色不错，但是没有以往的精神头了，他原来一直是穿衬衫西裤、皮鞋的，现在却穿得松垮垮的，和我父亲一样的老头衫，裤子皱皱的，天气有点凉了，还穿着一双塑料拖鞋，露出干得起了白皮的脚掌和龟裂的脚后跟。我一时间难以把他和脑子里那个穿着黑色羊绒大衣、锃亮皮鞋的高大身影重叠起来。

但是我更没想到的是尤师母，我们坐着聊的时候，她从里屋出来了，她的短发花白，显出未经打理的毛糙，她穿着黑底白条的套装，人更瘦了，衣服有点晃荡，阔腿裤也有点耷拉。我赶紧起身叫她，她直愣愣地看着我。尤老师问她还认识我不。她茫然地摇头，我说我是阿志，她恍然地“哦”了一声。尤老师说：“你进去吧。”她进去了，不到三分钟又出来了。这次她用两只手拽着裤子的前裆，好像小孩子尿急了抓着自己的裤子一样。我有些不解，尤老师说：“她想出去，我不让。”

我们继续聊，尤师母蹑着脚，迈着碎米似的步子从我们面前走过，走到门边，去拉门。尤老师起来，把她拉回去，让她上楼。但是她进去在过道里转了一个身又出来站着。站了几分钟，见我们没理她，又蹑着脚走到门边。尤老师又起身，把她拉回去……

他无奈地对我们说：“不能让她出门，一次我去村部开会，她自己出去了，出去了就回不来了。为了这个人啊，我现在什么事都干不了，村里开会不去了，镇里就更不用说了，就是庙里什么事也不管了，妈祖协会的副会长我也打算辞掉了。本来，我觉得退休了，反正闲着，打算把村子的历史变迁、现在的发展变化都好好弄一下，没空了，就是村部上面人家帮我打的稿子里面的错别字我也没空去改，错就让它错吧……”

我听出了老骥伏枥的壮志和身不由己的遗憾，但不知道怎么安慰他。聊了半个小时，尤师母进进出出二十来次，后来尤老师都有点不耐烦了，加大了一点声量叫她在里屋多待一会。尤师母依然听话地回去，照旧转个身就出来。最后一次出来时，她竟然脱了外裤，只穿着里面的裤子就出来了。这下我和父亲都尴尬不已，尤老师又气急又无奈。我们赶紧起身告辞，尤老师说："就这样，没法子，人要紧，我总要先顾她。"

我忙点头表示打扰，他挥挥手，就转身照顾尤师母去了。

如不是亲眼所见，我也很难相信尤师母真的癫了，而且癫的理由让我觉得很不可思议。王老师大儿子生了二胎，小儿子生了孙子，蒋老师儿子二胎也是孙子……她要儿媳生二胎，儿媳说自己四十五岁了，坚决不生——她没孙子了，孙女以全市前列的名次考上了重点大学也安抚不了她。没有孙子，她日夜煎熬，然后就癫了。

时代改变了，但是尤师母的思想为什么没能随着时代一起改变呢？可惜尤老师了。

找蒋老师，父亲说去村里的小广场就行，他几乎每天下午都会在那里和人"白搭"（方言，即聊天）。

我们去的时候，小广场的亭子里还没有人，等了几分钟，一下子来了好几个，都是六七十岁的老头，父亲和他们一一打招呼，也让我一一叫阿叔。但是蒋老师还没有来，父亲问其中一个说："老祥，老蒋今天怎么没来？"老祥阿叔说："就要来了的，不来我们棋搭子要不够了。"

话没说完，边上的老莫阿叔抬手一指，说："说曹操曹操就到呢。”蒋老师似乎没什么变化，也是七十来岁的人了，但是基本没有白发，脸有些黑，牙齿很白，有点龅牙，嘴唇总是关不住牙齿，所以看着就像一直在笑，当然他也是喜欢笑的，眼睛老是眯成一条缝。他和我记忆里的一模一样，似乎几十年过去了，我们也开始变老了，他还是没有变化。我说：“蒋老师，自从我们上次同学会后也好些年了，您怎么就不会老？”

他咧着嘴大笑，说：“怎么不老，大孙子都读高中了，老二也读小学了。”

“那您也解放了，自由了。”我说。

“我都自由的，以前接接送送，现在他们都自己带了，也没我什么事情，就到这里来和这帮老伙计‘白搭’。”他一直笑着。

我知道他两个儿子都还不错，大儿子好像厂子办得蛮好的。但是他似乎并不愿意在这么多人面前谈论自己的儿子，只是和我打哈哈。

我问他什么时候退休的。他说：“老尤是2008年，老王2002年就内退了，我到2009年才退。”

我说：“我记得1992年我们小学就被合并了，您是校长呢。”他说：“对，我当了二十五年校长，当时乡镇合并，我搬到山下住了，每日都要上山去上课。1996年，我们的小学也并到干江了，我房子也建好了，才不用每天上下山来回。小学并到干江后，我又教了五六年，后来管后勤管了五六年。”

我有些好奇地问：“为什么不教了，要管后勤？我记得您以前数学教得可好了，老是在乡里得奖，我五年级的时候还得过乡数学竞赛一等奖，就是您教的嘛。”

“哈哈，”他笑起来，“以前我算教得好的，那是没比较嘛，后来年轻人上来，又教学改革什么的，我年纪大了，有些新东西就跟不上了，教学方法也显得老旧，还不如退下来。”

我说：“以前你们都是一个人顶三个人用的，您教我们数学，还教过体育，扔铅球啥的。”

“哈哈，”他又笑，“以前老师不够啊，五个年级，最多的时候十多个班级，公办老师几乎没有，都是代课老师、民办老师，最多的时候也才八个，每个人都要跨年级上课，或者兼别的学科，像我们，还是家里的主劳力呢，上完课，割稻、插秧、种番薯都要做。”

我说：“我记得，有一次星期日，我看见您挑着稻子回家，裤脚挽起来，脚上都是泥巴。”

“就是啊，哪像现在，学校有专门的老师教音乐、美术、体育，都是正式的，哪个还种田啊——时代发展了嘛。”

边上的人都点头说：“可不是嘛，以前我们田垟（方言，即田地）都在山下，现在田都没有了，早些时候买菜都没地方买，现在菜场日日鲜，早些时候出门爬山过海，现在一脚油门就到了……”

我本来还想再问一些关于他退休后的日子的问题，但是他已经很快地融入那一帮老头的回忆中去了，聊买菜、买车、孙子念书……聊着聊着，他似乎把我给忘记了。

我觉得我不需要再问了，我看着蒋老师和边上的老头们穿着质地相似的衣服裤子，和他们一样挽着袖子、穿着塑料拖鞋，一副似乎随时可以下田插秧、割稻的模样。不同的是，他衣服的扣子扣得整整齐齐的，裤腿没有挽起，也不像其他人都敞着衣襟，露出黑黝黝的胸口，裤腿一只高一只低的。

我看他在人群里，和人们说得热火朝天。一会儿，他们就爆发出一阵大笑，也不知道到底说了什么，天天这样说着，也没有腻味的时候，总是乐呵呵的，像上班一样准时地聚集，到饭点就又起身各自回家。而第二天的同一个时候，又聚起来“白搭”，大声笑着，这就是蒋老师的退休生活了。在一群乡下老头里，看不出他是一个当了二十五年小学校长的人，他也是一个普通的乡下老头吧。

“笨”博士

他是一个懂事认真的好孩子，父母、邻居、亲戚、朋友都这么夸他。对小他两岁的弟弟，大家也是这么夸奖的。他在八岁一般小孩都上学的年纪上学，他的弟弟也嚷着要去。父亲是老师，学校就开了这个后门。

大家都以为他的弟弟是看他上学了，在家无聊才闹着玩的，谁知不管上课还是写作业都表现不错，一考试竟然还是班级前几名，于是所有人都把赞赏的目光投到了矮矮的弟弟身上，聪明成了弟弟的代名词。

他瘦、高，坐在班级的后面，弟弟坐在第一排，他笔直地坐着听课，工整地写着每一个字，可一抬头总能看到老师把无比慈爱和欣赏的目光落在弟弟身上。走在回家的路上，他和弟弟手拉手跟在父亲后面，碰见熟人，人家总会越过比弟弟高一个头的他直接指着弟弟问父亲：“这个就是你的小儿子？”回到家听见母亲与邻居闲聊：“哪里，现在才起头，谁知道以后怎么样——嗯，聪明算是聪明的，学校老师都这样讲了，什么字呀，题目啊，讲一遍就懂了，计算上做得比别人都快。大儿子啊？大儿子就是认真……”“认真就好用了，读书也读得起来，你好福气啊……”在邻居的恭维声里，他知道自己以后的标签就是“认真”，谁也没有意识到这个标签对他意味着什么，他也觉得自己必须认真，父亲勉励他说“勤能补拙”，他知道自己“拙”，唯“勤”能补，但他没有料到，这将是他一生的行事准则。

他比我高两个年级。一次，我去老师办公室拿作业本，听见他的父亲用安慰又骄傲的口吻对其他老师说：“我们家中文，别人做一遍的事，他可能做两遍三遍，所以他的本子用得比别人的都快。”我不知道他知不知道他父亲心里对他的赞赏，但我们都看得出他对弟弟的爱护，上学放学都是手拉手的，如果下雨有水洼，父亲不在，他还会背着弟弟过去。到了初中，他仍瘦瘦高高的，他弟弟则矮矮壮壮的，两个人背着一样的书包，穿着差不多款式的衣服，双胞胎一般进进出出。

我记得有一次跟在他们后面去学校，看到两个人一样穿着深灰色的拉链外套、深灰色的裤子——都是镇上裁缝的手艺。他的外套袖子短了寸许，露出里面的绿色毛衣磨毛了的袖口——肯定是他母亲自己织的，裤子也短些，到脚踝上方，露着白灰色的袜子。他弟弟的袖子长到手背，裤脚也盖到脚背，穿的是枣红色的毛衣。我好奇地问，为什么他的衣服这么短，他弟弟的衣服又这么长。他弟弟有些窘迫地看着我，只是笑，他就笑嘻嘻地说：“做衣服的师傅不认真，本来应该给我接裤脚的，接到我弟弟的裤脚上去了。”我当真了，说：“这师傅不好，我妈找的师傅就从来不会弄错我和我妹妹的衣服。”结果他们大笑，笑得我莫名其妙。

我们在学校吃饭都是自带饭盒蒸饭的，菜都是易存放的豆子或鱼鲞，他们兄弟俩是一人一个饭盒的米饭，再用一个小饭盒蒸菜。一次，学校的英语老师看着他们的小饭盒说："怎么只有黄豆没有猪脚啊？"他一本正经地说："饭盒太小了，猪脚装不下。"这个玩笑，在栈台中学流传了很多年。后来栈台中学和干江中学合并后变成干江中学的一部分了，只要在栈台中学教过的老师们都不曾忘记，他们兄弟在很多年里都是栈台中学的模范学生。

但是他偏文科，理科不好，总体成绩在栈台中学这样的乡下中学算得上可以，进入高中后与同学们的差距就一下子被拉开了。他才明白，那个他被贴了许多年的"认真"的标签并不是万能的，笨就是笨啊。他才明白父亲当初对他的勉励，也在无意中认同了这种看法，他比以前更努力也更敏感，他在与数理化艰难的对抗中变得自卑，他感觉老师和一些同学看他的目光都带了一点轻视。

很多次，他对着那些可怜的分数问自己是不是一个十足的笨蛋，有n次的疑问就有他心底n+1次的否定。为了证明自己，他决定扬长避短、剑走偏锋，尽力发挥自己在语、英、政、史等科目上的优势。就在这样的否定之否定中，他考上了台州师专的历史专业，弟弟则考上了武汉江汉石油学院的本科，读的是财务专业。

大专三年没了数理化，他觉得自己是一条咸鱼翻身归海，重新变成了活鱼。台州师专的图书馆印下了他三年不停学习、阅读的身影。1995年的临海放到现在是一个小城，但在那时却是台州许多学子的天堂，他在这个天堂里得以领悟许多中外学者的真知灼见，也遇见了欣赏他勤勉的老师。当时政治系的叶哲明教授鼓励他考研，跟他约法三章：坐得住冷板凳，英语要好，不谈恋爱。他答应了，也践行着。

1998年大专毕业后，他本打算回干江中学教书，但还没有正式上班，就被安排到当时楚门中学接管的公有民办中学榴岛中学了。看到他专业成绩如此优秀，当时省一级重点中学的楚门中学校长希望他在榴岛中学过渡一下，拿到函授本科毕业证书后再过去。但是一个学期后，榴岛中学发不出工资了，楚门中学无力承担这个包袱，就把它归还给时任校长苏继登。他在榴岛中学撑了一年，撑不下去了。父亲用微薄的工资供他们兄弟念书，村里的人最早的在1992年，迟一些的，也在1996年搬到山下新村自建新房了，只有他家到了1998年才搬下来，前后租住在两户人家里，1999年家里要建房，作为长子，他觉得有些愧对父亲。所以在1999年下半年，他回到了干江中学教社会学科，终是没能进楚门中学。

“我实在也是不懂，当时比我成绩差的同学也进了好学校，我从来没有意识到要去送送礼、跑跑关系，后来有人告诉我找谁帮忙就可以了，可我始终迈不出那一步。”十多年前我和他妻子同住在楚门中学破旧的教师宿舍做隔壁邻居时，他有一次对我说起。他是笑着的，眯着狭长的眼睛，露出两颗虎牙，语气缓慢温和。

我有些遗憾地看着他，说：“好可惜啊。”他用刚洗了衣服，满是水珠的手推了一下眼镜，说：“可惜似乎有点，但也没什么好后悔的，我到现在也不会送礼走关系。再说，如果当时进了楚门中学，现在也不会读博了，我内心还是希望能读书的。”

乡下的学生调皮，慢班的学生尤其难管教，许多老师是抗拒教慢班的，他却当了三年初三慢班的班主任。教书育人是他渴望的，但是他的心里总有一簇火苗在燃烧。

这个生养他的小镇正在以飞快的速度改变着面貌，他的旧友邻居们的生活也经历了天翻地覆的变化。他家的房子很快建好，离干江中学不过几分钟的路程，他上班下班，仿佛重新融入了这个小镇，但他自己明白他不再属于这里，那簇火苗会燃烧到让他逃离。

在日益繁华的街头，他家屋子三楼房间的灯火总亮到深夜，然后又在次日微茫的晨曦中再次被点亮。英语要好，他一直记着，家里的板凳也被他坐热了吧，没有娱乐更没有恋爱，他甚至连学校有多少女老师都不知道。在这个小小的房间里，他觉得所有的灯火都是他内心的火点亮的，勤能补拙，唯努力才不负自己。2002年下半年，他收到了苏州大学硕士录取通知书。

临走前，干江中学的杨宝林校长对他说："谢谢你当了三年班主任。"他握着校长的手也在心里默默地说："我也感谢这三年。"他遵守了当初与老师的约法三章，终于用事实证明了自己不是笨蛋，他亦对自己的人生作了新的规划：读博，争取到大学教书。

2003年，他二十八岁，同龄人都结婚生子了，于是他被催着相亲，见了一个楚门中学的语文老师，是他在台州师专的本科学妹（台州师专后升级为台州学院），隔壁炮台村的姑娘，在镇子上两家离得并不远。他们在楚门新雄宾馆吃了二十四块钱的快餐，还是人家姑娘坚持付的钱，但人家还是看上了他，说他忠厚老实有上进心。解决人生大事，比考研简单迅速多了，他2005年结婚，硕士毕业，与台州市委党校签了合同，同时又收到了南京大学历史系公费读博的通知。这个通知轰动了村子，作为村里可能也是镇上的第一个正牌博士，他获得了人们对知识、对知识分子原始的尊敬。这一刻，人们忘记了对他孩提时代的评价，他作为模范被村里的老幼传颂，也成了学校老师教导学生的典范。人生的选择再次放在眼前，他毫不犹豫地选择读博，妻子边带女儿边教书也让他去，她说她的收入支撑得起这个家。他是带着一点悲壮、一点愧疚，又外加欣喜踏上去南京的路的。

2008年博士毕业后，他想回浙江，特别是想去杭州工作，但是杭州的高校不需要世界史的博士，再去台州市委党校应聘，也被人拒之门外。有人说他“笨”，当时为什么不找人说说先保留工作再去读书？也有人提点他去找某某帮忙看看。他说：“我果然还是笨，一次只能做一件事，某某我也不认识，不行就不行吧。”又说：“我觉得自己凭努力走到这一步，笨不笨是其次。”最后作为引进人才，他去了余杭高级中学，说好安家费十万元，却因为论文延期，学位证书迟了半年才拿到，安家费就只有五万元了。

妻子跟着调到了余杭实验中学，一家三口的日子本应安稳而美好，但他没料到，这将是他人生另一个低谷的开始。当初博士进中学的新闻有多轰动，他后来的处境就有多尴尬。

由于不习惯应试教育方式，他的教学成绩甚至比不过本科毕业的老师。同事、学生当面背后的非议，他无从反驳。从1998年到2008年，他花了十年时间证明了自己，现在似乎又失去了这张“证明”。也许这样的境地，在学校削减承诺给他的安家费时，就已埋下伏笔。

他只教选修课，顶着中级职称，没有评高级，是没有心思也没有条件评。对未来他是惶恐中夹杂着希望，对妻子他是愧疚里带着感激，对于外界的种种非议、疑问，他用了“忍辱负重”这个词形容自己这些年来的心境。可是他没有放弃，人到中年他仍朝着自己感兴趣的科研方向奔跑，从2008年到2019年，他又跑了十一年。

2019年，绍兴文理学院和湖州师范学院紧急招聘课程教学论教师，需要五年以上中学教师教学经验和博士学位，这个条件似乎就是为了他的十年经历而设的。他去了绍兴文理学院，这一年他妻子也评上了中学高级教师。生活对他有了回报，而他觉得自己对妻子有了回报，但是新的征程又才刚开始。“我由于能力有限，到今天也没有可以昭示世人的成绩，现在还是一个讲师，我还得继续奋斗。”他用一张高校教师资格证书再次证明了自己，在以后的时间里，他会用更多的、更大的成绩来证明自己。

“笨”博士不笨。他用了最不取巧的方式，证明自己的实力和能力，改变了命运，走出了自己向往的人生之路。

而他的弟弟大学毕业后，在温岭三友电脑公司干了一年后，到玉环苏泊尔有限公司做财务，再从大麦屿到东莞，再到杭州绕了一大圈，现在是苏泊尔杭州炊具总公司财务经理，亦在杭州买房安家。

后记：采访结束两个月后，他给我发了一条微信，说他的好几位学生在他的课上听了他的人生经历后，都觉得很受鼓舞，也对自己今后的职业、人生规划都有了新的想法，甚至有人决定要考研、读博。我回复他说："你是激励了自己，也照亮了别人。"也许这一点也是他一直追求的吧。

隔壁小王

小王是我同学，但按辈分我得叫他“阿叔”。本来没什么交集，小学三年级下学期搬新教室后，我们成了同桌。以前他家在后山岭头，我家在半山腰上，搬到现在的新屋后我们也是邻居，两家只隔了七间屋子。

我们一起时，他实在没有阿叔的样子，我对他也绝无对长辈的尊敬，我们两个都是淘气孩子，上课经常互搞恶作剧。

我们坐最后一桌，有时老师叫他起来回答问题，我就悄悄移开凳子。我们坐的是长板凳，我只要稍稍抬起屁股，就可以把凳子移开。他不提防，一坐下就直接坐到了地上，我趴在桌上捂着嘴笑得肚子疼。他也不生气，瞪我一眼，站起来，拍拍裤子，坐回去。次数多了，他只要一站起来就会拿眼角余光盯着我，我手一有什么动作他就转头看我和凳子，坐下时更是特意看清楚了才坐。可饶是这样，他还是会中招，看时凳子还在身后，等坐下的那一刹却被挪开了，所以他的屁股还是落在了地上。他哭笑不得地看着我，我拼命忍住笑，充好人拉他一把，他故作老气横秋地说：“你啊，这样顽皮，对阿叔老人家一点也不尊重，小心我和你爸告状，打得你满地爬。”

“阿叔老人家，你别讲、别讲，我吓死了，消消气消消气……”我很配合地演着戏说。

“嗯，还算有药可救，下次不准噢，晓得呒？”

“晓得，晓得，阿叔大人有大量……”

当然，他并没有去告状，向我父母没有，向老师也没有，只是在不断的战斗中积累了经验，只要一站起，他就用脚勾着凳子脚，我就再也没有下手的机会了。

但是我没想到他竟然向我下手。有几次他故意摆出动手脚的样子，我很警觉，他刚动了一下，我赶紧扭头瞪他，他压着笑，摆摆手。一次，我以为他住手了，就坐下，结果一下子坐到了地上。我不由得气恼了，叫道："老师，你看王某某……"他吓了一跳，丢过一个不满的眼神，一本正经地坐着装作看书。我也马上意识到不妥，赶紧闭了嘴，坐好。老师抬头，没看见什么，就又低下了头。

下课后，我责怪他捉弄我。

他说："你捉弄我次数还少？还向老师告状——差点没把你阿叔老人家吓死。"

我哈哈大笑，自觉理亏，就约定以后互不侵犯。此后，他言而有信，我也说到做到。

初中时，我们竟然又做了一年多的同桌。小孩子的把戏不玩了，上课互相打掩护的时候多了起来。我们其实都还算用功，但是上课偶尔跑神、做点小动作仍是免不了的，老师的探照灯照过来时，就相互推推手肘、踢踢脚。我经常给同学背后贴小字条，他就帮我弄胶布，转移人家注意力，然后两个人一起躲在一边偷笑不已。被人家发现，十次有九次都是他担责任，他说："谁叫我是你阿叔呢。"

他成绩中上，我仍是班级前列。可是几何他就是比我好，我对着那几根线条绞尽脑汁时，他就在边上吹口哨。我就拿铅笔去画他的书，他就边护着书边叫"又欺负你阿叔"，也并不真的生气。

有一次上课，我到黑板上做题去了，他竟然偷看了我小饭盒里的菜。等我下来，他就一直捂着嘴贼笑，说："萝卜菜头当菜蔬。"我莫名其妙，等中午吃饭才明白，母亲给我带的菜是胡萝卜炒盘菜（我们把盘菜叫作菜头或盘菜头）。我赖他偷吃，也不理他叫冤，硬是打开他的小饭盒分了他的菜——黄豆炖肉（肉就两片）。他哀嚎不已，我白他一眼道："没吃你的肉，吃你几颗黄豆已经是很客气了！"

到老师开始实施男男、女女同桌时，我们才分开，后来他个子高坐后面，我坐前面，就不大联络了。初二分班后，我在一班，他在二班，几乎就没说过话。一班周末是必须补课的，不回家的时候，母亲就会托他帮我带一点咸菜、鱼鲞当下饭菜。次数多了，有同学开我们玩笑，我就很理直气壮地说："这是我阿叔。"他也很配合地说："我是阿叔，所以得照顾一下侄女，知道不。"

初三开始，全年级夜自修，周末补课。一次我回家去，他姐姐叫我带东西给他，在走廊里，无意中听到他同学问他，怎么和一班的女生玩在一起。他很生气地说："什么叫玩在一起，她是我侄女，在家里她都叫我阿叔的，在学校她不好意思叫，知道不，我们小学就是同桌，初一也是同桌，多讲几句话就被你们这帮人讲成什么样子。”他同学明显不相信的样子，他赌咒说：“不相信下次你去我家，问问我娘和我爸。”接着他又半开玩笑地说：“你们不要乱讲了，读一班以后都是要读高中考大学的，你们不要耽误我侄女的前途。”我叫他，他过来，我把东西递给他。他接了，很威严地说：“叫阿叔，没礼貌。”我心里直翻白眼，但是也知道他为什么这样讲。于是装作很恭敬的样子，叫“阿叔”，又说“阿娘叫你这个星期回去，阿婆和阿公说杀鸡炖给你吃”。他“嗯”了一声，说“我晓得了”，把右手放到头顶，向外掸着，说“你走吧”。我转身走了，身后他同学说：“你这阿叔‘煞甲’（方言“厉害”的意思）。”他说：“我和你讲老实的，现在相信了吧。”后来就没了闲话，但是我们都没有再给对方带东西了，不知道他回家有没讲什么，我是回家和母亲说了的。

初中毕业后，我读高中，他没有读书了，我们就几乎没了联系。村里高山移民后，他家房子和我家相邻，我们才经常碰面。我经常戏称他为“小王”。

我读大学时，一次回家碰见他，他很羡慕地问：“读大学赞不？”我不知道怎么回答，就随口说：“反正也是整日读书的。”他“哦”了一声，又问：“像我们这样的要一个文凭有没可能？”我说：“好像可以自考，成人高考好像也可以。”他点点头不再问。我追问：“你是不是要考一个文凭？”他有些不好意思说：“我们这样的，怎么考得出来，我随便问问的。”

我就有些遗憾，和母亲说起来。母亲说：“中考的时候，他娘刚好得了癌症，家里盖房子的钱还没还完，他娘生病拖了一年多，钞票花了不知道多少，他哪来心思读书？可惜了。”我想了一下说：“怪不得，我记得他以前读书好像也可以的，按理不应该考不上高中的。”母亲说：“他兄弟姊妹都懂事啊，他初中毕业就去给人家当徒弟学做车床了。”这些事情我都不知道，我们那个时候念书念到一半不念了，隔了十天半个月突然又回来的经常有，当然出去就没再回来的更多，比如我的堂姑姑、堂姐、堂哥、堂妹。初一时满满两个班，到初三经常只剩一个班，我们这届已经算好的了，至少还剩了一个半班。他能毕业，我就觉得已经很好了，却不知道背后是有这么多隐情的。

我工作了，看他在自己家里办了一个小厂，招了三四个工人，加上他姐姐和老婆，他自己既是老板，又是技术指导，经常穿着一套油腻腻的工作服进进出出、忙忙碌碌的，似乎生意不错。我说：“你厉害啊，自己当老板了。”他说：“厉害什么啊，都是在人家手下讨饭吃。”我说：“不是挺好的，自己有技术还怕什么。”他说：“现在不比以前了，小厂的风险也大了。”我只当他谦虚，可有几次他的本家来吃早饭谈起，才知道他的小厂就是依附着他的本家做业务的。后来村里另外的人——我的本家也把一些加工业务给他，他的工人增加到十几个，这在村里一干小厂里算中等偏上了。我就常看他笑眯眯地把儿子架在脖子上来买早餐，跟他开玩笑，他能回一堆俏皮话。我说他和小学时候一样顽皮，他说：“我越老越年轻嘛。”

两年不到，他就买了一部黑色丰田汽车，我们以为他要显摆起来了。结果他白天在厂里忙活，晚上开车拉客。镇上没有出租，车子也不那么普及，他的出租车生意不错。应该说他是镇上最早开车拉客的人。母亲说他脑子活络得很，我也觉得他很聪明、还吃得苦。他和村里很多年轻人不同的是，他不赌博，钱交给老婆，有空就带儿子。他老婆瘦瘦的，穿得很朴素，我见过她穿一件玫红的棉袄，说就三十块，样子很土气，她穿着实在不怎么好看，我们都建议她不要穿，可是她穿了一年又一年的，过年穿上新衣服出门，回来肯定换上那件旧的。吃早餐时，有人说："小王，也给你老婆换一件衣服啊。"他老婆就马上接话说："我有的，但是整日做事情，还是旧衣服穿着自在。"他说："买，吃完饭，衣服店开门就买。"

吃完饭还真的去买了，结果是拎回了一套棉睡衣。从此我们就看着她老婆老是穿着那套棉睡衣了，乡下女人十个有九个喜欢穿棉睡衣干活，这下没人说了。他老婆很得意，他吐槽她有福也不会享。他老婆回击："那你先把这条牛仔裤换了，都穿了多久了。"我母亲说："你们俩很登对。"他咧着嘴大笑，他老婆不好意思地捂着嘴笑，他们儿子夹在中间，不明所以，看看爸爸又看看妈妈，跟着呵呵笑起来。我们也被逗得忍俊不禁。

过年的时候，终于看他们一家穿着新衣服，开着车子出去玩了半天，似乎一年的劳作就是为了这几天的自在舒服。

有一次，我儿子和外甥都得了手足口病，外甥比较严重，半夜高烧到39.5℃，情急下叫了他的车子去医院。我们要付他钱，他说："先去看医生，钱还怕你们跑掉啊。"我们说："万一输液，不知道什么时候回去。"他说："没事，我在车里等你们，半夜，叫车不好叫，再说有什么事我也可以帮忙。"等孩子看好病出来，已经快两点了，他竟然一直在等，我们都很过意不去。到家，我特意要多付一点钱，他却只收了五十块，相当于单趟的车费。我们都不依，他很坚决地说："讲什么呢，都是邻居，谁没个急事的时候，意思一下就好了——快下去，小孩子不能冻着，你明天还要早起上班，不要啰嗦了。"

因为这事，我们走动得多了起来。我发现他开车的时间多了，经常白天都在开车，再后来看到他的厂子里不大有人了，就他老婆和姐姐还在忙。遍地黄金的时代已经结束了，不知道什么时候开始，最早的那一批成功者，要么已经大船稳行，要么已经抓住别的先机，而很多小厂的日子则开始难熬。他本家的厂子已经转产，原来的阀门只占业务很小的一部分，主要给品牌汽车生产配件了，他预测以后会有越来越多的人买车。而我的本家因为非法集资，全家跑得无影无踪了。小王的生意就不好做了。

到2015年，镇上依然没有出租车，但是开黑车的在马路上排成队了。没生意的时候，一帮人围着打牌，生意来了，就争着吆喝。小王从来不打牌，也不去吆喝，但人们似乎更愿意冲着他去。不知道是因为他的老主顾在，还是觉得他比较稳重。

他现在是在专门开车了，小厂关了、车床卖了，老婆也到他姐厂里做工了。我经过他家门口，看到他们家放车床的水泥板台都还在，只是上面都已经空空的了，第一次深刻感受到他的不易。

五一去沙滩玩，我丈夫觉得肯定不容易停车，就租了一辆三轮车上去，回来时人太多，三轮车都租不到了，打算走路回家。刚好碰见小王，他换了一辆商务车，搭我们回来。我问怎么换车了，他说："现在开轿车的太多了，商务车还几乎没人开，很多时候人家一大家子出去，还是需要商务车的。"我说："你咋恁聪明呢？"他说："什么聪明啊，我们都是没办法被逼的。"我又问他："怎么厂子关了？"他叹气说："没生意了，还吊着人走不开。"

"那你开车一个月多少钱啊？"

"少一点四五千，多点七八千，加上老婆三四千一个月，说实话原来办厂也就一年十来万，差不多的。"

我吃惊道："不会吧，开车会挣这么多，办厂就这么点儿啊？"

他笑我："外行了吧，挣大钱的是办大厂的，我们这种家庭作坊一样的，能有多少收入？经济危机一冲击，先死的就是我们这拨人，现在不能和以前比了，十几年前的人把好挣的钱都挣走了，我没赶上那个时代不是。"说罢，叹了一口气。

我察觉话题有点沉重，赶紧玩笑着说："阿叔，你讲得很专业嘛。"

他很有架子地"嗯"一声，装作很深沉的样子说："好歹我是你阿叔，总是要有点水平的。"

但是过了一会儿他又接了一句："开车也不是一世人的事情。"我一时不知他这话是什么意思，只是点头说"是啊"。

过了一年多，我无意中发现他的微信朋友圈里几乎全是卖车的信息、广告，一问，他说："年初（2017年）开始到玉环汽车城上班了，虽然搞销售是从头再来，但摸了这么多年车，还是懂一些道道的，生意还可以。"他老婆还在他姐姐厂里帮忙，挣得也不少，现在儿子都要上大学了，我说："小王要变老王了，日子滋润着嘛。"

他哈哈大笑，说：“现在是村里出了奖励，小孩考上什么学校有多少钱，北大清华我就不想了，本科总是没问题的。”

我知道他一直遗憾自己连高中都没有毕业，现在儿子可以圆他一个梦，他是开心的，我也替他开心。

第三辑

大事小情

最早的和最后的房子

1998年前后，村里许多临时建的房都经审批要重新建造。当时的政策是审批后必须马上拆了重建，我们这一排右边的几家就拆了重建了，左边几家因为正当厂房用，就没有审批重建。我家，因为我妈一股砸锅卖铁也要送我们姐俩上大学的执念，是没钱盖。马路对面的七八户人家，像老满叔、老福叔、阿飞婶他们，也是因为没钱，就没有去审批。

结果1998年是一个分水岭，后来想重新审批再建，难度就大多了，2004年，我家的临时住房里还住着人呢，在镇政府的规划图上，右边一间的地基已经变成了消防通道。对面的更惨，因为设立了基本农田保护，他们那边的位置就有点尴尬，沿着马路呈一个三角形，他们上头的地势开阔一些，有足够位置能够按要求建下三四层的屋子。而另一边，地势变窄，又不可能侵占农田建房，房子长度明显不能达到规定要求，就是想审批也批不了。2002年后，村里在镇综合市场边上开发了商品房，但是他们也没有买，在潜意识里，总觉得套房不如自己建的立地栋好。我家的房子经历了一些波折，终于建成了。我们这边场地开阔，按照规划要求往后退了两米，房子长十五米，后面与路还有十来米的距离。房子建成后，后面的空地就都算我家的，我爸把围墙一造，圈出七八十平方米的院子，开辟了一块菜地，一年四季青菜、白菜、包菜轮着种，还种番薯、土豆啥的。家里的田是早没有了的，山上还有一点地，早先他每年都跑上去耕作，但是山上没有人了，野猪多了起来，他种什么都会被拱掉，就不再去了。现在他似乎从这一点零星的泥土里找回了劳作收获的快乐，勤劳地耙地、下种，然后叉着腰，一脸的满足。似乎房子建成，然后还能拥有这么一小块可以耕种的土地，他人生的理想就已经完全实现了。

我家左边的老滥叔和老秋，他们的房子也批了下来，但不是作为住宅，而是厂房。因为他们早已经在镇子中心的位置买了地基，造了房子了。按农村用户口审批宅基地的政策，他们不可能再在这里拆了重建的。老滥叔后来干脆把这两间屋子卖给卖农药的阿兰夫妻开店用了。作为村里最早一批高山移民的人，我们这边的房子，算是全部重建了。

对面的梅家姐妹，她们也在镇子街上买了地基建了房子，一般是子女住着，现在的临时住房是两层的，阿凤在楼下开小店，开了快三十年了，每天打牌、搓麻将的人都闹到深夜，是她家一笔不算小的收入。她妹的楼下租给人家开小饭馆，也是家庭的一笔额外收入。所以她们不拆不建更划算。中间老尧两家，也是自己在镇上有房子了，住不住、租不租都不要紧，他不差钱。最边上的阿林，在1998年躲债跑掉了，房子空了好多年，后来回来把债还完了，就把房子租给阿水当修车铺，他自己在外地有房子，在镇上也买了地基建了房子。

对面只剩下三户人家是一直住着的，就是老福叔、老满叔和阿飞婶。2008年，村里在镇综合市场后面兴建了村里的二号小区，地基涨到好几万了，要求建成五层高。有人极力建议他们去买，但是他们说买了也没钱建，最后禁不住怂恿，老满叔去抓阄，也没有抓到，就不了了之了。

阿飞婶夫妻是在诸暨、东阳那边承包土地种西瓜的，种了十几年，我妈说应该有点积蓄。但是阿飞婶说："养了三个孩子，接着儿子要读大学，都是钱，这些年攒了一点，但是总还是差一点。"我爸说："你家的亲戚老喜在人家厂里打工都买了房子了，你家怎么可能比他还不如？"阿飞婶说："他其实没什么钱的，是他老板老谢叫他贷款，买屋还要贷款，胆子多大啊，我们不敢的，还不出，屋子也要被没收了。"听她这话的时候，我就想起看过的一个笑话，说两个老太太同时去天堂，美国的老太太说"我终于还完了买房子的贷款"，中国的老太太说"我终于攒够了买房子的钱"。我把这个笑话说出来，阿飞婶倒坦然，说："我们就是中国人啊，贷款这种事情就是外国人做的。"我一时语塞，不知道如何接话。于是阿飞婶一家，除了念书的儿子，她的两个女儿也在为家里的房子努力挣钱。

可是不久后，我听我妈说他们在东阳种的西瓜因为台风被淹了，今年要大亏。阿飞婶回来时，去找人借钱。我们奇怪她家的钱哪里去了。我妈说借给别人放利息了，时间还没到，拿不回来，现在暂时向别人借钱，缓过去再说。我说："干吗借钱，银行贷款不就行了？”我妈斜我一眼：“农村人习惯借来借去的嘛。”这是什么逻辑，我半天想不明白。

不过，阿飞婶还是蛮幸运的，借出去的钱时间一到就拿回来了。我妈劝她不要再借给别人了，说：“老六家的钱借给邻居，第一次五万元连本带利还了，第二次借了二十万元，死活不还，自己都替别人挣钱了，你儿子大了要娶媳妇，没房子怎么行，还是赶紧想办法造个房子吧。”

阿飞婶听进去了，叫女儿把钱存了银行，也开始留心镇上的房子，但似乎也并不着急。后来女儿出嫁，他们干脆回村里承包土地，发现这样更划算，就不出去了。等儿子大学毕业，女朋友也带到家里了。姑娘挺好的，但是看到他家是这样的房子，来一个客人也没处可住，脸上就有些失望，她父母更是直接反对。阿飞婶这才有点着急起来。

她还是想要立地栋的房子，想等有了地基就建。可是村里第三批地基还在和隔壁村谈判，等真正批下来要一两年。儿子在女朋友老家那边找好了工作，结婚也都提上日程了。阿飞婶才终于不执着于立地栋了，刚好综合市场边上的套房有人在卖，四五十万元。她就一次性全部付完，然后装修，给儿子结婚用了，原来的房子就租给人家办兴趣班了。

我咂舌：“买房带装修，不要六七十万元啊，全部付完，不是挺有钱的嘛，有这钱不是老早可以买房子了。”我妈说：“也就是这几年攒起来的吧，原本没那么多的。”我叫：“分期付款也可以啊！”我爸说：“我们怎么懂这些，欠银行几十万元，不要夜里都睡不着啊。”

不过不管如何，阿飞婶家的房子终是有了，我妈只遗憾又少了一个好邻居。

那就只有老满叔和老福叔没有像样的房子了，我觉得他们也可以借鉴阿飞婶的经历，买个套房也挺好的，他们的兄弟老友叔就是直接买了套房的。但是我妈说他们在等村里的第三批宅基地，他们是不愿意住套房的，觉得楼上楼下都是别人家里，不舒服。

去年，村里的最后一批宅基地终于出来了，十五万元一间。我听了直吐舌头，几年时间，翻了好几番。但是我妈说他们都已经报了，钱也都已经攒好了，建房子如果实在不够，现在信用社贷款也方便。

我诧异：“他们现在会想到贷款了？”我爸白了我一眼：“我们又不是傻子，以前不懂，难道一直不懂啊，账我们难道算不来吗，银行贷款不比向人家借钱加利息便宜？”

现在最后一批宅基地的房子已经开始建造，老满叔和老福叔的新房指日可待了。但是他们那边的一排旧房子，不会被拆，而是作为我们这一批最早下山建的房子的遗迹而存在，见证村子近三十年的变迁。

门前屋后

刚搬到山下的时候，我们的房子门前是楚栈公路，屋后是一片稻田。公路对面是同村一起移民下来的人家，住着和我们家一样的临时住房，稻田的另一边是干江村的几户人家。

村子搬到新的地方，人们都开始尝试新的行业。我们这排房子都是一层的砖瓦房，从左到右，是鸡山人租的瓷砖店、老六家的铝合金店、我家的早餐店、老滥的理发店和老滥堂兄弟的小厂子，对面的房子是晚几个月建的，基本是自己住的，虽然也是一层的砖瓦房，屋后也是田地，但是都有一个地下层作厨房（不像我们这边都浪费了这三四平方米的空间），只有一间租给湖山头人卖水泥。最右边的那间是阿林家，办了一个小阀门厂。

鸡山人的瓷砖店开了一年多，就出去做生意了，店转给了胖子夫妻。老滥一边开着理发店一边在堂兄弟老秋的厂子里上班，一年多后就基本歇业，也买了几部车床开始和后门的阿华一起办小厂了。我们的住房前都还有十来米的空地，老秋他妈就在老秋的屋子前搭了一点铁皮，放了几张台球桌。每天傍晚，这里都挤满了打球的年轻人。同样挤满人的还有对面梅家的小店，那里是打牌、搓麻将的地方。

这十几间隔路对望的临时住房，就是村子重新开始的地方。

接下来的几年，陆续有人再搬迁下来，后建的房子都是三四层高的联排楼房，接在一层的砖瓦房边上，也分列路两旁向山脚延伸。另一头隔河的楼房就是别村的了，再过河，是综合市场，市场边上的房子，有我们村的，也有别村的。

最初几年，门前屋后的格局没有什么变化。我们的屋子搬到这里，感觉就是从树林里搬到田野间。我家屋后虽说是杂地，但是地主人还在上面种过一季稻子，几次番薯土豆。但是很快就荒着了，变成了水汪汪的杂地。冬天水干了，泥土没干透，像毯子一样绵软，我们穿着鞋子跑上去玩，一踩一个浅坑，却又不会陷下去，这里就成了孩子的游乐园。到了夏天，这里却是蚊虫的摇篮，青蛙也多，从早到晚“呱呱呱”个没完。有月亮的晚上，搬个小凳子坐在家后面的水泥板上，月光清亮，田里的水接着月光映着杂草疏密有致的影子，像一片浓缩的丛林，萤火虫不失时机地出没，闪烁的光像精灵提着灯笼穿梭在丛林中间。我们把手电筒打开，照着田野，不用过去，就觉得自己已经行走在田野上了。这时候的村子还充满泥土的气息。

站在院子里远眺，可以看到远处高墙头山腰的老房子，那边还有人住着。

那几年也是做什么都红火的几年，大家都忙忙碌碌地挣钱。小房子里的人挣了钱，就想着办个小厂子，办了小厂子的人挣了钱就想着办个大一点的厂子。

首先是老秋，他把屋后的地填满了黄土石渣，很快在靠河边的地方接着原来的小房子盖了两间两层的房子，再在空地上搭了铁皮屋，变成了简易的厂房。我来不及遗憾青蛙们少了一半的家，隔壁的老滥叔就也把屋后的空地填了，因为少了卡车进出的地方，连带着把我家后面的空地也填了，他家的空地上建了两间砖瓦厂房，我家的空地就做了他的停车场和装卸货的场所。我高二暑假回来，看到的就是我家空心板下面的几棵杂草在黄泥的威压下耷拉着脑袋等待枯萎的样子。有几日，青蛙们的声音听着似乎都凄楚了不少。

对面房子后的空地倒是没有被填埋，但是主人大约都去工厂上班了，一直半空半种的样子。他们的厨房门口直接对着田埂，经常有青蛙、萤火虫到家里拜访，看得我挺羡慕的。但是我也很快习惯了我家后面的空地，后门也有路出入了，其实挺方便的。隔了一道水渠，还是田地，过了一些日子，青蛙们大约在那边安顿好了，呱呱声如常响起。

等我去读大学的时候，水渠被填了，从水渠一直到山脚干江村几户人家边上的大片土地都被填了。老秋在他家对面建了两座大厂房。老滥叔紧跟着在他家和我家对面的空地上也建了厂房，靠山脚的那边好像是中山老度叔的厂房。有一就有二，有二就有三四五。他们的厂房建起来后，我们这边的房子一直到老粮站后面的空地很快全部被填了，都建了高大的厂房。那时候也不管手续全不全，好像一个愿卖一个愿买，就可以建了，如果要审批就要各显神通了（后来整改，全部重新审批了）。

门前的路也变了一下，从黄泥路变成了水泥路。没有变的是对面房子后面的田地，被县里定位为基本农田，要保护的。虽然没有人去全部耕种，但是也不允许侵占。而对面高墙头山上的房子也没了房顶，人们也都搬迁到镇上了。

厂房的增多、厂子规模的变化，使得村子看上去像从泥土中被拔出了一截，不再只有单一的泥土气息了。

我有点惋惜对面土地的荒芜，这时来了一个芦浦人，包了几十亩土地，挖成了鱼塘。他在鱼塘边上搭建了两间铁皮屋，一间住人，一间当厨房兼仓库。他养鱼卖给饭店，也让人们去钓，一个人五十元，生意竟然很不错。

他这边鱼塘一开业，边上的土地仿佛也活了过来。不断有外面的人过来承包土地，种花菜、西瓜。这自然也和国家对农业的补助有关，当土地再次焕发生机的时候，人们还是很高兴的，尤其是上了一点年纪的人，他们一直觉得种满庄稼的土地才是真正的土地，拥有种满庄稼的土地的村庄才是真正令人舒心的村庄。

十多年来，我们屋后的厂房建成后，外观几乎没有变化，变的是里面的老板。老度叔的红冲厂子亏了，他入了一点股份到他兄弟的齿轮厂，自己不办了，厂房就租给别人。他隔壁原来是村里老清的厂房，但是老清在1998年就亏了，非法集资了一百多万，全家跑得无影无踪。老秋叔的大厂房是原来和他兄弟老谢共用的，后来老谢搬到小屿门工业区了，他自己最近几年亏了，也把厂房租出去了。老滥叔十几年前就亏了，厂房早就出租了。边上的厂房原来是蒋家兄弟齿轮厂的老厂，但是兄弟几个的厂子越办越大，早从一分成三，都搬到外边的工业区了，这里也租给别人了。最靠近山边的老粮站，是村里阿旺他们最早办厂的地方，后来他们把这片土地买下来了，但是现在他们的厂子已经是玉环的龙头企业了——早就都搬到镇工业区了，每个厂房面积都有三四十亩。老粮站后边的地方建了一座三四层高的厂房，里面有好几个厂子，门口挂着的是一家家具厂的牌子。

我家后面的空地，说起来应该可以算是村里最早的“工业区”了吧，三十年时间里，从有到无，从兴旺到平淡，见证的是村里企业的诞生、发展、壮大或者没落。唯一遗憾的是，我再也没有见到过萤火虫了，不知道这算不算是代价。

我们屋前，老秋娘的台球桌转给了隔壁村的楚方，他找了一个湖北的有点残疾的姑娘。我们经常看着他们一边管摊子，一边谈恋爱。但是到后来，大约在2008年前后，街道统一整改，屋子前面不允许私搭乱建，铁皮屋被拆掉，台球摊子也就没有了。不过在这个时候，其他娱乐活动开始多起来，来玩台球的人也没有几个了。

没有变化的是对面屋子后面的田地。不，也是有变化的，芦浦人的鱼塘兴盛了几年后，在几次大台风的攻击下，损失惨重，最后也停业了，鱼塘渐渐干涸，又慢慢变成了土地，只是暂时还没有人去承包。但是它边上的土地，已经被大棚覆盖，种了西瓜、西蓝花、盘菜、葡萄、萝卜……承包土地的不再是外地人，而是村里或者隔壁村的人，他们有些是原先到外地承包土地的，有些是做过生意、到工厂上过班的，有年纪大的一直种田的，也有年纪不大回到土地的，大概经过几十年的工业洗礼后，他们觉得最为亲切、熟悉的仍是土地吧。

田野上也修了可以通车的水泥路，搬运大棚物资、果蔬都很方便，一般人都有车子，实在不济的也有一部电动三轮车。用我父亲的话说是“现在种田和以前不一样了，也是要现代化的”。田地边上靠山的高墙头，许多人家也拆了老房子建了高大的新房，但是也有人竟然花了十几万元买了人家几近损毁的老屋子，重新修建，变成自己喝茶、养生、会友的处所。

去年，我家屋子后面的道路扩建、改造了，村里最后一条泥路也变成了水泥路，车子可以自由进出，大卡车也可以通行了，厂子里的材料、产品进出也便捷了许多。而屋前，也统一用水泥浇筑了院子、修建了下水道、造了绿化带，不再是水泥路和屋子中间夹着几米的泥地，一到雨天，还得自己挖沟通水的情景了。我们屋子前到绿化带的地方，刚好可以停车子。现在回家，可以看到每户人家的前院都至少停了一辆小轿车，好几户人家还有三四辆。今年年初，村里又统一为我们在屋后修建了围墙，整齐美观了许多。

对面的砖瓦房因为土地面积不够，没有办法拆了审批重建，我们这边几乎都是三四层的小楼了。站在家里顶楼，整个镇子都能尽收眼底，在右边大棚的尽头，隔壁的新村子已经建了好几年，一批商住套房也基本建好了，现在还有高楼和新的工业区在建。而在屋子的正前方，依然是农田和茂密的山林。山林中有一条灯带在晚上会亮起，那是通往白马岙金沙滩的公路，夏日的傍晚和周末，总有车子不断穿梭其间。

在不下雨的晚上，我喜欢出去，穿过马路走几步，就能进入田野，那里依然有河水在静静流淌着，有泥土的气息、化肥的气味和果蔬生长的声息，有还没回家的农人的话语声和田野里特有的昆虫的鸣叫声。这个村子，似乎一半在机器的轰鸣里狂奔，一半仍在农人的手里梳理。

再也不见的学校

很多年后，我曾多次在山顶游荡，寻找曾经的学校，一座三间两层楼的水泥瓦房。找了很多次，这座建筑就像从来没有在地球上出现过一样，我甚至怀疑是自己的记忆出了差错。

直到有一天，我站在一座铁门紧闭，只看得到院子上方搭着的铁皮屋顶的小工厂旁边的路口，沿着它的围墙和边上一间还算完整的砖房中间的肮脏小路进去，看到厂后面被堵死的台阶，台阶不远处是一间木板窗上还写着“小店”两个字的小屋子——这是以前的小店。小店上去，是以前的一个个茅坑，瓦片盖的、茅草盖的、篾席盖的茅坑顶都已经破碎、腐烂、消失，只剩下一个个坑。茅坑对面的人家门窗紧闭，其实已经是一堆断壁残垣。原先行走的石头路已经被草木封闭在幽暗处，连视线也无法穿透。

我倒退着走了出来，就像时间倒退着回到几十年前。我站在小工厂的台阶下，台阶上满是垃圾。这是我们以前奔跑着上下的台阶，至少有两米宽，现在大半被圈进了围墙里，只留了半米多露在外面。我们学校以前是没有围墙的，在黄泥的操场上我们可以自由奔跑，到晚上，这里就是村里人的休闲地，他们纳凉、散步、闲聊，节假日放电影、搭戏台，村里没有比这里更大、更好的地方了。以前一楼的玻璃窗装着铁条，现在被水泥和红砖封死，二楼的窗子，也被什么黑乎乎的东西封了起来，只有铁锈剥落的铁条还勉强撑着。

这不是村里的第一座学校，却是最后一座。我退到大路上，站在围墙外张望，里面的铁皮顶锈迹斑斑，水泥墙上黑色的油污一片一片，再也没有学校的痕迹了。

开车到另一边山坡的平地，沿着一条水泥路下去，山腰处有新建的关公庙，三开间大小，雕梁画栋，飞檐翘角，左边还有两间小房子。记忆里，三十年前的关公庙是一座白墙黑瓦的小房子，庙里摆了三四张方桌，前面有一块空地，经常有人在这里打牌、打麻将，看不出这里是村里的第一所小学的旧址——解放初到二十世纪六十年代，村里的小学一直在这里。

最早的老师好像是芦浦的陆老师（村志记载是“六爷”），具体姓名村里的老人们都已经说不清楚了。那个时候关公庙白天是小学教室，晚上就是农民业余文化的学习场所。没有毕业班，到四年级就算课程结束。“破四旧”的时候，关公庙被捣毁了，小学就搬到了当时礁门村山头的老村部楼下，后来楚门的孔世德、张香、林雪兰等老师先后在这里教过，这个时候，才勉强有了毕业班。1970年前后，还有一位专门教音乐的陈金辉老师住在村部楼上。

老村部我记得。我四五岁时，用我父亲的话说是“下巴挂桌档”的年纪，母亲硬把我塞进小学念一年级，那时的学校就在老村部。总共两个教室，大的原来是食堂，是三个年级合用的，每个年级都是长长的一排；小的是一年级和五年级合用的，也是两排。桌子是两块板加四只脚，一块板是桌面，下面的一块板小一些，被夹在四只桌脚间成为放书包的桌格。这种桌子，现在的台州是没了，在张艺谋的《一个都不能少》和一些关于落后山区学校的媒体照片上我还曾见到过。一张桌子两个人，凳子就是长板凳，有时没放好，在凹凸不平的黑泥地上摇晃，一前一后，一后一前，摇船一般，让人想睡。

老师是半节课教五年级，半节课教一年级。教五年级的时候，一年级自修，教一年级的时候，五年级自修。然后我就想不出，大教室三个年级一起，他们是怎么上课的。

这时离1972年礁门村拆分成上、下礁门两个村已经十几年了，村分了，小学也分成了两个，老师不够，村里原来的小学毕业生，我后来的三位老师王福连、尤治清、蒋胡标都是这一年进去当民办教师的，一教几十年，直到退休。

分校后，小学还是在关公庙，重建后地方也不见大，但是还算像样。海山的吴胜法当了第一任校长，前前后后有十来个公办老师来任教，但是教学主力仍然是民办老师。

1987年9月，我在楚门正儿八经上了一年半学回来，此时学校用的还是老教室，大教室里两个班挤着，老师还是轮流上课。教室里总是黑乎乎的，顶上的瓦片黝黑里露着一点灰白的水渍，只有几片玻璃瓦漏下一点光亮，即使屋外阳光强烈，教室里也只能开灯。老式的灯泡发出有限的黄光，老师在黑板上的字必须写得大大的。黑板是用一块块长木板拼接、刷上黑漆做的，时间长了，黑漆有点剥落，木板与木板之间的裂缝也清晰可见。据说每年都是要重新上一遍漆的，但是这一年边上要建新校舍，就把这事给忘了。如果下雨，教室里面偶尔还会漏水，教室的泥地更是被踩得水汪汪的。所以老师得在晴天补瓦，自己不补，也得叫人来补，雨天不允许带雨伞进教室。有时外面雨大，教室里灯光昏暗，老师领着我们大声读书时，我都感觉我们是坐在一条在风雨里飘摇的小船上大声呼救。以前小不觉得有什么，但在楚门见过世面后，就觉得这学校和我在楚门念过的实在天差地别，而且用的课本都不一样，楚门的课本不管语文还是数学都是彩色的，每个教室还都有一架风琴。

幸而，半年后我们就搬进新教室了，虽然地还是泥地，但墙总算是水泥墙了，每一个教室两边都有三个明亮的玻璃窗，黑板是水泥上面刷了黑色的漆，不用担心木板缝大，一个字会被断成两截。老学校拆了，改成一道围墙，还用黄土填了一个大操场。一个学校应该有的基本也算齐了。

这一年下半年，也就是1988年9月，上、下礁门两个小学又合并回来，后来最鼎盛时期，毕业班学生达到了一百八十多人。到1992年撤乡并镇，学校里都还有一百六七的毕业生。但是镇里开始高山移民，村里的人一拨一拨地从山上往山下走，学生就开始渐渐少下去。1996年，学校就并到干江镇中心小学了。村里人少了，学校也就空了。于是学校又变成了村部。

可是没几年，整个村子差不多都空了，村部也名存实亡。新的村部建在山下的综合市场楼上。村里有人租去当了几年厂房，现在又不知是谁租去当厂房了。

我把车子停在路旁，在围墙外徘徊，反复丈量：以前的校舍是这么矮的吗，操场是这么小的吗？是我见多了高楼，觉得它矮小呢，还是它本来就矮小？操场是因为被围墙围了显小呢，还是它本来就小？更或者，它们的高大、开阔只相对于童年的我而言，是只存在于我童年的记忆里的？

现实与记忆有点出入，我怀疑自己的脚步，觉得应该带一卷皮尺来求证。但是从常识来说，二十多米长、十来米宽的围墙围出的也是几百平方米吧，我们以前几百个人列队做操，这点儿地方怎么可能够用呢？可是如果不是，那些空间凭空消失了吗？

我在围墙外探头探脑，又转身看着路外的番薯地发呆。一辆车子从下边开上来，我担心它过不去，打算把自己的车子挪一挪，结果它呼啸而过，丝毫没有减速。我瞪着它，心想这路原来这么宽啊。又猛然间意识到，这路难不成就是以前的操场吗？

如此明显的事情，我却这么久都摸不到真相。我看着学校，不禁想着：离开有三十年了吧，它是山上保存得最好的房子了，虽然空了很久，现在也被弄得面目全非，但是它依然在。不对，它很早以前就不是学校了，但是我为什么要心心念念地寻找它呢？

我念过的小学被撤销了，我念过的初中被撤销了，我住过的房子被拆毁了，我生活过的村庄被荒弃了……在山下，新的小学、中学建成，塑胶跑道、体育馆、活动中心齐备，钢筋水泥的房子高大坚固，我们的村子在一个新的地方重新发展……在不断前进的时代洪流里，我们在不断失去，也在不断得到。我一而再、再而三地来到这里，是寻找，也是印证。但我只是怀旧，我并不伤感。

我开车下山，再见我的小学——再也不见了的学校。

消失的人家

在岗上，大新家住的是最好的房子。三间两层楼，整齐的条石外墙都抹了水泥，水泥外再刷了一层石灰，二楼窗下一溜的墙面，用绿色的碎玻璃和各种颜色的马赛克拼出好看的图案，正门上方是鲜艳的牡丹，两边是石狮子，大门门楣上雕着蝙蝠、寿桃，门槛是真正的青石条，两根石柱撑出岗上其他人家没有的廊檐。我们所有的房子虽然也都是两层，却是用大大小小各种形状的石块和黄泥拼砌的，规规板板的正面，没有阳台也没有廊檐，刷不刷石灰都露出凹凸不平的表面。他家的楼板铺得满间都是，只靠着堂屋的一架楼梯上下，楼梯也是木板做的，固定在墙边，大、稳，甩着手走上去就行。而我们的楼板，即使家里是有好几间屋子的，一般也只是铺了屋子的前半截，那多是给家里到了出阁年纪的姑娘住的，而楼梯就是两根手臂粗的树干或毛竹，夹着细一点的树枝或劈开了刨过的树干做成的，上下楼时是楼梯，干活需要了，就拿出来当作干活的梯子。他家厨房和屋子是分开的，在山坡和正屋的空隙中，建了一座小屋，用水泥抹光，虽然光线有点暗，但是保证了正屋的干净。厨房里面有一个小小的水泥槽，还有一口搪瓷盆大小的水井，用一个活底的小水桶打水，晴天落雨都和他们无关。我们的屋子，锅灶和床离不了几米，好一点的，人住楼上，锅灶在楼下。我们洗衣服得去溪边，一旦下雨，衣服就得在家霉几天。喝水全靠岗上两口两三米深的水井，一到夏天，几乎每家都得拎着水桶去井边排队到深夜。

我们还用着十五瓦的灯泡，为一场电影翻山越岭赶到邻村时，他家就已经有了村里的第一部电视机，小小的一个黑匣子，大人们说十四寸，西湖牌的。但是我们小孩子都没有见过，大人们允许我们满村乱跑，去各家串门，但是很莫名其妙地从不让我们去大新家玩。大堂哥有一次进了他家的屋子，被大新娘看见了，就告诫他东西不要乱摸，似乎他家有什么是碰不得的，他出来被堂伯母看到就挨了一通骂。大新娘又马上出来维护堂哥，说："男孩子不就是要调皮的嘛。"可是他们又叫我去玩，我去过几次，实在见不出他们家有什么特别。但是相处起来，总觉得他们和我们保持着一种客气但不亲近、有距离但又不疏离的状态。我就不大去了。

到了九十年代，村里好几户人家都有了电视，大新家的优势似乎没有了。但是大新总是穿着白衬衣，皮鞋也锃亮，我们学校的老师有白衬衫，穿的却是解放鞋。他老婆在夏天，永远穿着鲜艳好看的裙子，女儿的衣服也是我们没有见过的款式，而我们的母亲只有灰扑扑的裤子，许多人没有皮带，都系一根布条，我们只有过年时才有一套新衣服，还得老大穿了老二穿。

一次，他女儿邀我去她家玩，我第一次到了她家楼上。他们的床竟然是铁架的，有四个雕花柱子，蚊帐是纱的，带流苏，就是房间有点阴暗，回头看窗子，发现他家窗帘竟然是两层的，一层是丝绒，一层是白纱，掩着电视机都不那么明显了。大新老婆热情地叫我坐下看一会儿电视，我盯着屏幕上女人花花绿绿的衣服，一会儿才反应过来，她家的电视机是彩色的。她看着我说："你想看就过来看，不过不要跟别人说。"我愣了一下，心里被刺了一下，说："阿婶我晓得了。"她似乎放心了，很高兴的样子，说："你老实，阿婶相信你。"又问："你上个学期是班级第几名啊？"我说不知道。她说肯定第一。又说："你有空教教我家阿霞读书啊。"我不知道怎么接话，并没有被她另眼相看的高兴，反而下意识地觉得她只不过看我成绩好，才有资格和她女儿玩，于是借口说还要做作业就回家了。她也并没挽留，笑笑就让我走了。

到她家楼下，阿霞说"我给你看一个东西"，我们就一起去了她家厨房，有一台齐灶台高的机器放在她家水槽边。她说这是洗衣机，我扫了一眼，尽力装作淡然地"哦"了一声，转身出来。她掩不住欢喜和得意说："夏天我可以请你吃棒冰，我爸爸说要买个电冰箱。"我突然想起几年前在外婆家念一年级时去老师家见过的冰箱，就有点故意地说："是那种上下两格的款式吗，这种最常见。"

回家后，我问母亲："他家为什么这么有钱？"母亲说："他爸是乡干部，把他安排到供销社上班，吃公家饭不说，还是肥差啊。"我说："他家电视是彩色的，但是为什么阿婶让我不要对别人说？"母亲说："财不露白啊，否则人家来借钱怎么办？"我突然有点明白了，他们家和邻居的距离是刻意保持的，之后就不去他家了。

到夏天，他家在路旁台门边上盖了一间五六平方米的小屋子，把村里唯一的彩电、冰箱都搬了过去，我们都奇怪他家要干什么。他家的小店就开张了，东西比村里原来唯一的小店阿香家的好，钱却一样。甚至五分、一毛的瓜子花生，称完了，大新娘还会添几颗给人。大新更是一反从前的样子，谁来都递一支香烟，大家都有些莫名的受宠若惊。白净挺拔的大新站在一群讨海种田的男人中间，就像一个长菜头（白萝卜）夹在一堆番薯、土豆里面。阿香家不仅独大的局面没了，而且生意都冷清了。不过大新家店里一开始是不设麻将摊子的，阿霞说："我爸爸说对小孩子影响不好。"但小店火了个把月，赌博的男人们又往阿香家去了，剩下的多是蹭电视的老头和小孩。于是很快，他家也弄了两张打牌的小桌子，男人们又回来了一大半。一次碰见阿霞，她说她爸爸买了更大的彩电放在房间里呢，她不需要在店里看。

到了1992年，岗上的人开始响应高山移民政策时，村里人的地基都是在一块的，就他家买到了山脚。人们说："算到骨头里的大新这次失算了，路边的不买，买角落里的，店面没了。"

下山的村里人开始各显神通换一种活法，各种各样的小厂蚂蚁闻着蜜一样爬了出来。说大新失算的人傻眼了，路边没有地方搭厂房，大新在角落里拼拼搭搭，至少搭出了一两百平方米，厂房仓库什么都齐了。人人都说他生意做大了，我去过他家一次，是给阿霞送她向我借的初一课本（我们初中都要提早补课，书本都要向上一届借）。她家能搭铁皮的地方都搭了，一进去就是漆黑一片，只有铁皮和架子的空隙间漏下一点光。我站了好一会儿眼睛才适应，我叫："阿霞，阿霞在吗？"大新老婆出来，她的样子一点都没有变，皮肤白得发光，真丝的裙子在幽暗中像一幅虚幻的画。她说“阿霞在的，谢谢你啊”，回头也叫了一声。阿霞出来，拿了书，说了一声谢。她妈说“进来玩一会啊”，我说：“不了，阿婶，我还要回去帮我姆妈洗碗。”

以前我在他家待着不自在，现在更是不舒服。我不明白为什么她家的房子好好的，却总是弄得这么阴暗。我转身出来就跑，仿佛觉得如果不跑，她家黑乎乎的房子就会吞噬了我。

小新的房子在我家斜对面，他比大新还白净。我小时候很少见到他，村里人也不大提到他，他好像是在外面读书，在家的时间并不多。回来也是钻在楼上，很少下来，偶尔看见他，穿着白衬衫卡其裤，和大新穿白衬衫卡其裤的斯文温和不同，他很阳光帅气，有点像画报上小虎队里的苏有朋。小新搬到山下前一年结了婚，新娘子是初中毕业生，长得大气明丽，见人就笑。女人们说她比大新老婆随和客气，说：“都是前村嫁后村的，大新的老婆就眼珠子在头脑顶上。”

同一座房子里住着，同一架楼梯上上下下，人们都想看她们妯娌的好戏。但是人家就是和别人不一样，一直客客气气的，就是大新老婆都笑得比以前多。不过她们隔壁我堂伯母和我母亲说：“小的今日戴了一个金戒指，转日大的肯定会戴一条金项链出来，说‘小的进门金器多了’，闹得厉害呢——你看不出吧，夜里吵了，日里仍笑眯眯，厉害吧——老太没办法，答应以后把自己的金器给她。小的呢？小的大概没她厉害，现在还看不出，不过以后小的如果生了儿子，家私就说不准了。”乡下人，尤其是乡下女人，说话很会捕风捉影，但是又往往奇准无比。

别的兄弟房子都买在一块儿，就他们兄弟分开。搬到山下的第二年，大新老婆又生了一个女儿，而他弟媳生了一个儿子。他办厂，他弟弟也办厂，就在自己路边的小房子里，地下室既是厨房又是厂房，地上后半间住人，前半间也做厂房，挤挤挨挨的，却不觉得局促。我进去，总觉得他家的屋子特别亮，现在想来，大概是家具什么的都是白色的的缘故。就是衣服，他们一家三口基本也是穿白的。他们两兄弟应该是不一样的人，村里人从没见他们吵过架，他们见了面也都是和和气气的，办父母丧事的时候好像也没有不快，但是人们就是能从他们从不同桌搓麻将这件事上推断他们兄弟肯定不和。

小新和我家来往得不多，但是他老婆喜欢来我家，有时还会向我借书看，因此我对她很有好感。一次她向我借了雪莱的诗集和另一本书，快一年了还不还，讨了几次，还回来，封面都被撕掉了。她很不好意思，说："小孩子不懂事撕的。"我嘴上说着"没事没事"，不高兴却写在脸上。从此她没有再向我借书，我也很少去她家了。

1993到1996年这几年，村子里大大小小的厂子几乎都忙得不得了，隔壁镇上还出现了"亿元村"。业务忙了，工人多了，我爸妈开始给边上厂里的工人蒸饭（蒸饭费由老板包了），顺便卖点小菜，比光卖早餐收入好多了。大新两兄弟厂里的工人都在我家蒸饭。

我问母亲他们是不是挣大发了，母亲说："不知道，人家挣不挣和我们没关系，但是大新这个人我看不上眼，搓麻将别人输给他得付现钱，他输了每次都欠着。”

到1997年、1998年，小新的小厂依然忙碌，但是他老婆总说挣不来钱。我去同学家，经过大新家，发现这么多年下来，他家的房子的铁皮锈了不少，都没有换，呈现出一种不动声色的破败。我觉得很不可思议，他们的小姐夫起步比他们迟了一两年，但是厂子却很有些规模，新厂房都在盖了，他怎么会这样子呢？

但是他们的工人依然在我家蒸饭，父亲每日用小本子记下饭盒数量，半年一结的时间快到了呢。

大新仍然每晚搓麻将，偶尔还会说自己今年做了多少多少产值，想在哪里哪里盖厂房，扩大规模，有闲钱的可以投一点，股份也可以，算利息也可以。平时从不见他说这些话，以前人家探他口风，他都笑而不答，别人只能从他家新添的车床、轿车等物什上窥探一下他的财富。现在一说，马上就传开了，父亲还和母亲商量要不要也投一点股份，母亲说：“你有钱吗，要不等他把欠你的麻将钱都给你了你去投？”父亲就不提了。

没几天，小新在家吃早饭时，和也是办厂的老祖、阿德说起来，说：“现在业务不大好做了。”老祖和阿德附和，但是他们的厂子还红火着，言语中就带着一点敷衍，吃完就自顾自地走了。小新的脸上有些失落，我就想他是不是希望能在他们那里得到一些业务。但是父亲说“他们做的不是一类的东西”，我就想不出他的失落从何而来。

事情来得猝不及防，人们还抱怨着夏日的炎热时，大新一家就寻不到人了。开始人们还不以为意，以为有钱人赶时髦去外地旅游了，但是后来发现他弟弟一家也不知所踪。路边来来往往的人都看到他家门关了好些天。终于有人反应过来，跑到大新家撬门进去一看，里面细软都收拾光了，只剩下几十部车床板着冷冷的脸。母亲愤愤地说：“蒸饭的几千块没了，白干了半年。”父亲说：“我们这个还是小钱，无数人都被骗了好几万。”傍晚，父亲去外面溜了一圈回来，说：“村子里亏得多的有十几万，老二（我二叔）家有四万多，以前看他的二分利、三分利，都是眼黑的，好了，眼黑的碰见心黑的，省死省活省下的钱，人家一句话骗走了，去哪里寻？”村里炸锅了，说：“大新办厂竟会亏？”有人说：“是被他两个舅子连累的，他们说是替他卖铜棒、卖铜粉、卖产品，结果钱都入了自己的口袋。他到了想借钱翻本的地步，但没料到借进去还不出。”这个时候，只要一办厂就挣钱的时机已经过去了，时代开始大浪淘沙，下海的人想要存活就需要真正的本事了。父亲说大新是翻船了。

有人最后统计了一下，说：“骗了得有一两百万。”1998年的一两百万啊，城里的房子可以买一二十套了吧。一开始很多人杀他的心都有了，但是警察也没办法，因为乡下人借钱没有写借条的习惯。

这一家人像一堆沙子一样被一只巨大的手抹去了痕迹，但是有些人仍在找他，手脚快的，已经拆了他家的车床卖了。一开始人们以为是两兄弟合谋的，但是后来发现，小新是挣得多花得更多，然后纯粹地厂子办不下去了，欠的大多是工人的工资，还有我家三千多的蒸饭费。于是集中精力追查大新的下落，至于小新，老板跑了，工人们拿不到工资，似乎也无处追究，就不了了之了。只是偶尔母亲还会提及，说他们都是黑心肝的。但时间一长，人们除了自认倒霉似乎也没别的法子。

然后是流言，有说大新逃出去找在杭州上班的大女儿阿霞了，有说根本没找阿霞，也有说他逃到别地做生意了，亏了，但也有说他发达了，更有说有人找到了他们……我知道的唯一确切消息，是我们原来隔壁的邻居老六的母亲萍姨说的，她说在贵阳的一条小街上碰见过他们在摆摊卖水果，大新要求她不要说出去，过几天再去，摊子没了，人也不见了。大新的大女儿嫁了一个老外，二女儿倒是有回来，村里人也没有为难她，她找了一个隔壁村的男朋友，但是最后却没能结婚，因为大新的名声实在是太坏了，后来她也不知所踪了。至于钱呢，大家都不知道有没有人拿回来了，就是流言也没有提及。但父亲说："找也是白找，钱是拿不回来的，吃进去让他吐出来，大新不是这种人。"

不过几年后，小新回来了，他在外省卖阀门挣了万把块，现在回来还债。我没见到人，只看到他家关了许多年的木门终于打开了。母亲拿着当初记录蒸饭的饭盒数量的本子过去算账，竟然也拿了钱回来，一分不少。那天，阳光火热，比他们离开的那个夏天还要热，但是人们心情很好，许多人来我家买冷饮，说："没想到这么多年了，还能拿回钱。"有人向小新打探大新的消息，但是他一无所知，也许当初他们出逃的行为一样，但出逃的原因是不同的，最终选择的路也是不同的。人们觉得他们兄弟毕竟是不和的，也是有点不同的。

现在小新每年都回来，带着儿子媳妇一起，原来的小房子租出去了，在镇上买了地基准备盖房，很有点落叶归根的意思。

有人就对大新也抱了幻想，觉得以后他发财了有可能也会回来还钱的。但是又过了六七年，大新一家仍杳无音讯，似乎这里的一切与他们再无关联，村里也几乎没有人谈及他们了。他们的房子，因为镇里整治违建被拆得面目全非，难以住人——二十多年了，他们留下的最后一点痕迹也被抹去了——仿佛他们就不曾在这里生活过。他们彻底从这个村子消失了。

回到土地

老万叔、老友叔、老满叔三兄弟都只是中等身材，老万叔和老满叔长得很像，都不好看，老友叔却和他们完全不一样，用村里姑娘们的话说是“长得跟戏人一样”。村里的年轻人要么张网，要么种田。老万叔就是张网的，老满叔种田，只有老友叔，出过海、下过田，都觉得没有意思，一门心思要往外面跑，跑也没有跑出什么名堂，家里人还担心他像村里的老增一样当骗子去了。他和村里的阿娇谈对象，被阿娇她爸死命反对，说他不着四六，满嘴跑火车，不是牢靠的人。

1992年，开始高山移民的时候，我们搬到山下住，隔一年他们家也搬了下来，老万叔和老满叔一人一间小房子。老万叔不出海了，到工厂做工，老满叔一直包地种蔬菜。只有老友叔，没钱盖房子，一下来就不知所踪了。

我们以为他到外地工厂上班了，问他家人，他家里人也说不清他在干什么。有一年过年，他突然回来，穿着西装皮鞋，和人说话都是什么业务、合同的，很神气的派头。我们都以为他肯定做大生意发财了。

一天在我家吃早餐，他和坐着的阿林打招呼，结果人家瞧也没瞧他一眼，自顾自地和同桌的人讲话。他端了盘子过去想插嘴，结果人家冷着脸说：“我们讲生意，你插什么嘴。”他一下板了脸，讪讪地坐到别的桌子去了。等他们走了，他过来付钱，撇着嘴压低声音对我们说：“有什么了不起的呢，生意，我什么生意没见过，几千万的生意打我手里也经过着呢。”

母亲做了一个惊讶的表情说：“你在外面见过大世面呀。”我插嘴问：“什么生意几千万，阿叔你做的吗，是不是可以挣很多啊？”他脸上有一丝不自然，说：“不是我自己的生意，我是帮别人介绍的，我是中间人。”“那做成了吗？”我忍不住又问。他红了一下脸，说：“没成。”说完，接了我母亲找的钱，就匆匆走了。我很失望，觉得他大概只是为了找回一点面子，但恰恰露了怯，心想，他自己肯定是没有资本去做生意的，充其量当一个掮客。但是我心里又希望他可以用这张脸去娶一个有钱的老婆，继承老丈人的万贯家财，那他也可以算发达了。母亲笑骂我是电视看多了，哪来那么多有钱的老丈人。

后来他再来，就不再说什么业务、合同了。过了年，他又出去了，一去就是几年，村里人也知道他是去跑业务的，自己并没有钱做什么生意。等再回来，他已经亏了十几万元。

不说村里人，就是家里人也觉得他游游荡荡，明明没本事却一心想挣大钱，亏了也不意外。他回来，难听的话都在等着他。我看他苍老了许多，不出去了，跟老满叔一起包了村里的地种西瓜、菜花、盘菜，一起进进出出，拿起锄头也不手生。村里人说他，他不接话，只尴尬地笑笑。说多了，他也渐渐坦然，就说：“没挣到钱，让你们见笑了。”也有人说：“老友，种西瓜种出大生意啊。”也有人说：“老友是外面跑惯了的人，种地也就一时新鲜，谁知道什么时候心又野了……”老友叔就摇摇手，一本正经地说：“哪个后生不想闯闯，闯过了，才会晓得自己要什么样的日子嘛。”我们都见得出老友叔话少了，做事细致起来了，也开始攒钱了。母亲说种田磨砺了他的心性。因此隔壁村有姑娘家人来打听老友叔的为人时，母亲没有像别人一样说他一堆不足，而是中肯地说这后生还是不错的。

那姑娘成了老友婶，和老友叔一起戴着草帽起早到田埂、摸黑回家，我们开玩笑说他们是牛郎织女“你种田来我织布”。

但当人们以为他真的要在土地上扎一辈子时，他瞅着镇子到处盖房子的时机，跑去买了机器，在码头给人家卸货、卸沙子，一年挣几十万元，然后在镇上买了套房，一家三口，日子美美的。

他说：“我还是不喜欢种田，但是我要感谢种田的那几年日子，没那几年日子，我也没有现在的日子。”

和老友叔差不多的是我大堂哥，但说实话，我挺烦他的。桃花眼，高鼻梁，薄嘴唇，脸又白，看着就是那种轻浮花心的人。我读高中的时候，他已经在工厂里上班了，也就是普通的车床工，但是头发梳得苍蝇都要滑脚，还整天喷着六神花露水往人堆里钻。人家跟他开玩笑说：“老彪一来，苍蝇、蚊虫都逃走了。”我们都听得出人家是调侃他，他还沾沾自喜，觉得“老子天下第一帅”。

那时候他们家还住在山上，我家已经住山下了，他三天两头到我家来，有时花个五毛一块的，在我家吃个早饭，有时打个招呼，就往我父亲母亲的卧房走，进去就打电话。买了包子时，就捏着包子坐到我父母的床头，开始煲电话粥，似乎是用这电话粥来就包子吃，没个把小时，不会放下电话。如果没买什么，打电话的时间就稍微短一些，但也要三四十分钟。堂伯母说他上班很辛苦，都是起早就去了。我母亲听了就笑笑，我想要说实话，她还不让。

后来更过分，经常不打招呼就进去打电话。父母一直忍着没说，以为打几天就算了，结果他变本加厉，从十来天一次到三四天一次，最后变成一天早中晚三次。我们自己电话都是省着打，他这么一来让电话费飞涨。一个月下来，我们全家都心痛加肉痛。

好几次我母亲话都到嘴边了，看着他陷入热恋的幸福表情，又忍了，说："年轻人谈恋爱，家里也没什么条件，就只能到我们家打打电话，我们就权当做好事吧，等他结婚，我向他讨媒人钱。"

一次，我去后门帮我母亲洗东西，洗了回来却发现后门关上了，我叫门，没人应，到窗口一看，大堂哥正坐在我父母卧室的床头打电话，话筒紧贴着嘴，似乎就贴着人家姑娘的脸，满眼红心乱飞，笑得嘴巴咧到了耳根。我拍着窗子叫他帮我开门，他却笑着摆摆手，用手指指话筒，然后示意我去前门。我恼了，叫他开门，质问他干吗把我的门关了，这是我家又不是他家。结果他转过背，理也不理我，差点没气死我。等我绕了一大圈到前门，忍不住跟母亲发脾气，说他太过分了。母亲皱着眉头叹了一口气，我就冲进去，推开虚掩的房门，说："你有完没完，敢情打电话花的都不是你家的钱，你打电话就打好了，干吗还把我关门外？这是我家又不是你家，下次你不要来了。”他大概正讲到高兴处，竟然对我的话听若未闻。又过了好几分钟才意犹未尽地放下话筒，也不生气，笑呵呵地说：“知道了知道了。”

我以为这样直白地说了，他就不会再来了，结果隔了一天又来了。连着好几个月，我父亲、母亲都受不了了，开门见山地叫他不要来了，有几次还把房门直接锁了，但是他还是能瞅准机会溜进去。如果没被发现，他就一直待在里面打个没完。

可惜这样黏着话筒，电话那边的姑娘最终还是选了别人，我家的电话终于安生了。

后来他嫌原来的厂子工资低，不干了，跳槽到别的厂，干了一两年，又不干了，又跳槽。我母亲劝他，安稳一些，在一个厂子里做到大师傅的位置，工资自然就高了。可是他每次都有理由，每次的理由还都不一样，“工资低了、老板人不好了、工友让我不爽了”，反正用那个时候流行的港剧里的话说就是：“做人最重要的是开心，不开心就不做咯。”

我大学快毕业时，他结婚了，老婆长得很一般，看着也不是很聪明的样子。他心里是嫌弃的，但是他没钱没房子，连稳定一点的工作也没有，能有人嫁给他也算不错了。最主要的是，他老婆的娘家条件不错，她姐姐做生意，还算有钱，对自己的妹妹很照顾。两个人一结婚，就让他们去路桥市场帮忙卖酒，吃住都包了。

卖了五六年，孩子也有了，日子按理说应该过得不错。但是被他连襟无意中知道他吃回扣，还做假账，吞了好几万元钱。大姨子再念姐妹感情也受不了他们这样，说不要他赔钱已经是客气了，让他们回去。他回来，说是连襟太抠门，给的工资太低，他当牛一样做了好几年也没挣下钱，一气之下就吵架不干了。但是手里好歹攒了一些钱，他就在镇子的街上开了一家童装店。

开业时刚好是年底，母亲让我照顾他的生意。我就去他店里给儿子和外甥买衣服，买了四套。堂嫂很客气，说话叽叽喳喳的，但人挺直爽的，一百多的衣服直接给我五折。我都不好意思了，她却说："都是自己家里人，还赚你多少啊，要赚也赚别人的。"我心里感激，但又忍不住暗想：那你们是怎么头脑发热想起去赚你姐姐的钱的呢？

他店里的衣服质量挺好的，天热了我想去再买一些，母亲说他们关门了。我吃惊："怎么好端端又关门？才开了没多久。"母亲说："开店重在守店，老彪哪里坐得住，日日麻将老K，他老婆就和他吵啊，也不安心看店了，没多久就关门大吉了。"

店一关，孩子上学要钱，自己日常开销要钱，没地方住，他们就住在堂姐家里，让他姐也受尽她婆婆的白眼，两个人又去工厂上班。母亲对堂嫂说："两个人也算有家有口了，在厂子里好好做，安稳一点，攒一点钱把房子造起来。"堂嫂听进去了，可是堂哥上了几个月的班又想着和人家合伙做生意。还没当老板，老板的派头就摆起来了，整天西装皮鞋的打扮。堂嫂不答应他做什么生意，他就赶她走，说她这么丑，又笨，当初也不知道看上她哪点，要走就早点走。

堂嫂和他吵了几次，伤心了，带着孩子自己出去租了房子。堂哥满心欢喜地跟人家出去了，跑东跑西去做生意，影子都没看见，就需要投入好几万元。他不干，和人家闹掰了，蔫蔫地回来。我感觉他是一下子被打回原形，甚至更惨。

堂伯母出面去找了堂嫂回来，说："保证他以后好好过日子。"堂嫂说："他技术不错，以后干脆老老实实去工厂做工吧。"堂哥就去一家小厂当大师傅，工资五六千元，也算可以了。

过了一年多，家里人齐心协力地盖了一间三层半的小楼，算是有了一个正儿八经的家。但是房子一盖好，堂哥就跟老板吵架了，脾气一上来就袖手回家了。堂嫂说他，他竟然又赶她走。她哭哭啼啼地回娘家了，我们劝他把她找回来。他说："我有房了，什么老婆讨不来，谁还要她？"

堂哥在家游荡了一些时日，堂伯母天天责备他，要他去找工作。可是他名声坏了，厂子都不愿要他，有些厂子话说得还很难听。堂姐夫让他跟他去温岭的厂子上班，他又不愿意，说距离远，来来去去太麻烦。

我们就看着他每天上班一样地到我家对面的小店搓麻将，然后回家吃饭，吃完再来，再回家吃饭，吃完又来上个"夜班"。村里人都说："才三十几岁的人啊，就废了。"

赌博总有输赢，堂哥输得有点多了，而堂伯母在路边走路被人家电瓶车撞断了腿骨……这一年的年底，他就有点寒碜，终究是去老丈人家求了老婆回来。过完年，他似乎振作起来了，去隔壁村里包了几亩地，开始种西瓜、种菜。堂嫂在工厂上班、带孩子，有空的时候就去帮忙。堂伯和堂伯母也不时去帮忙。

第一年的收成就不错，他卖西瓜挣了一两万元。人晒得黝黑，看着好像憨厚多了。他还是会去打麻将，但是地里的事情从不会耽搁。太阳再猛，风雨再大，都不会耽误他去地里。

我们都很欣喜，和他开玩笑说终于变成大人了。他就笑，说："我感觉自己还是有种地的天分的，真的，种西瓜我也没有学过，一种就不比人家种了十几年的差，我觉得我就是应该吃这碗饭的。"

不管堂哥是不是真的天生吃土地饭，但是他决定回到土地后，整个人的精神气真的都不一样了，天没亮就起来，天擦黑了回来，还整天雄赳赳的，再也没有叫过烦、叫过苦。偶尔晚上会去打麻将，但是很少和人一言不合就吵架了。

现在大堂哥已经种了四五年的西瓜、盘菜了，两只手一伸出来，指甲缝里常常都是泥巴，手背的颜色看着也像泥土。他经常一身老头T恤牛仔裤，骑着电瓶车，驮着化肥袋"突突突"地奔波。

去年，他买了一辆车子，开玩笑说自己是正宗勤劳致富的农民。今年年初，堂姐夫要他合伙办一个小厂，业务他负责跑，堂哥负责厂子生产，堂哥没答应，说"自己还是适合种西瓜，也喜欢种西瓜"。堂姐夫说了好多次，他都没有松口，开着自己的小车满足地跑在田间的水泥路上。

现在，他又想买一间像样的地基，说："儿子大了，要好好建一间房子。"他觉得他的西瓜、盘菜们能帮他完成这个心愿。这又是大堂哥和老友叔不同的地方。

但我觉得他们似乎都是一团泥，回到土地后，重塑了自己，活出了自己想要的样子。

堂叔的船

二堂叔、三堂叔、四堂叔，都是讨海的人。小时候，我坐过他们的船，和我坐过的航船比，他们的渔船显得很小，人站在船板上也够不着旁边航船的船舷。而且那次坐船，我吐得天昏地暗，五脏六腑都离家出走了一般。我很长时间里都不明白，同样是船，航船怎么就干净利落、稳稳当当，他们的渔船就柴油味、鱼腥气交杂，熏得人反胃，还颠颠簸簸，一点儿都不平稳。

我对堂叔们的渔船的记忆就限于那一次坐船，剩下的记忆都是他们带着卖剩的海鲜，浑身鱼腥味儿地回家。

一次他们回来，父亲叫我快去阿公家，说去看鲨鱼。我去了，地上躺着一条像我一样大的鱼，呲着尖牙，青灰的脊背发出油亮的光。二堂叔说："鲜得猛，不卖了，每个人分一点尝尝。"三堂叔不答应，说："值钱呢，干嘛要吃。"于是几个伙计商量，我在边上想用手戳戳地上的鱼。靠近时，觉得它翻白的眼珠还在盯人呢，似乎说："你敢过来我就咬你了。"我退开一步，碰到它的尾巴，滑腻、冰凉，像刀子一样划过我光滑的小腿，我吓得跳了起来，跑开了。他们笑我："竟然被忒小的死鲨鱼吓跑了，洋里还有更吓人的鱼呢。"

这次收成很好，最后决定不卖了，分到各家吃。我看着盘子里被酱油浇得红红的鱼肉和依然青白的鱼皮，一口都不愿意吃。但是父亲说我不识好货，他们船里日日吃鱼的人都还盼着吃呢。

还有一次，船半夜回来，还顺手打了几筐的雀嘴（藤壶）。阿公家的锅都不够烧，分了一筐到我家。所有大人小孩都起来，把平时舍不得用的六十瓦电灯拉到院子里，手脚麻利的阿素阿娘和阿梅阿娘来支援我们。四五个人围着筐子，一人拿着一个锥子，把雀嘴从又硬又厚的壳里钻出来。攒满面盆就去烧，烧了就边钻边吃。到了深夜，天漆一样黑，星星却一颗赛一颗亮，好像积下的雀嘴壳都扔到天上去了。这次的收成倒让我感觉到捕鱼的一点美好来，想象在无边的大海里、广袤的星空下，堂叔们在船上喝着酒、吃着雀嘴，雀嘴就像是天上的星星落到海里又被我们捞上来似的。

但是不久后，就听说阿公在收网时，因为浪大，一个重心不稳跌入海里……他前一天还在我家喝酒，隔天回来就成了冰冷的尸体，大人们说这是讨海的人把命还给了海。父亲在堂叔的船上也有一点股份，但母亲庆幸他出远洋会晕船，只能在岸上接货、卖货。后来又听说栈台什么什么人落海死了，我一个同学的父亲也是这样死了的。人们叹息一声，说：“讨海总归是逃不开这样的命运。”幸运的是，我的堂叔们都好好的。

二堂叔、四堂叔和我家亲厚，每次回来必到我家，有时拿些鱼虾，有时什么都不拿，过来和我父亲喝点酒、聊聊闲话。三堂叔有家，回来却在家待不住，不是到我家对面的小店搓麻将，就是要到船里看着。在我二十来年的印象里，他们就像我记忆里的那艘渔船一样斑驳而又牢靠，细小而又坚强。我想象过他们在风和日丽的日子里、在风雨交加的日子里，穿着陈旧耐磨的夹克，放网、起网，跟着脚下的那艘小船共同出没、起伏在无边无际的海面，那场景莫名有些浪漫也有些悲壮。

但我是见不到他们真正出海的样子的，见到的都是他们在家的鸡毛蒜皮。比如二堂叔，年轻时在栈台给一个老公落海死了的寡妇当上门男人，没有领证，姘居了十几年，帮她把儿女拉扯大了，却被扫地出门，四十多岁了开始相亲，最后和隔壁县的一个寡妇好了几年，到得肺癌去世的时候，没攒下什么钱，也没有娶上老婆，更没有自己的孩子。三堂叔娶了隔壁村的女人，生了四个女儿，十年前终于盖了大房子，三堂婶泼辣、强势，两个人吵架、打架，磕磕绊绊地也算过了下来，但是村里人都知道，在他出海的日子里，家里是有另外一个男人在的。四堂叔瘦小得像一只猴子，当然并不瘦弱，不识字，年轻时一直跟着二堂叔跑船，等到自己有船的时候，他在船上什么都会干，放网、拉网不说，洗衣、烧饭也会一点儿，虽然几十年下来，衣服也差不多就是过过水，饭也基本是夹生饭，但船上的日子糙，也没人计较。他自己更觉得受哥哥们的差遣是理所当然的，受了呵斥也是乐呵呵的。

我至今记得那条木船，蓝色的船身、红色的船舷，刚置办的时候颜色也是鲜亮的，父亲也入了一点股，下水时，是买了一整头猪祭拜的。这是二堂叔和三堂叔给人家帮工多年才攒下的家底，当时，它算是村里最大的渔船了。堂叔们都才三十岁出头，正是最年富力强的时候。拥有一条自己的渔船，是每一个讨海人的夙愿。他们，可能也包括我父亲，都曾寄予它实现美好生活的厚望。

但几年工夫，渔船就褪去了光鲜，木纹里满是风雨、海水的痕迹。钱是挣了，所有人都这么说，但是钱在哪里，却又没有人说得清楚。三堂叔开始和二堂叔吵架，三堂叔说二堂叔拿钱贴了栈台女人，二堂叔说三堂叔开销大……吵多了，难听的话慢慢也多了，父亲很快就退股，再也不愿意介入。他们兄弟三个一起出海、一齐归来的情景，似乎随着木船的褪色、泛旧而渐渐消失，后来是四堂叔跟着二堂叔进出，三堂叔走另外的路回家，再后来，二堂叔上岸后干脆直接去了栈台的寡妇那里，仿佛那里才是他的家，四堂叔就一个人慢慢回家。但船在海上时，他们是绝不吵的，出于讲究还是出于需要无从得知，也许海上的日子和陆上的日子于他们而言是有些割裂的。

他们自己的船是什么时候卖的，父亲也不清楚，只记得大概是在我读高中的时候。那时候铁壳船开始取代木船，我的堂叔们已经没了心力再一起置办一艘铁壳船。卖了船，四堂叔仍是跟着二堂叔，二堂叔去给哪条船帮工，他就跟着去哪条船。二堂叔和四堂叔是一直在别人的船上帮工的，所以我误以为三堂叔也一直是这样。

2013年的国庆，我在父母家，父亲从外面回来说老德船上的一张网被烧了。母亲很吃惊，心痛地问："怎么烧的？"我觉得她大惊小怪，一张网而已，小时候我们又不是没有织过，小的几米长，大的也就十来米，能有多少钱。父亲说好像是修船的坎门人扔的烟头点着的，大中午船上没人，刚烧起来时没人知道，火势大起来了，才有人看见，报了火警——整张网都报废了，损失不小。母亲问:“多少钱呢?”父亲说:“一张网么，十几万元了。”我吓了一大跳，不知什么时候一张网会这么贵，连忙问:“是阿叔自己的船吗?”父亲说:“是他自己的船，去年年底还是今年年初置办起来的，要大几百万元呢。”母亲说:“刚置办了船，就烧了一张十几万元的网，他的钱怎么经得起折腾。”父亲说:“他有保险，会赔的。”

我意识到我对三堂叔的生活有着很大的误解。但是，他在筹划买下大船的那段时间，也许正值二堂叔肺癌晚期，手术后效果并不理想，在病榻上无望地数着无多的剩余的时光。在他身边日常照顾的只有一个只会煮夹生饭的四堂叔，三堂叔并没有对他有所帮衬，反而因为后来葬礼上一条毛巾的归属任由三堂婶和大伯母找堂姑姑们闹，葬礼结束后，又任由三堂婶和大伯一家吵着分二堂叔的小房子，算计着他看病医保报销回来的几千元钱。四堂叔讷言，什么也不说，默默看着，照旧是去人家的船上帮工，但是任由三堂叔怎么叫他，他都不去他的船上。从他十几岁跟着二堂叔出海开始，他们几乎没有分开过。我们看着他一个人进进出出，不上船的日子里就四处打杂工，攒的钱从来不放心交给家里其他的兄弟姐妹，只偷偷地让我父亲帮他存在银行，我不知道他这辈子有没有过女人，只知道他说自己没有子女，手里又没钱，结局肯定比二堂叔还要凄凉。我也把一切看在眼里，心里不明白，就算不是亲兄弟，不说几十年一起出生入死，至少十几年斗风搏浪的日子是不假的，结果竟然这般。因此我心里是有气的，觉得这样的人不值得我关心留意，就没有再多问一句，也就无从知晓三堂叔置办的是什么船，有多大，有多少人。

六七年后，二堂叔早已入土为安，父亲提及他总说在海上漂的人，最后能在山上入土，也算是一个安慰。只会煮夹生饭的四堂叔终于学会了烧饭，炒一点简单的蔬菜，不用吃船上那种白烧的海鲜了。秉着一人吃饱全家不饿的原则，他的日子似乎还过得去，积攒了一些钱，说“自己以后是要住养老院的”。三堂叔的事，只在父亲母亲偶尔的闲聊里知晓点滴，算起来，虽然两家距离也就十来分钟的路程，但是我好像已经十多年没有见过他了。

去年，当我和父亲聊起村里还有多少人在捕鱼时，父亲说：“没有多少了，老的老了、转行的转行了，年轻人不愿意吃那个苦，没人接上了，但是你老德叔一直在讨海，船大得很，现在出海回来倒经常来我们家转转，像你以前的老汉阿叔。”我心里一动，脑海里突然区分不出他们的身影，就对父亲说：“你带我去看看。”父亲说：“我问问，他卖货回来都在家的。”

父亲帮我联系他，说：“他刚好在白马岙修船，要等下一水洋（玉环方言，指大潮）才出去，如果找他，他就骑电瓶车回来。”我竟然一时想不起他的样子了，只记得他们家人都瘦。我说：“不用，我开车带着你们一起去找他。”

到白马岙沙滩时，视野里有一艘停着的大船，我问父亲是不是那艘。父亲说：“不是，老德的还要大。”我看着那艘船，有好几间我们房子那么长，估摸着得有四十米，还要大，那得多长？

绕过沙滩，拐到码头，看到一艘小木船、一艘照鱼的船、一艘写着“浙玉渔”字样的铁船，再过去在码头尽头停着一艘船，和最先看到的那艘一样的红色船底、蓝色船身、白色船舱。四艘船从小到大依次排过去，第三艘船紧贴着最后一艘，看着就只有它的船舱大小。我问父亲这艘有多大，父亲看了一眼说十七八米吧，然后又说那艘最大的就是了。一比较，我顿时觉得最后一艘就是巨无霸了。

船舱二层的露台上堆满了橙色的浮球，船舱顶上有许多仪器一样的杆子，有几个锅子看着像雷达，船尾那边有栏杆，还竖着一个烟囱似的柱子。从柱子上又斜撑出两根铁杆子，细的上面有四五个钩子，都系着大拇指粗的绳子，一些连着柱子，一些垂到船板上，粗的杆子上面有二十多个钩子，沿两边排开，一边有序地和柱子上的钩子连着，另一边绳子有二十来根，有些松松散散地垂着，有些系在顶舱，还有一些绷直地系在甲板的某个地方。靠近船舱的船舷上架着的六七对小腿粗的铁棍，像一道篱笆似的把里面的白色浮球卡住，我就看不到绳子被绑在甲板的什么地方了。和边上的甲板空空的船相比，它简直就是家私满仓的土豪了。

我们下车走过去，在船边的码头上有四个中年女人在补一张大网，网从船上拖下来，差不多铺满了整个码头，末端又拖回船上。一个穿着半旧不新的暗红黑色相间的毛衣、蓝色牛仔裤的人向我们走来。尽管多年未见，但是我还是一眼认了出来，父亲举手和他打招呼，他回了一个笑脸，露出雪白的牙齿。“阿叔。”我叫他。他愣了一下，说：“哎呀，是老大啊，我路上碰见都认不得你了。”“可不是，多少年没见了。”母亲接过话头。我把手里的一袋橘子递给他，说：“我老公家自己种的橘子，给您带了一点。”他说：“橘子我有买的，忒客气做什么。”我笑笑，递过去，他笑着接了。他伸出的右手小指断了半截，每一个指节都格外的膨大，像皮肤下塞了半个蛋黄，五个手指都不能伸直，从指根到指节，都是膨大的，尤其是食指指根，手握成拳头的时候，那里就像贴了半个乒乓球。另一只手，也是一样的指节膨大，无名指断了一节，比小指还短上一点，但手腕上两厘米宽的金手链在阳光下一晃，很是显眼，乡下现在这么戴金饰的人不多了。看着他两根残缺的手指，我感觉我的手指也疼了一下。

他似乎已经习惯了，都没有留意我盯着他的手看，转身把橘子放在旁边的电瓶车上，就朝船头走去。我看到他的鞋子是镇子街头地摊上卖的三十五元一双的那种劳保鞋，还算新。跟在他身后，才发现记忆里挺高挺瘦的人，其实只是中等身材，看着瘦，但是挽起袖子的小臂却很粗壮有力，随即又发现他脖子上戴了一根小指粗的金项链。

我悄悄问母亲："讨海戴金器出去不怕丢啊？"母亲低声说："不会掉的，金器戴着是好的。"乡下人认为金器压身，可以辟邪保命，母亲说的"好"不知是不是这个意思。我"哦"了一声，没有再问，跟上他的脚步向前走去。补网的女人们抬起头好奇地看着我们，边上冷冻厂门口的几个男人拿着烟漠然地扫了我们一眼又继续低头抽烟。一个穿着蓝色长袖棉T恤、黑色裤子、迷彩高筒套靴的男子过来和三堂叔说了几句话，走开了。三堂叔说："这是我伙计，其他几个都回去了，懒得待在这里，就我们两个在。"

父亲和他闲聊今年海鲜的行情，走到船舱的位置，他站住，我们也站住，跟着他的目光看向他的船。船板上全是渔网，一张一张拉开、团好，两个女人在上面补网，一个四十来岁的男子坐在船舷边上整理。母亲在我身后说今年虾贵得很。三堂叔点头说："是啊，今年都蛮贵，我们就指望着虾啊这些，今年，活的龙虾卖一百三十元一斤啊。"

"都张（玉环人把捕鱼称作"张网""张鱼"）得牢吗？"母亲问出了我的疑问。"都张得牢，潮水水流转去，船跟着转，慢慢跟着水流，都张得牢的。除非水流没有，那是张不来的。小水潮，没水流，网转不开，都要解网回来。"

"是看水潮的对吧——你船忒大。"

"是的——我这只船算最大的了，全玉环市最大的了。"他微微提了一点嗓门，很自豪地说。边上有人说挣钱也是这只船最多。我们都笑起来，说也应该是这只船挣钱最多啊。那个人接着说一年都有几百万元啊。我估算了一下，那收入应该是可以的吧。

三堂叔在边上憨憨地笑着，我问他："阿叔，您的船多大？"

"我的船啊，六十米长。"

"张了几年了？"

"张了六七年了，原来我是向人家租的，一年要九十万元，租了两年半，后来觉得不像样，我就向他买来了。当时买来将近六百三十万元，网有一百四十多万元，其他的都加上去，八百多万元了。"

"哇！"我惊叹了一声，心想，原来渔船造价也这么高的啊。

他似乎没有听见我的惊叹，说："我买来已经很便宜了，现在林旺办了一艘，要一千一百多万元了，一股要一百多万元——我是买得早。他的船长五十六米八，横宽八米五，我的长六十（米），横宽短一些，八米三。”

“您的长。”“对，我的长。他只张了三风（风，方言，出一趟海），我张了六七年了。”

“你们几股？”“我们十股，我投了一股，八十万元。”八十万元，六七年前，应该是笔不小的投资了。

“现在感觉船少了，像您这么大的船是不是更少？”“现在主要是有些船不让他们张了，都要讲证的，没证就不让张网了。”“是啊，现在都规范了，什么都要证。”“对，我的证去年刚去换来的，以后每年都要去玉环渔政站盖章，盖了章才可以继续用。”

这时外边一艘小船经过他的船，开到另一边去了。我瞟了一眼，他也看着，指了指说：“那是放鲳鱼的小船，就爷俩，今年也不错，这一潮卖了两三千元。”

“他们是近海的，对吧？”“对，我们要三十个钟头到外洋，一个钟头八九海里，最快十海里，冬季十一月十二月要四十个钟头——路更远了，马力都要开到七百匹。有潮，放一张网，鱼有网就全放，没有，就收网，到别处去。是鱼寻我们，我们是寻不到鱼的。”

“鱼寻人”，这话打破了我原有的认知——按书本或电视的说法，不是有经验的老渔民能凭借经验找到鱼的吗？我忍不住问：“那有没有仪器或者你们有什么经验可以用来判断……”“有也是有的，主要看潮水，有时也看运气。”他沉默了一下，似乎觉得自己说不出什么，补充了一句，“几十年反正都这样子。”

我笑了起来，没有追问，另起了一个话头："阿叔，您船上有多少人？""二十几个呢。"他还要说什么，这时一艘船奔突着朝码头开过来。

我不知道它要干什么，明明有船靠岸停着呢，怎么还过来。"阿叔，这是什么船，它干嘛？""照鱼的船，过来冲冰的。"说着他就走开了，没有招呼，他穿套鞋的伙计就走了过来，两个人一起把岸上的网束好，系起来，又收了篷布。我看着他的伙计站在岸边，半只脚踏出了边沿，用力把网朝船上扔。船尾的人站在舷边，把网接住，拖过去放好。这时两辆车子开过来，白色的车子上下来一个穿西装的精壮男子，走过来，搭了一把手，把剩下的网挪到码头边沿，然后就站着看。另一辆车下来的是一对男女，男的穿西装皮鞋，女的穿包裙高跟鞋，远远地站着看。我不知道他们是什么人，三堂叔也没有和他们打招呼。

那艘船已经靠近岸边，三堂叔船上的马达声也响起，船身偏离码头，向外移动，庞大的船体从水面扫过，颤动的水波发出轻微的"哗啦"声。他跑过去把岸上的网拖起来，冲船尾的工人大叫："起网，起网，把网拉上去！"工人开始开动机器，我这才知道那个像烟囱一样的柱子是起网机，那些蛛网一样张着的绳子也是起网用的。我看着那个工人在网中间来回走，如果被网勾住绊一下，肯定要摔倒，如果在船舷边上绊倒，很可能就……可是他就在船舷边上走动，把网拢成一束，用拇指粗的尼龙绳系好，起网机收紧绳子，码头上的网缓缓被拉起，拖到船上。可是网很长，好几分钟了，还剩下一半，三堂叔过去把网在码头的一端用绳子拴在泊船用的石柱上，剩下的部分就直接撒到海水里，大叫："让他进来。"

我探头看着水面，渔网在海水里散开，网眼清晰地浮在水面上，随着水波的晃动起伏，像是一层水藻。海水是浑浊的灰黄色，和泥土相近，不细看的话，浮着的网又像一团烂泥上嵌入了一层网格。我担心那艘船进来是不是会弄坏渔网，但是三堂叔已经走开去帮忙指挥了。

他大船上的轮机手把船头一点一点岔开，他在岸上竖着手掌往外推，大声叫着："往外一点，再往外，不够——再退开一点。"船上的轮机手伸出头判断距离，甲板上补网的女人们都站了起来，那个理网的男子也站了起来，在船舷看着，船尾的小工叉着腰在船舷边看着网，动手又往上拉了一部分，浮在水上的网就往后面收了收。

船留出一个三角形的位置，我看着似乎并不大，但是他们都在叫"好了，好了"。岸上的闲人都屏气站到岸边看，我觉得这很考验技术，就如同给一辆大车留了一个小位置。

照鱼的船上四五个人站到船尾，两个拿着绳子，另外的都站在船舷边上看着距离，然后回头指挥。岸上三堂叔和他的伙计也到船边上去，挥着手喊着："贴进来，距离还有。"二十来米长的照鱼船把船身调到能进来的角度，贴着堂叔的船和码头的边沿斜插进来，但是进来一个船尾后，堂叔船上的人就挥手喊叫："转向，转向，不能直接插进来。"因为码头不是一条直线向外拓开的，在最外边是一条和码头最里边平行的线。折了三十度进来是一条边，十来米后又折了一个三十度，才是和底边垂直的一块地方。照鱼船进来，把冰舱对准冰道，如果只沿着第一条边的角度，那是要撞上三堂叔他们的船的，它还要调整，贴上最里面的边才可以。

我看不到照鱼船的轮机手，只看到船停了片刻，才开始移动，很小心，从岸边沿一点一点挪开，但是角度没有掌握好，船竟然往外面退了，三堂叔过去，恨不得跳上他们的船，他用力地朝外挥着右手，喊叫着："弹开，胆大点，弹出去。"他高举着左手，手掌外侧反复地转动，示意着方向。照鱼船又停了几秒，才开始移动，终于靠向大船。但是我看着船的速度和角度似乎都大了一点，正担心会擦上去，突然大船上的轮机手在喇叭里猛喝一声："行了！"可是照鱼船的轮机手似乎还没反应过来，堂叔船上理网的男子用两只手飞快地做着推开的动作，冲照鱼船船尾站着的人喊："不能再贴过来了，不能再贴过来了——"

岸上三堂叔和他伙计低头盯着船舷和岸，一齐叫道："直开进来，直进来，可以了。"照鱼船上的几个人分到两边，分别看着两侧的距离，也不时回头对轮机手喊着什么。"突突"的马达声掩盖了他们喊叫的内容。最后这艘船和两边相距都不超过半米，好像是贴着边停车一样，幸亏有惊无险，我不由得长舒一口气。

船进来，在涨动的水波里，轻轻撞上了码头边沿挂着的轮胎，船立刻就往后退去。船尾的一个人拿着绳子做出跳上来的姿势，船一退，他又停住。三堂叔过去，他就立刻抛出绳子，三堂叔接过他抛来的绳子，把船拉近一些，再把系网的绳子向下撸了撸，就把绳子系到了上面。船在水里晃动，我看了一下原来水里的网，被冲到一边去了。船好像受到岸的推力，老是靠向大船，三堂叔叫船尾的另一个人再扔一根绳子，他帮着系到另一根柱子上，船才稳了，整个过程好像打了一场仗。所有人像什么事都没有发生似的，各忙各的去了，仿佛刚才大喊大叫的不是他们。

照鱼船上的人打开了冰舱盖子，把下冰的铁管放到口子上。我们头顶过山车轨道一样的冰道开始启动，“嘎哒嘎哒”，声音巨大。一块块冰盒大小的冰从制冰厂门口出来，沿着传输带上来，再在平直的轨道上走一会儿，就在要下去的地方被机器打碎，顺着铁管“稀里哗啦”地下到船的冰舱里。

在十几分钟的“嘎哒嘎哒”“稀里哗啦”声里，我们都没有说话。两只船上站着的人都在看着冰块在阳光下被打碎成小块，轨道上不时有水滴下，在地面也形成了一条轨道。

装冰，是一艘渔船出发的标志吧，硕大的晶莹的冰块也经历了一番跋涉，来到终点，最后被切割成碎块的时候，冰屑和水珠在光照下发出一种七彩的光晕，我抬头注视着，觉得这一切更像一场艰苦旅程开始的一个隆重的仪式。

当机器声停止时，船上的人迅速压上已经分不出颜色的棉被，再盖上木板的盖子。

三堂叔帮忙解开绳子，手一甩，船上的人就接住了，很默契的样子。这样的动作，他们应该是经常做的。

船出去比进来容易，照鱼船沿着当前的角度，滑行了几米，滑出了第一个角度，三堂叔立刻用手在空中画了一个半圆示意船上的人转角度再退。船尾的人很快转达了，船调整了一下方向，顺着码头的第二条边很快退了出去，脱离了大船的范围后，立刻调转船头，开走了。我怦怦跳的心这才平静下来，心想：在岸边看着都这样惊险，如果在洋面，两艘船碰到，不知道会怎样呢？过一会儿，我又转念一想，如果捕鱼，肯定不可能都到一处的，那是不是在外洋碰见同伴的机会也是少之又少的。出海捕鱼，应该是挺孤单寂寞的吧。

三堂叔走回来，船尾的人开始放网，他的伙计过去把网拖回到岸上，女人们又坐下整理，寻找破了的地方，重新开始补起来。

我问他："照鱼船一次要冲多少冰？"

"他们夜里点灯放网，白天不张，一次四五十吨就够了。我的船嘛，满的时候，一次要两百二十吨，不过现在七八十吨就够了——上次冲的还有几十吨在——今年照鱼生意不错，三风就卖了一两百万元，不过，也看年头，钱也不好挣。"

我看着那艘远去的船，问："这次你们什么时候出去？"

他回头看了一眼几个补网的女人，说："网，今天是补不好了，明天能不能补好也不知道，可能要等一两天了。"

"补网的都是哪里人？"

"补网的都是炮台、白马岙的，散工四川、安徽、广西、山东、湖南、湖北的都有，禁渔期刚放开的时候二十七八个，现在二十二三个。哎——放了网就倒舱里睡觉，叫干点什么也不干——我们合股的几个人，也是一上岸也就见不着人影了，也不能怪（散工们），就我们两个人整日在。"

"那您也回家啊——"我开玩笑道。

他很认真地摇了摇头，说："不行的，还是要有人盯着，再讲，现在散工也不好找，尤其是后生人，脾气都大得很。昨天，一个后生跟同船的人吵架，就论辩了几句，今天早上就收拾行李回家了。散工钱按月付，一个月一万二三、一万四五，说不做就不做，多少由着性子。许多散工都是二三十岁的人，都买了轿车了，讲享受，没有恁吃苦了——你看我的轮机手，雇来的，一年十八万，也会修船。下午，有人把东西送过来，他要换上去，损坏得严重，就要到专门的厂里修……”

我随着他的目光看去，轮机手是一个三十多岁的男子，头发很短，大约现在没事可干，趴在船舱窗口看手机。他们一次出海一般都要半个月，路上就要两个日夜，如果遇见大潮鱼多，可能要二十来天，如果鱼少或者没有，时间就短一些。在茫茫大海上，手机是最能够给他们单调的日子带来乐趣的工具吧。

有时货满船归，可能还在海里，就被福建人接去了，带鱼什么的都是到温岭、松门卖的。“松门设备差，车子出入不方便，动不动就堵住了，还不如原来的老市场。”三堂叔说。当然也会到宁波石浦去，石浦卖得快，但是他们还是更愿意去松门。“松门离家近啊”，这就是理由。

我看着码头上浅蓝色的网尾，网眼细密，不像网身，网眼有四五厘米长，接近墨绿色。网尾可能更像大海表层的水色，蓝里带着一点澄澈，而网身是要沉入水面，和海水融为一体的，应该是深海里的水色。这张网绵延到船上，堂叔说它被勾破了，六个人补了一天也没有补好。船舷上堆着的白色浮标和挂在船舷上的铁管子都是网的一部分，堆在一角的粗糙篷布也是网的一部分，它们堆叠在一起，看不出长度和大小。但是摊开后，一张网有两百八十米长，篷布有九十米长，铁链有小臂粗。篷布把网前后撑开，铁链坠着网下沉、垂下……简直是在海洋里撒下天罗地网，我明白三堂叔说"什么都张得到"的意思了，也明白他说的为什么"要大水潮才转得开"了。这样的网，他船上有十七张，起网机五架。

"一次拉网六七百斤，满了一两百箱，如果只有一点，就十几廿几箱。"

"船大了，成本自然高，不像以前的小船。"

"是啊，我和我哥以前办的小船，也就几万——一两万吧，四分利借来办的船，你爸以前都有入股的。现在利息倒少了，七八厘，向个人借也就一分利——但是成本高了。一风（方言：出一趟海）出去，要卖到六七十万，才有得赚。今年第一风才三十多万，就本钱啊，一风六十万、一风七十万，最近一风五十万，就分了六七万，接下来要看年前怎样了。"

"每年过年海鲜都大卖的呀，肯定好。"

"今年应该好一些吧，去年疫情发起了，影响蛮大的。哎——过几年，我也歇了，不干了。"他突然叹气说。

没等我接话，他自顾自地说："过年六十三（虚岁）了，前年被黄包车撞了，脚摔断了，只赔了十三万，现在天一变就痛，岁数再大起来，真做不了……"

我一时无语，看着他的脚，不知道摔断的是哪一条，又看他的手，半握着拳，食指根的关节分外膨出，于是问："是痛风吗，手？"

他抬起双手，伸开手指，看了一眼，又半握起来，说：“痛风啊，骨头弹出来。我贪吃，要吃鱼、喝酒，嘴巴管不牢，就吃药。药是随身带着的，镇里卫生所买的，十几块，吃下去就不痛了。不过吃多了，效果就没忒好，上次我姨丈（连襟）从国外带来的什么药，吃了一粒，效果好得猛，就不痛了，我现在就带着。”

我一时不知道说什么，只记得我小舅脚上的痛风石发作的时候，他整个人都痛得发抖，有一次还差点晕过去，住了好几次医院，做了几次手术，现在才稍稍好些。“痛风光吃止痛药，有用吗？”我忍不住问。

“没事的，发作的时候痛得猛，药一吃就好很多，整日做事情，在海里忙起来，饭都来不及，哪里管得着。”

我暗想，这可能也算是一种积劳成疾吧。“阿叔，您捕鱼几年了？”

“几年啊？我十六岁就开始上船，四十多年了——四十七年了。开始也是给别人的船打工，后来跟我二哥一起办了船，十二匹——也算当时最大的了，十二米长。以前小船，就几张千三、千四眼（是指整张渔网底部的圆兜状的网眼的数量，一般是网眼比较小的）网，放下去，两个人就可以扛回来了……”

“以前船小，开不到外洋吧。”

“以前就披山洋（披山岛附近的海域）张张，再远也去不了，有风浪的话，小船就摇得厉害，危险得很，现在船大、安全、稳，九百五十匹呢，一般的风浪都没大感觉。”

我其实还想问，为什么当初他们兄弟一起办船，后来就没有再合伙了，四堂叔跟着二堂叔辗转在别人的船上打工，二堂叔几乎没有积蓄，四堂叔也是在二堂叔去世后才开始攒钱，但是三堂叔就能够出八十万元入股呢。但是看着他关节膨大的双手，思忖再三觉得询问这些也毫无意义了，逝者已逝，生者不易，我心底对三堂叔的那点儿不满，慢慢消散了。

时间不早，我准备回去了。他陪着我从码头边沿向里面走去，说："我接着要把蟹机弄起来，蟹都能进来，否则只有下脚料。我原来叫他们弄，他们不同意，上一风，人家卖了十几万元，现在回来装上——白蟹一两百元一斤啊……"

我停下脚步，想听他再细说，船上有人叫他，他转过头，说："那就这样，我还有事要做。"我在背后细看他的脚，似乎并没有什么特别，但是走路的姿势是有点怪，好像总在左右摇着，当然不细看也不会发觉。

他抬腿跨上了船舷，在渔网中间行走。我记起很多年前，我坐他们的小船回家时，他们上船也是从来不用跳板的。不过那时的船是他们兄弟几个人的，现在这是他和合伙人的船。生活并不是容纳不了情感，但是生活肯定比情感现实，三堂叔比二堂叔、四堂叔幸运，我在心里祝愿他能平安干到六十七岁（六十七岁实际是六十五周岁，玉环人习惯说虚岁。六十五周岁后的渔民，渔政站不再给其发证，相当于退休），然后上岸，有一个安乐的晚年。

小工厂，大工厂

阿旺家三代都穷，到了他爸这一辈，好不容易熬到阿旺兄弟长大，他爸一场大病又让日子“回到解放前”。阿旺大哥当了船老大，成家后，收入还行，跟成人的老三一起照料着多病的老二，而阿旺和他的双胞胎弟弟，初中没毕业就去谋出路了。

1992年以前，阿旺在楚门、清港、芦浦的各种阀门厂、齿轮厂里打工已经好几年了，吃不饱饿不死的状态，往前看不到前途，往后也没什么退路。阿旺也不是没有自己弄一个小厂的心思，但是微薄的家底能兜住日子就不错了，这个心思就先存着。唯一能做的就是把技术学精湛，可以让老板开出更高的工资，累积累积，说不定有一天也可以轮到自己买几部车床，搭起一个小厂子的框子来。

机会在八十年代末、九十年代初的时候来临，阿旺温岭的朋友在清港办了一个小厂做齿轮加工，技术不到位，老是出废品，眼见着要亏得血本无归了。阿旺去帮忙，给他开发了新产品，朋友就叫他入股。干了一年多，朋友不想做了，阿旺就接了这个厂子，一边钻研技术，一边也学着自己对接客户。平时再讷言，要开口的时候必须开口，场面话不会，就多讲真心话，多请人家吃饭，多陪人家喝酒，总有打动人的时候。等家里人叫他回来准备一起办厂的时候，阿旺有自己终于等到了这一刻的感觉。他讲述的语气过于平淡，差点就让人觉得那是一件多么容易的事情。不过框子终于搭起，这不能不说是一个好开头。

1991年的时候，他回来，和自己的三个舅子、连襟，五个人合起来在干江镇上的老粮站办了齿轮厂，虽然也不大，但是像模像样了。老粮站就四五间屋子，一个不算开阔的院子，他们在院子上面搭了铁皮，放了一台大冲床。五个人，除了当兵回来的四舅子，其他四个人是学技术出身的。在粮站门口，经常看到他们都穿着一身布满黑乎乎油渍的粗布工作服进出，分不出谁是老板谁是工人。他的小舅子兴金更是经常蓬头垢面浑身柴油味地跑到我家吃早饭，吃完就打仗一样地冲回厂里。

那时候的设备是最基础的设备，讲白了就是“落后得很”。但就是这样的设备，把它运回来、安装好也不是件轻松的事情。做齿轮要用到大冲床，又大又重，而进入干江要么走海路，要么走山路。海路运到沙岙坑码头，人们搭起三角架子，用滑轮把东西从船上卸下，十几个壮小伙用小臂粗的麻绳，“嘿哟嘿哟”拉纤一样拉起、放到拖拉机上，“突突”地运回厂里。走山路，靠着镇里那几辆歪歪斜斜的拖拉机，能不能爬上坡是个问题，让外面的卡车运吧，怕爬上了坡，连个弯也没法拐。好不容易运回厂里，怎么安装又是一件让人脑袋疼的事，因为安装设备的设备也运不进来。厂里的小伙子都得出动，用滑轮把设备拉起来，一点一点地安装，没个一两天，这活完不成。

从粮站边上经过，经常可以听到金属冲击的巨响，大人们说："冲床铸压铁柱，几千斤的力道呢，能不响吗？"但是有时我们经过，也会看见工人抡着大锤不知在敲打什么，"哐哐"作响。那时在我的概念里，做齿轮就是一个力气活、苦活、脏活。

但是阿旺叔说，这个时候跟八十年代相比，条件已经好太多了。1980年，他在干江农机厂当学徒，镇里还没通电呢，发电机还是手摇的，九几年的时候，至少用电有了保证。但是没有好设备，效率低，模具、刀具技术都达不到要求。订单一张一张接过来，产量却上不去，质量也没法保证。一天最多做三五百只，如果一天能做到七百只，那就已经是顶天了——就像打黄金戒指一样，打一只算一只。

到了1993年的时候，干江的公路通了，虽然还是灰尘漫天的黄泥路，但一下子解决了运输的困难，设备可以运送进来了。设备多了，订单也可以多接一点了，那么这一点场地就不够用了。

1994年的时候，五个人商量着分厂子。一个厂子分成了两个，三个舅子一个，两个连襟一个，舅子搬到别的地方，阿旺叔和连襟阿林继续合租在老粮站。阿旺叔说自己以三分利借了十六万元来顶下这个厂子，置换老旧设备。我听着咂舌，三分利，可不就是高利贷了嘛，这没破釜沉舟的大决心和必定成功的大信心，一般人还真不敢呢。

五个人一起办厂的时候，第一年的产值只有几十万元，到第二年就一百多万元了，几乎翻了一倍。分开后，阿旺叔和连襟阿林在老粮站里熬过了最初的一年，接下来几乎每年产值都成倍增长。到

2000年，已经达到了四百多万元。

新世纪开始，国家仿佛坐上了直升机似的发展着，阿旺叔的厂子也一样，老粮站的厂房已经没办法让他再施展拳脚了。他先在小屿门另外买了厂房，分了一部分机器过去，后来又把老粮站前的厂房买了下来，随后又卖给了小舅子。2000年的时候，阿旺叔在老傲前村买了原来博梦衬衫厂的厂房（九十年代初曾红极一时，但在1998年倒闭），把厂子迁移了进去。搬到博梦厂房后的第一年，他工厂的产值再次翻倍增长，达到了八百万元，接着就是一千六百万元、三千二百万元、六千四百万元。四亩多的厂房再次掣肘了他，在2005年，他买入了十亩地，建成了现在的厂房，产值达到了七千多万元。2012、2013两年间，他又把隔壁的厂房买了下来，跟原来的厂房打通，并在一处，建成了一个面积四十亩的规范厂房。最近三年，他的产值还在增长，现在产值已经超过一亿元了，缴税一千多万元。"我贡税率还是挺高的。"他有些自豪地说。

但是企业大了，成本也跟着上涨，三百三十个工人，光工资一年就要三千万。阿旺叔就卖了小屿门的厂房，把机器都搬到了现在的厂房。"厂房分开，管理成本高，难度也大。"他说。本来盐盘那边还另外买了厂房，和博梦老厂房一起的，他也卖了。

我问他为什么。他说："以前办厂很多人圈地，现在亩产税抑制圈地行为，土地多了缴税也多，如果亩产税达不到，电费每度增加一毛，怎么算都不划算，还不如卖掉。"

我又好奇地问："现在的厂房够用吗？"他说："现在企业不好办了，先稳一稳啊，这么大的地方也够用了，而且现在办一个企业，环保、消防、财税、工商、卫生、食品安全、安保等各方面都需要规范。以前没有忒多部门管，但是现在发展起来了，就要更规范了，管的部门也多了。小厂在环保等方面会好过关一些，规上企业必须要有配套的环保设备，就增加了投入、维护等成本。”

“大环境不同了，企业已经从粗放型向规范化发展，以后要求肯定会更高，所以思路、管理都要跟着变化，要跟得上形势。”他又起身给我倒了一杯茶，胖胖的脸上露出憨憨的笑容。

“那么怎样节约成本呢？”

“这个讲起来就有点长了。”他喝了一口茶，沉吟了一下才说，“首先是人力成本啊。工人现在要求不一样了，最初三五百元一个月，到2000年，七八百元一个月，现在七八千元一个月，还不好招、不好管。以前正月初四不用招工，广告都不用打，寻上门来的人就无数，现在初十了也不一定有人，来了也不一定能待得长久。你想想，过去工人走路、骑自行车上班，后来有电瓶车也蛮好了，现在都自己开车来的，都是小轿车，有些车还蛮好的。”

我听着有点吃惊，但是粗略算算，七八千元一个月，和城里的白领比也丝毫不差，而且他们生活成本还低一些，买车子也正常啊，不由得感叹：“现在工人收入真的不错啊——但是为什么还留不住人呢？”

“本地人，现在生活水平好了，家里爹妈把房子、车子都准备好了，年轻人还奋斗什么啊？外地的工人，现在也不比以前，年纪大的好一些，年轻的也不愿吃苦，难管，万一有什么意外，都是企业买单。再说现在内陆企业在崛起，工人们都被抢回去了。他们有明显的区域优势，土地投资少、电费低、税收返回、人工便宜，只占沿海的二分之一，成本就大大降低了。内陆企业一上来，虽然沿海工资高，但是本地的人很多还是会留在当地的。我以前给员工租房，现在想建职工宿舍，虽然消防问题很麻烦，但要留住员工，必须解决他们的住宿。以前玉环本地人口四十万，外来人口也有四十万，现在哪里还有这么多？整个台州外来人口都在减少。”

我一时语塞，因为这是大数据统计出的事实。我以前觉得离我很遥远的一些字眼，比如“人口红利”“政策变化”“人力成本”等等，现在是如此真实地体现在我见到的一个个中小企业身上，并深深地影响着它们的当下和未来。

“这是一个方面，另一个方面是生产成本高了。”他说着，端起茶杯却没有喝，青瓷茶杯在他肉乎乎的大手里显得异常纤细。过了一会儿，他才喝了一口，接着说：“以前，产品价格高，做工好做，因为检测设备差，通过率高，现在软硬件都提高了，标准也越来越高，原材料价格也高了，价格反倒低了，竞争也激烈得很。”

“我这个是低端传统产业，劳动密集型，科技含量低。”他又喝了一口茶，缓缓地说，“如果要走出目前的困境，只能优化管理，用机器换人，人力成本高、原材料成本高，就缩短工序、减少人力去解决。这也是我为什么要把老厂房卖掉，把厂房拢在一起的原因——减少管理成本。”

他有电话进来，抱歉地表示自己要出去接。他出去后，我环视他的办公室，很大，至少有五六十平方米，东西却不多。门后是一组常见的银灰色铁皮档案柜，对着门口的是一套常规的真皮沙发和一个实木茶几。和沙发对着的是我们坐着的茶桌，桌子上有一套茶具，一边放着烧水壶，另一边放了一些茶叶和小零食，茶叶有大红袍和普洱，零食是透明塑料罐装的花生、油枣、芝麻糖之类的。桌后玻璃门的书柜里很整齐地摆放着文件夹和书，文件夹背脊都贴了字条，分类放着，书有《曾国藩传》《邓小平传》之类的，还有吴晓波写的书。我想站起来细看，听见背后的脚步声，就坐了回来，想着等会儿当面问他会看什么。书新旧都有，想来也不是摆设。和书柜呈九十度角摆放的是一张三四平方米的大办公桌，上面放着电脑和一些文件。

他进来了，笑着说我们继续。我站起来，等他坐好才坐回去，问他："阿叔，您架子上的书都看吗？""看过一些。"他含糊地回答，"也要学习，不过现在手机更方便。"

我没有追问，回到刚才的话题，他却似乎没话了。他给我倒茶，给自己也倒了一杯，然后很认真地灌水、烧水。我们都坐着，喝茶，但是并不尴尬。他做所有事情时，都带着一种平淡的、微笑的、让人放松的表情。他理着平头，似乎就是用推子推短的那种，穿着很普通的黑色圆领T恤，皮带也不是玉环许多老板的标配名牌，黑色运动鞋看着也很普通（当然也可能价格不菲），撇开他的企业不谈，走在街上，他似乎就是一个工厂的技术大师傅。我不知道是不是他们这一代从最基础的技术工人成长为成功企业家的人，身上多少都会有一些去不掉的本色。好像离开写着"董事长""总经理"字牌的办公室，回到车间，他立刻就成了一个能拿起榔头、锤子干粗活的工人。

喝了几口茶，我随口问他：“今年疫情对你们的冲击大吗？”

他刚好提起水壶准备倒水，听我这么一问，顿了一顿才说：“影响还是挺大的，当然也不仅仅是疫情。我2015年开始开拓国外市场，想把出口的比例上升到产值的二分之一，但是2017年特朗普上台后，国外市场就不稳定了。政策和疫情，都影响出口，现在出口只占产值的四分之一——不敢出口了，货款能不能拿到都不好说。”

“那怎么应对这样的局面呢？”

“暂时放缓新产品开发啊，不过老客户还是稳定的，所以基本产量变化不大。接下来不知道会怎样，希望能好一些，国际环境、美元汇率不稳定，疫情来往不便——本来我是想自己出国去考察的，看看有没有可能进一步拓展其他国家的市场，现在只能先放一放了。目前也是在努力调整，其实我们国家也在调整，企业步骤要跟上，开发内循环。”

他喝着茶，淡淡地说出这些话，似乎对一切的大小变化都能接受，都能应对。我对这个才小学毕业的人肃然起敬，也许在近三十年的办厂经历中，他面对过不少的危机，在不断的应变中磨炼出了“泰山崩于前而色不变”的淡定和以不变应万变的从容。他有一种老农似的朴实的外在，但是又有一种通透的、智慧的内在。

我说：“在稳定中求发展。”

他说：“对，我们先要稳定原有客户。只有办不下去的企业，没有倒下的行业。钢材从两千五一吨涨到五千八一吨，铜价涨到七万一吨了，产品价格却没涨，你想想传统产业受到的冲击有多大？1991年，觉得起步难，摸索摸索就挺下来了。1995年，觉得竞争太大，办不下去了，咬咬牙也坚持下来了。到现在几十年了，竞争也是很大的，企业也难办，但是还是要办的。”

“现在企业上规模了，几百人跟着您吃饭呢。”

“这是一个问题，我们办企业要挣钱，也要讲一点社会责任——难办，怎么办？就不断改造、改革、优化。企业也和人一样，要不断进步、跟紧形势，才能持续发展。”

我不断点头，说：“阿叔，您对企业有非常清晰的认识和判断，那么现在的互联网经济对你们有什么影响呢？”

“这个其实没什么，企业销售是一波一波的，我们这种基础型产品，各个行业都需要的。2008年，我们受到的冲击很大，但我们是保守型企业，贷款少，稳打稳扎，所以还好。”

“我看过一篇文章，说日本经历了当年的经济泡沫后，现在企业都开始减少贷款，保持一定的流动资金，用来增强抗风险能力。”我插了一句。

“对的，企业有存款和人家里有存款一样，万一有个急用，借不到，自己还能扛扛，其实我们中国人的许多做法还是很好的。”他点头，接着说，“互联网科技产品更新速度快，传统企业的新产品也是帮人家代加工，赚加工费，没有设计、销售力，缺少创造力支撑，靠人家生存，办不大。”

“所以我们企业的局限性也大。”

“是啊，像美国，他们有的是创造、设计、科技力，就可以用专利、知识产权来制衡我们啊。”他叹了一口气。

“现在国家提倡创新，其实也是因为这个吧。”

"必须的，否则我们发展的空间就更没有了。你看玉环的产业局限性就很大，玉环企业做不大，五亿以上的才十几家，其他的多在五千万到二三亿之间。企业一万多家，工业产值才几百个亿，都是帮人家做，话语权小，被取代性强，比如空调，整个产品和配件、零件生产就不一样，零配件生产产值就受限制了。而且玉环区域优势小，没资源，缺水缺电缺人，都逼着企业去想办法。原材料，比如钢材，都是从外地运进来的，加工成成品发回原地，采购、客户调研都是很重要的。但是我们也有自己的优势，起步早，已经形成产业链优势，玉环的行业产业链是很完整的，我觉得以后的发展方向是要精、新。否则，就和玉环的家具一样，创新跟不上，成本越来越高，国际市场在萎缩，已经连续六七年以每年百分之二十的比例下降了，中东市场现在差不多都被土耳其占据了，人家最初仿你的，等产业形成了，人家有地域优势、资源优势，你怎么比得过。而国内的中低端市场，现在也被广东和江西占领了。江西就专门做低端家具，2011年、2012年才起步，现在做到产值上千亿。我们先机抓住了，后续力量不足，也是危险的。"

我对他竖起了大拇指，说："阿叔，您有危机意识，企业还会发展壮大。"

他"呵呵"笑了一下，说："岁数大了，眼前的形势也只能稳稳，没有年轻时候的闯劲了。"

"那讲讲年轻时候您出去闯的事情呗。"

"好像也没什么啊，就是以前到杭州要十二个钟头，到上海要十八个钟头——以前都是要到上海引进技术的。坐汽车卧铺到沈阳要三十五个钟头，一次车玻璃扣坏了，一刹车，‘砰’的一声，响得很。去住宾馆，七八个人一个房间，又差又臭又脏，没卫生间，还经常被下半夜住进来的人吵醒。1992年、1993年的时候，一次出门只带几十元钱，到上海一百元也用不完——那时候物价便宜，一次出差一般五十元就够了，黄酒才五分一斤呢。不过那个时候，钱都要缝在裤腰里，走到哪里带到哪里，偷钱的很多……”

“我记得我1999年去金华浙师大找同学玩的时候，大客车沿着盘山公路上去，路又陡又险，中间停下来吃饭，饭店的猪圈和茅坑在一个地方，还有人说这间店的猪脚特别好吃，我看着都要吐了。”

“哈哈哈，是呢，就是这样的条件。以前坐绿皮火车，热死、冻死、慢死……现在出门一个手机，什么都搞定。动车、飞机带来多大的便利，整个时代都不一样了。”过去的艰难都是珍贵的记忆吧，他讲起来竟然是两眼放光的。

我听得津津有味，问他：“以前都是从哪里找业务的，现在的业务主要是哪里的？”

“以前主要是上海，现在安徽、江苏、山东都有，也开始向西南比如四川、重庆发展了——现在出门方便啊!”他接着感叹了一句。

讲到这里，我想起他们五个人从一个小厂子发展到五个大厂，那么五个企业之间的关系怎么样呢？我这么想着也就这么问了。

他似乎也不意外我会好奇，说：“竞争肯定是有的，但是我们的产品有差异，我们是与全国竞争的，而且现在，更是要明白，竞争是世界性的。”

眼光长远，也许就是他们拆分小工厂、发展为大工厂的成功经验之一吧。也许他们几个厂子还是互相扶持的呢。

还有一个问题，斟酌了再三，我还是问了出来："阿叔，像你们这样的家族企业，都会面临一个接班人的问题，您是不是也有这样的困扰呢？您的孩子有没有参与管理？"

他也没有表现出惊讶，但是皱了一下眉头，说："这确实是个问题。"

"您有几个孩子？"

"两个女儿，大的生了二胎，在家带孩子，小的还在读大学。"

"那大女儿有没有参与企业管理？"我知道他的厂子，他的双胞胎弟弟阿度叔是有股份，也参与管理的，他大女儿也是股东，他大哥的两个女儿也属于高管，女婿应该是董事。

"不是说她现在在家带孩子嘛。"他皱了一下眉头，大概觉得我怎么又问这个问题。我敏锐地感到，他的性格应该是不喜欢重复，是讲究高效率的。

我赶紧解释："我看老谢叔他们都是孩子接上来了，他们自己带着参与管理、决策，毕竟我们这样的民营企业都是家族性的，像有些公司是卖了的，有些可能找职业经理人——但无论如何，继承人问题应该都是避不开的一个问题，关系到企业的前景、走向。"

他放下了茶杯，沉思了一会说："是的，接班人是我们面临的一个很重要的问题，像我舅子他们，都已经是儿子接上来了，我现在是女婿负责管出口营销——我不懂英语，年轻人懂啊。"

"那有没有考虑找职业经理人？"

他沉思了一下说："没有，职业经理人很难找的，搞不好把你的企业都吃掉了。我现在再搞几年看看吧，实在不行，像飞环阀门一样，把公司卖了。"

说完，他笑了一下，但是这个笑却没有了原来的云淡风轻。这个话题似乎有点沉重，看样子，他也不是没有考虑过，但是真的提到，似乎也并不是那么轻松。阿度叔自己另外还有一家小企业，他的儿子出国留学，今年回来，也没有接手的意思。他三哥的儿子倒是在厂里参与了管理，他大堂哥的大儿子是负责国内销售业务的。但是他会从他们当中挑选接班人吗？

从阿旺叔的企业的前景看，还是有提升的空间的，他现在也有五十六七岁了，如果他真的决定退休，这个税收排名在玉环市前八十名的企业，该何去何从呢？真的要卖掉？

阿旺叔似乎不愿意再谈论这个问题，我就没有再问。这时他的一个侄子过来，他起身去招呼，要侄子尝尝乘超市活动买的白酒，帮着挑一款好的。

我看着他们一起品尝，讨论。他转头对我说："这是元旦打算请工人们吃饭用的，工人们大部分是外地的，本村人才二十来个，喜欢白酒，太差的他们不喝，自己也拿不出手，太贵的，也没必要，几百块的应该可以了。"

"厂子都要请工人吃饭的吗？"

"要的，今天隔壁的厂子就办酒席，请工人吃饭，一桌菜都要一两千的，吃饭是表示一个态度。虽然发给他们工资，但是感情也要投资，毕竟人都讲感情的。"

我点头，看着他们在三四种白酒里挑选出一种，然后他打电话给超市老板，让准备好。

最后，我问："能不能到车间看一下？"他拿了衣服，说："现在刚好放假，带你去转转。"

已经下午三点多钟了，新年的阳光正好。走进写着"闲人莫入"的钢架车间，映入眼帘的是一侧的钢柱、铁棒，对面墙壁上一片金黄，右墙上的玻璃窗成排投影在墙上，尤其明亮，影子中间被一根钢柱插了一下，窗影就被折了十五度，产生了细微的动感，像一辆进站列车的窗外掠过的浮光。

墨绿色的地面上画着黄色的线条，把车间划分成一个一个功能不同的区块。铁棒按不同的粗细分类，粗的有小腿大小，细的也有小臂大小，分别用铁丝捆扎着，堆放在一个一个区块里，两边用千斤顶支撑、铁架固定。铁棒边上的铁条焊成的箩筐里是已经切割成几寸长的铁棒，有拳头大，经过打磨，泛着银灰色的冷光。而靠近入口的地方，是铸造成型了的齿轮，放在漆成蓝色的铁条筐里，阳光拂上，明暗强烈，像开在昏暗里的金色花朵，有一种冷暖交织、软硬交加的艺术设计感。我第一次感受到冰冷、坚硬的金属，也可以有难以言说的柔美。

这是一个开放型的车间，没有隔墙，其实就是一间完整的厂房。走到底，右边是一台两三米高的锻压机，明蓝色底座，草绿色主机，底下地上摆满了灰色、蓝色的铁条框，里面是已经切割成段的铁棒。我细看了一下，不同颜色的筐里放置的铁棒粗细是不一样的，但是每一个筐上都有一块铁片，上面用黄色的油漆刷了"浙江振华”的字样。边上的锻压机操作箱上贴了挂钩，挂着各种表格板，我粗略地瞄了一眼，表格中记录的是型号、数量、时间、负责人等。绕过去，在最左边一角，是一个近两层楼高的锻压机，还带梯子的。阿旺叔介绍说：“那边那个是中型的，这个是大型的，压力更大，这台机器光锻造机械手就要四十万元，是要直接把铁棍压成型，做汽车方向盘转轮的，一年耗电一千万度。今年通过技术改造、工艺优化，员工减少了百分之十，我接下去争取将工人控制在两百到两百五十人。”他之前说保险等除外，每名员工的工资一般在五千到一万元，年底另有奖金，我估算了一下，员工减少五十人，就可以节省几百万元了。

我转了一圈，都是大家伙，但是“大”里面包含了很多细节，把“大”分解得细致且有条理。穿过这个大车间，我们到另一幢楼去，阿旺叔说先去二楼。我们坐电梯上去，二楼的光线有些暗，阳光从一侧进入，照在靠窗的白色、蓝色的数控车床上，纵深望去，这里面积似乎更大，更多的车床隐在视野之外。他说楼上楼下一共五百台数控车床。仓库在三楼，我们上去，看到上面整整齐齐放了许多包装好的纸箱，上面印着公司名字、地址和联系方式，贴着注明图号、名称、数量的白纸，不同型号用不同颜色的包装带。他说这些成品元旦后就要发货。在南边靠窗口的地方，有几排湖蓝色的小机床，和二楼的机床很不一样。他说：“这是模拟安装、测试用的。”每一台机床上都贴着一些型号说明。

乘电梯回到一楼，门边放着一些粗糙的暗灰色齿轮。我盯着看了一下，阿旺叔说：“这是粗胚，还要经过精加工，以及表面处理、热处理、环保再加工、包装、模拟安装等好多道工序。”

这些看似简单的齿轮，原来要经过这么多道工序加工、打磨。离开时，我看到厂门口的黑色大理石上钉着“浙江振华精锻齿轮股份有限公司”几个金属字，下面是同样材质的英文，我很想问一问他为什么叫“振华”，但是他转身打电话去了，只好作罢。太阳照在字上，金属反射着耀眼的光，我想一个工厂从小到大，也是经过道道难关才成长起来的吧。也许“振华”两个字里，就暗藏了他没有说出口的责任、希望和雄心。

走的时候，我没有像对别人一样对他说“财源广进”，而是说：“阿叔，祝您企业越办越大，百年长存。”

一个家族的三十年

村里人看病都喜欢找蒋根才，他以前在楚门医院，大家就去楚门医院，他现在去了玉环中医院，大家就跟着去玉环中医院。即使看的不是外科，也会找他询问，似乎只有问过他，诊断的结果才是准确的。他是蒋家七个兄弟姐妹中的老大，在村里有声望，在兄弟姐妹中也有威信。老二蒋根清是省里的机关干部，据说已经是副厅级了。在乡下，一个家族里出了两个有出息的人已经很了不起了，但是他们一家七个都是“豪杰”。

1991年，栈台和干江——一个渔业乡和一个农业镇开始乡镇合并的时候，镇里几乎没有什么私人企业，蒋家兄弟中的老三兴西、老幺兴金都在给人打工，老四高中毕业后当兵刚回来，两个姐妹和各自的丈夫也一起在外面打工。老二蒋根清把他们找回来，建议趁着镇里要开始工业建设的势头合力办一个厂子，他朋友在路桥那边有业务。三个兄弟和两个连襟都拿出了全部家底，租了干江老粮站当厂房，凑了十来万元，合资买了几台车床，玉环汽车齿轮厂就这样开业了。

1991年的干江镇，工业上说是一穷二白也不过分，基础设施几乎没有，进出镇子只能通过一条不像样的盘山公路，设备进出要靠船运到码头，再搬回厂里。他们中的小妹夫阿旺回忆说，都是一些基础设备，又大又重，要几十个大蛮后生（方言，力气大的年轻人）用滑轮拉着从船上卸下，再用人力扛到拖拉机上，用那种喷着黑烟的老爷车“突突突”地挪回厂里，然后又是几十个人用滑轮拉着卸下，人扛人抬地安装。1992年乡镇合并，沿海公路开始筑造，造好后才解决了设备运输的问题。

五个人是老板，也是工人。除了老四外，其他都是学技术出来的，活到手里都不是问题，经常一早就可以看到他们一身油污地从厂子里出来，带着满眼的红血丝来吃早饭，吃完又回去继续上班。

那时候，模具、刀具的技术都达不到要求，只能靠自己的技术经验来加强把控，一天做下来能有百来只合格产品，都是不错的成绩。虽然生产设备差，但是检测设备也同样落后，总体来说通过率还算过得去，再说虽然产量少，但是产品价格高，利润还是很可观的。

九十年代初的国家，正在经历大腾飞，就是他们这样小厂的产品销路也是很好的。第一年产值就有几十万元，到了1994年，就达到一百来万元了。原来觉得宽敞的粮站立马变逼仄了，五个人立刻作出决定——办分厂。

没有吵架、没有撕扯、没有财务纠纷，五个人都觉得不必浪费时间精力，要乘着形势赶紧扩大规模。很快，一个工厂分成了两个，三兄弟留在老粮站的厂子，两个连襟移出去，还是以汽车齿轮为主。

工厂里已经不需要他们作为技术人员存在了，分厂造成的业务拆分让他们每个人都必须自己去开拓销路，找客户。如果产品过于重复，那内部自相残杀式的竞争，不仅会影响彼此的亲情，更会导致发展空间的自我限制。不管哪一条，五个人都不愿意看到。阿旺叔说，他是腰头缝着几十块钱出去跑的，近一点的杭州、上海，远一点的山东、黑龙江，只要有机会就都要去。三兄弟中的老幺兴金，我们常看他上午穿着西装皮鞋出门，下午回来就换上油腻腻、脏兮兮的工作服，钻进车间捣鼓产品。

从1994年到2000年的六年时间里，中国的汽车行业飞速发展，两个厂子几乎都是以连年翻倍的速度扩大生产规模。拿两个连襟的玉环振华精锻齿轮厂来说，产值从开始的百来万元，到两三百万元，再到三四百万元，最后达到一千多万元，原有的产能又跟不上了，于是两个人再次考虑拆分。同样，三兄弟那边，当初分厂后不久就在粮站前造了近千平方米的厂房，现在也不够用了，也不得不考虑拆分。

2001年，对于这个家族来说，是一个大年。

这一年，两个连襟的齿轮厂分成了浙江振华精锻齿轮有限公司和玉环法林精锻齿轮厂两个，三兄弟中的老二分了出去，成立了玉环玉兴精锻齿轮厂，老三和老四保留了原来的厂子，他们把各自的业务也再次分层、细化，尽量避免彼此的冲突。

2001年开始，几个人都开始购置、建设新厂房，他们都已经意识到下一步的发展规模会更大。2007年，最后合伙的老四和老幺兄弟也进行了拆分，老幺成立了台州南氏金属制品有限公司，老三保留了原厂名（后改名为台州中杰齿轮股份有限公司）。

2008年，金融风暴来袭的时候，他们受到的冲击都不大，因为他们的做法都比较保守传统，就是贷款少，稳扎稳打。虽然他们自己开玩笑说，这样的做法容易失去快速发展的时机，企业会长不大。但是，在危机中却是有很好的抗击力的。危机也是时机，这时的干江镇上，同时期兴办的齿轮厂已经都没有了，就只剩下他们家族的几家。但是他们没有幸灾乐祸，而是在别人的失败里看到教训，而且他们的最大优势就是家族成员之间的守望相助。用阿旺叔的话说："竞争肯定是有的，但是我们知道，真正要竞争的是全国的企业。"言外之意，自然是目光要长远。这一年，大姐夫阿林把厂子更名为"浙江柏思达齿轮有限公司"，兄弟中的老幺成立了台州盛侯齿轮有限公司。2010年，几个人的新厂房都开始动工，2013年前后，开始分别陆续迁入标准化的新厂房，企业的产能进一步提升，产值也进一步提高了。

作为一个门外汉，我实在不清楚齿轮除了大小的区别，还要有其他什么不同。我看到他们的企业对经营范围的介绍是：台州中杰齿轮股份有限公司的经营范围包括齿轮、汽车配件、紧固件制造、技术研发，货物进出口、技术进出口；台州南氏金属制品有限公司的经营范围包括水暖管件、汽车配件、摩托车配件、电动车配件、建筑家具金属配件制造；台州盛侯齿轮有限公司的经营范围包括齿轮、汽车配件、农用车配件、水暖管件、阀门、卫生洁具、不锈钢制品、塑料制品、橡胶制品制造及加工；玉环玉兴精锻齿轮有限公司主要经营齿轮、汽车配件、摩托车配件、紧固件制造、加工、销售；浙江振华精锻齿轮股份有限公司的经营范围包括精锻齿轮、农用车辆齿轮、紧固件、阀门制造、货物进出口、技术进出口；浙江柏思达齿轮有限公司开发生产精锻差速器的半轴齿轮、行星齿轮及各种机械传动的伞形齿轮。确实如他们自己说的，产品有交错也有不同，姐夫的柏思达是专做汽车齿轮的，老幺的两个企业好像挺杂的。我心里不禁浮现出一个问题：世界上需要这么多齿轮吗？边上有人拿起一只弹簧笔，转开，倒出顶端的按钮，举起来说："这也是齿轮。"这也是齿轮？我承认车间里盘子大小的、拳头大小的、手指大小的铁家伙们都是齿轮，但是这笔芯粗细的杆上六月雪花朵一般突起的竟也是齿轮……那看来齿轮在生活中真是无处不在啊，这还真是一门大生意呢。

虽然不能和一些上市公司之类的大企业相提并论，但是在三十年时间内，他们白手起家，把平常的东西做到专业，把企业从一个小厂子，细胞般分裂成几个产值都达几千万元的中型企业，想想也是不容易的事情。

经过了三十年的沉淀、扩张，他们开始从管理上入手，出租或卖掉原来的小厂房，整合厂房，走规范化道路，在企业建设中把消防、环保等新形势下的各种要求、标准都吸纳进去。几个人对政策变化都很敏感，不知道是不是和他们家在机关工作的老二的把控有关，也许一开始是需要指点的，到后来对政策的了解、把握、运用就成为他们的自觉行为了吧。和他们聊天，我觉得他们对于产业形势、国内外政治经济局势和国内外政策变化，无一不了然于心，他们对自己企业的发展前景预判也是很实在的。他们都说要创新，要提升科技含量，在平稳中求发展，绝不冒进。

现在，姐夫阿林的柏思达是规模最大的，每年产值上亿元，拥有自己的科研队伍，拥有多项国家专利，是国家认证的高新科技企业；妹夫阿旺的振华，每年产值也有上亿元，有自己的科研队伍，产品向高精端发展；三兄弟中，老二的规模最小，厂房十二亩，老三厂房四十多亩，老幺两个厂子合在一起也有四十来亩，他们目前还是以中低端产品为主，但是也都已经意识到了科技创新的力量，在技术改造上是不遗余力的。没有倒下去的行业，只有办不下去的企业，企业要发展，与时俱进是很重要的，这是他们的共识。

从1991年至今，三十年了，这是一个家族发迹的三十年，也是台州民营企业发展的三十年，更是改革开放十年后中国腾飞的三十年。